ティム・オブライエン
ベトナム戦争・トラウマ・平和文学

Vietnam, Trauma and Peace Literature:

A Look Into the Life of Tim O'Brien

野村幸輝

Koki Nomura

英宝社

Eihōsha

For my daughter Mona

娘の最愛(もな)に捧げる

I write about the human heart.

私は人の心について書いている。

— Tim O'Brien ティム・オブライエン

まえがき

「私はこう信じている。死者はたぶん記憶の中に生きている。しかし記憶がなくなってしまえば死者もいなくなってしまう。記憶する人間が存在しなければ記憶も存在しない。よってそこには歴史はなく、未来もない、と」(*Nuclear* 241)。

ティム・オブライエンの九つの著書はすべてベトナム戦争を題材にしている。オブライエンにとってベトナム戦争は陰惨なトラウマ的体験であり、未来を創造するための創作上の源泉である。本書はアメリカ史に刻み込まれた屈辱的出来事であるベトナム戦争、そしてその戦後を読者に想起させるオブライエンの生涯と彼の自伝的作品群について考究するものである。

私はティム・オブライエンの文学を〝war literature〟(「戦争文学」)とは呼ばない。〝peace literature〟、つまり反戦と平和を祈る「平和文学」、あるいは〝survivial literature〟、「生き抜くための文学」、「生存者の文学」と呼ぶ。彼は書くことで自身のトラウマと向き合い、光を探す。作品群の中には物語る過程、あるいは想起すること自体を主題に据えたような作品さえある。なぜなのだろう。

戦争は強烈な体験である。戦争体験者はその体験を既存の言葉に置き換えることができずに黙ることがある。あいつはなぜ沈黙したままなのか、と戦争体験のない者は言う。「戦争を表現するための言葉はどうすれば見つかるのだろう。自分の気持ちを他者に感じてもらうための言葉を。言葉は不十分だから、人は押し黙ってしまう」と小説家自身も認めている（O'Brien, Pavlicin-Fragnito）。

オブライエンの小説を「メタフィクション」、つまり小説のための小説、実験なのだと揶揄する評論家がいる。例えば、原爆や空襲の恐ろしさについて語るボランティアの語り部たちに耳を傾けるとわかる。語り部たちが口を噤むことがあるのだ。彼らはおそらく言葉を探している。言葉では伝えきれないので、体験を絵に描いて説明する者もいる。戦争の話とは戦争を語ろうとする語り部についての話であると言うこともできる。語ろうとする語り部の姿が垣間見える物語を「メタフィクション」とするならば、オブライエンの物語はまさに「メタフィクション」であろう。しかしそれは実験でも知的な遊戯でもない。トラウマ経験者による奮闘である。

第一部「ベトナム戦争」の第一章「ティム・オブライエン」では、「少年時代（一九四六年～一九六〇年）」、「青年時代（一九六〇年～一九六九年）」、「戦争（一九六九年～一九七〇年）」、「戦後（一九七〇年～）」の四つの時代に分けて、彼の生い立ちやベトナムの戦場での体験、そして小説家としてのキャリアなどについて、インタビューでのオブライエン自身の発言を織り交ぜながら振り返る。

第二部の「トラウマ」はオブライエン作品の語り手や登場人物の性格や行動、そして彼らの精神的荒廃についての研究である。第二章の「記憶」では、「記憶の断片化」、「記憶の洪水」、「精神の浄化」と題し、作品で語られる記憶の実相とその特徴を検証する。第三章「トラウマ」では、作品に散見される罪や恥の意識に起因するトラウマの具体的症状である「徴兵の衝撃」、「殺人に対する罪の意識」、「自己の能力に対する罪の意識」、「PTSD」について考察する。

第三部の「平和文学」は読者を物語の世界へと誘うオブライエンの語りの種類と技法についての論考である。第四章の「語り」では、「告発」、「告白」、「父親、息子、勇敢さ」、「メタフィクション」のように彼独自の語り（ナラティヴ）の形式を四つに分類し、それぞれの特徴を詳説する。第五章の「技法」では、「コントラスト」、「フラッシュバック」、「イリュージョン」、「シンボリズム」の四つに分け、オブライエンが使用する文学的技法を分析する。

巻末には私が二〇一九年十二月にオブライエン氏の自宅でおこなったインタビューの日本語訳を掲載した。

ティム・オブライエンに関する研究は一九七〇年代末以来、一〇〇人以上の研究者によっておこなわれ、一九九〇年代にはオブライエンを単独に扱う重要な研究書が三冊、別々のアメリカ人によって英語で出版された。同様の研究書は二〇〇〇年代以降にも四、五冊刊行されている。これらの事実はオブライエンに対する世の注目の高まりをあらわしていると言える。いずれの書も自伝的作家、フィクション作家、社会的作家という、オブライエンが持つ三側面の中のいくつかの側面に光を当てることで、独自性を生み出している。その中でもベトナム帰還兵の研究者トービー・ハーツォグ（Tobey Herzog）による『ティム・オブライエン』（*Tim O'Brien*、一九九七年）、そしてこちらもベトナム帰還兵の研究者マーク・ヘバリ（Mark Heberle）による『トラウマ・アーティスト・ティム・オブライエンとベトナム戦争のフィクション』（*A Trauma Artist: Tim O'Brien and the Fiction of Vietnam*、二〇〇〇年）、この二作の完成度は群を抜いていると言わざるを得ない。ハーツォグは見事な自伝的研究を披露し、ヘバリはオブライエンの主題の中心をトラウマに見出し、彼も作品の中の自伝性に注目している。

これまでの研究書はいずれもフィクション作家としての彼の側面と創作上の技術について、あるいは国家アメリカを批評する社会派作家としての彼の側面、この二つにはさほど光を当てていない。したがって本書はティム・オブライエンの作品が持つ自伝的、心理学的、文学的、歴史学的、社会学的側面に光をあてた総合的かつ横断的な検証となった。

本書では、次にあげる既刊のオブライエン作品のすべてを取り上げている。『僕が戦場で死んだら』（*If I Die in a Combat Zone, Box Me Up and Ship Me Home*、以下「*If I Die*」と表記する）（一九七三年）、『北極光』（*Northern Lights*、以下「*Lights*」）（一九七五年）、『カチアートを追跡して』（*Going After Cacciato*、以下「*Cacciato*」）（一九七八年）、『ニュークリア・エイジ』（*The Nuclear Age*、以下「*Nuclear*」）（一九八五年）、『本当の戦争の話をしよう』（*The Things They Carried*、以下「*Things*」）（一九九〇年）、『失踪』（*In the Lake of the Woods*、以下「*Lake*」）（一九九四年）、『トムキャット・

イン・ラヴ』（*Tomcat in Love*、以下「*Tomcat*」）（一九九八年）、『世界のすべての七月』（*July, July*、「*July*」）（二〇〇二年）、『ダッズ・メイビー・ブック』（*Dad's Maybe Book*、以下「*Dad's*」）（二〇一九年）。

本書には他の作家によるベトナム戦争を扱った重要なフィクション、ノンフィクション、映画も顔を出す。アメリカの戦争文学を語る上で不可欠な別の戦争を扱った作品も精選して取り上げている。なお、作品名と作家名の日本語タイトルは既訳書に記載されているもの、あるいは日本で最も知られているものを使用した。引用文はすべて英語の原著からの拙訳である。

目次

ティム・オブライエン
ベトナム戦争・トラウマ・平和文学

Vietnam, Trauma and Peace Literature:

A Look Into the Life of Tim O'Brien

第一部　ベトナム戦争

周囲から弱虫として見られないように面目を保つ。この「面目を保つこと」がティム・オブライエンを、そしてアメリカをベトナムの泥沼へと送り込んだ。そもそもこの戦争を始めたのはフランス人であるが、一九五四年のディエン・ビエン・フーにおけるフランス軍の敗北は西洋諸国全体を辱めた。その敗北を受けて動いたのがアメリカだった。アメリカがベトナム人との戦いに初めて首を突っ込んだのは一九五〇年代のアイゼンハワー大統領の時代である。

その後、ソ連が一九五七年に世界初の人工衛星打ち上げ「スプートニク計画」に成功、その翌年にはキューバ危機が勃発する。就任したばかりのジョン・F・ケネディー大統領にとっての脅威は国内問題などではなく、成長著しいソ連の存在であった。ソ連による一連の成功がケネディーの意識をベトナム戦争へ向かわせたと言ってよい。そしてドミノ理論がアメリカによるベトナム介入を決定づける。リンドン・ジョンソン大統領は東南アジアのすべての国がドミノ倒しのように次々と共産主義化されてしまうことを恐れた。運命の一九六八年。この年に起きた北ベトナム軍による壊滅的なテト攻勢はベトナムからのアメリカの即時撤退（敗戦）を促すものと思われた。しかし「面目を保つ」ための敗戦回避の精神構造がリチャード・ニクソン大統領の頭をもたげる。ニクソンはひたすら永くベトナムにアメリカ軍を駐留させた。

一九八〇年代に入り、ベトナム敗戦によるアメリカのバツの悪さはロナルド・レーガン大統領を永らく悩ませる。彼は「デタント（柔らかい）政策」を捨てて国民に「アメリカの名誉」の回復を約束、すぐさまソ連との冷戦を拡大させ、小国における紛争への積極的な介入に踏み切る。第二次世界大戦の英雄、ジョージ・ブッシュ大統領はレーガンにも増してベトナム敗戦という大昔の幽霊に執着、ペルシャ湾での戦争で「正しいことをする」ことで、「ベトナム症候群」の撲滅を企てた。ジャングルのゲリラ戦は砂漠のゲリラ戦に取って代わる。

ビル・クリントン大統領は政治キャリアを保つために、ベトナム戦争の時代における自身の徴兵忌避の過去を隠蔽した。イラク戦争の司令官、ジョージ・W・ブッシュ大統領はベトナム戦争の時代に州兵に入隊することで、ベトナムの戦場に送られることを世間の目に触れないところで回避していた。ドナルド・トランプ大統領は若い頃、かかとに生じた骨の損傷を理由に、ベトナム戦争への徴兵猶予を受けていた。

ティム・オブライエンは両親や周囲の人々からの愛と信頼を失うことへの恐怖のために、戦争の大義に疑念を抱き続けていたベトナム戦争に出征した。自身の信条に背いた罪人として戦場に赴き、やはり罪の意識を抱えながら帰還した彼は「間違った戦争」に出兵してしまった過去と向き合い、その体験を書くことで、自身の真の姿を明らかにしてきた。彼が執筆活動をとおして成し遂げようとしてきたことは記憶を甦らせ、その記憶を説得力のある、人々にとって忘れることのできない物語として残すことである。人々が忘れることができない物語とは、大義が不確かで不必要な戦争に再び人々を向かわせることを防ぐための警告の物語である。

第一章　ティム・オブライエン[1]

第一章では、ベトナム帰還兵の小説家ティム・オブライエンの生涯を以下のように四つの時代に分けて振り返る。誕生から中学校時代の一九四六年から一九六〇年までの「少年時代」、高校時代から政治学専攻だった大学時代の一九六〇年から一九六九年までの「青年時代」、ベトナムの戦地にいた一九六九年から一九七〇年までの「戦争」、そしてハーバード大学大学院博士課程（アメリカ政治学）の時代、小説家になってからの時代、そして大学教授としての時代の一九七〇年から現在までの「戦後」。

少年時代（一九四六年〜一九六〇年）

はじめに、誕生から中学校時代までのオブライエンの生い立ちについて考える。ティム・オブライエンはウイリアム・ティモシー・オブライエン・ジュニア（William Timothy O'Brien, Jr.）として一九四六年十月一日、アメリカのミネソタ州南東部のオースティン（Austin, Minnesota）において、父親ウイリアム・T・オブライエン（William T. O'Brien）と母親エイヴァ・E・シュルツ・

オブライエン（Ava E. Schultz O'Brien）とのあいだに生まれた。両親は第二次世界大戦中に海軍で出会っている。父親は太平洋戦争で海軍兵士として硫黄島と沖縄に駐留し、母親は海軍婦人予備部隊でボランティアをしていた。ティムは三人兄弟の年長者で、彼の下には一歳下の妹のキャスリーン（Kathleen）と十歳下の弟のグレッグ（Greg）がいる。オブライエンは中流の中の上層家庭で育つ。父親は保険販売員、母親は小学校教諭をしていた。彼は幼少期に読書家の両親から読み書きを教わり、学校でも優秀な生徒であった。教員だった母親は彼にたくさん本を与え、熱心に文法と作文を教えた。父親は読書家で、地元の公立図書館で役員をしていたほどの人物である。父親は仕事帰りに本の山を家に持ち帰ることが常だった。ティム少年のお気に入りはグリム童話、『トム・ソーヤの冒険』、『ハックルベリー・フィンの冒険』などであった。ミネソタ州の田舎町からの逃亡を夢見ていた少年にとって、不良少年ハックはヒーローそのものだったようだ。

オブライエンは地元のリトルリーグのチームに入り、ショートのポジションを任される。七歳か八歳の頃、ボストン・レッドソックスの名選手テッド・ウイリアムズのファンだった彼はウイリアムズにファンレターを送り、お返しにサイン入りのポストカードをもらうという貴重な体験をしている。また、彼は当時の人気本『リトルリーグのラリー』の主人公ラリー少年の影響を受け、ある日、人生初のフィクション作品『リトルリーグのティミー』を書き上げる。これは筋書きはそのままに、主人公の名前も「ラリー」から「ティミー」に置き換えただけの原書の模倣だったのだが、選手全員をスター選手の「ティミー」にすることで、すべての場面で自分自身が活躍するという創作もおこなっている（O'Brien, Nomura)。

手品に夢中になったのもちょうどこの頃である。手品の練習をするために彼は自宅の地下室で長い時間を費やすようになる。手品は現実逃避を可能にしてくれるもう一つの方法だった。[2] 一九五六年、一家はミネソタ州南西部のワージントン（Worthington, Minnesota）に引っ越す。小学校高学年になり、朝鮮戦争のアメリカ軍捕虜が地元町の凱旋パレードで行進する姿を目にしたことがきっかけで、彼は世界の出来事や政治に関心を持つようになった。

青年時代（一九六〇年〜一九六九年）

次に、高校入学から大学卒業までの彼の青年時代について語る。一九六〇年代初期、オブライエンが十五歳のとき、夕食を囲む家族の食卓では政治に関する議論が日常的であった。核戦争に反対するか否か、あるいは自宅があるワージントンに原子爆弾が落とされるか否か、これらの話題について一家で頻繁に議論した。オブライエンはそれまでにも増して国際政治に興味を持つようになっていた。ジョン・F・ケネディー大統領が政界に現れるや否や、彼はたちまちケネディーの虜になり、ケネディーの演説を聞くために近郊の大都市のミネアポリスに足を運ぶこともあった。平和部隊に示されていたようなケネディーの哲学に惹かれ、またケネディーの「見た目の優雅さに魅了され、身の振る舞い、ユーモアのセンス、知性」にも魅せられたという。「当時はそれらすべての資質に感銘を受けたし、それは今でも変わらない。しかし彼の政治家としての実績のいくつかに対する評価は今は当時ほどは高くない」（O'Brien, Herzog 80）。

一九六四年、オブライエンはワージントンから北へ約三〇〇キロのセント・ポールにある、政治意識の高い大学として知られるマカレスター大学（Macalester College）に入学する。[3]政治学専攻だった彼は英語の授業で紹介された作家や作品にも強い関心を抱いた。彼が好んだ作家にはナサニエル・ホーソーン、ジョン・ドス・パソス、ウイリアム・フォークナー、F・スコット・フィッツジェラルド、アーネスト・ヘミングウェイがいる。「もしそれらの講義を受講していなければ、あるいはそれらの担当教授に出会っていなければ、私は今のように小説家にはなっていなかった」という（O'Brien, Herzog 84）。一九六七年の夏、チェコスロバキアのプラハに留学。帰国後、大学に戻った彼は学生会の会長を務め、キャンパス内の政治活動にも関わるようになった。大学生から人気を集めていたリベラル派のユージン・マッカーシーの大統領選挙の運動に参加し、また大学新聞『ザ・マック・ウィークリー』にベトナム反戦の論説を書くことで、ベトナム戦争に対する「少し控えめな反対の意志」を表明した。地元ミネソタ州選出のマッカーシー上院議員はベトナム戦争に対して反戦の立場をとっていた唯一の大統領候補であった。マッカーシーは演説のためにマカレスター大学を訪問する。大学の体育館は「彼の支持者でいっぱいだった。会場は大興奮。私は希望に満ち溢れていた。私は心の中では子どもの十字軍だった」（83）。リベラル派のオブライエンはジェリー・ルービンやアビー・ホフマン等のいわゆる「ヤッピー」が使った暴力的な手段ではなく、議論や集会や選挙などの正当な政治的手段によって戦争を終結させたいという意志を持って行動した。

第一作の回想録『僕が戦場で死んだら』(*If I Die in a Combat Zone, Box Me Up and Ship Me Home*)(一九七三年)の中で主人公「オブラエイン」(O'Brien)は上官に対してこう抗言する。この戦争は「『人間の知性よって考え出されたものです』と私は述べた。『誰かが戦争をしようと決めたのです。リンドン・ジョンソンか、バンディーか、ロストウか、ラスクか、マクナマラか、テイラーか。このうちの誰かが仕組んだのです』と」(*If I Die* 59)。「ベスト・アンド・ブライテスト」と呼ばれていた大統領の側近によって創作された戦争に、あるいは見切り発車で始められた戦争に、アメリカが関与してはならないとオブライエンは信じていたということになる。したがって彼の判断の基準は間違った戦争に出征するか否かであった。彼の信念はその十七年後に発表された第五作『本当の戦争の話をしよう』(*The Things They Carried*)においてより詳細に語られる。

> 曖昧な大義のために目に見える確かな血が流されていた。(中略)例えば、それは内戦なのか。あるいは国家解放、それともただの侵略行為なのか。誰がそれを始め、いつ、そして何のためなのか。暗い夜のトンキン湾で停泊中の駆逐艦マドックスにいったい何が起こったのか。ホー・チ・ミンは共産主義者の親玉なのか、それとも国の救世主なのか、その両方なのか、そのどちらでもないのか。(中略)しかしある国が戦争に向かうときには、その国は自らの正義に対して確信を持ち、揺るがざる根拠を持たなければならない。間違いをあとから修復することはできないのだ。人は一度死んでしまっ

たら、どれだけ手を尽くしても、生き返らせることはできないのだから。(*Things* 40-41)

一九六八年五月、オブライエンはマカレスター大学を首席で卒業したあと、アメリカ政治の研究に勤しむためにハーバード大学大学院へ向かった。大学院修了後の彼の希望はジョンソン大統領の外交政策を変換させるために、国務省あるいは連邦議会で働くことだった。そして六月、その彼の元に徴兵通知が届く。彼がベトナム戦争史で最も破壊的な時期に徴兵されているのは実に皮肉な話である。アメリカは一連の軍事的あるいは政治的失敗のあと、戦力の縮小について考える時期にいた。ホワイトハウスはベトナム戦争史の転換点にいたのだ。例えば、一月にはテト攻勢が起こり、二月にはマクナマラ国防長官が自身の虚偽報告を認め、三月にはジョンソンが再選を断念し、四月にはキング牧師の暗殺事件、そして六月にはロバート・ケネディー上院議員の暗殺が起こっている。自宅に徴兵通知が届いたときの衝撃について、オブライエンはインタビューでこう述べる。

私は地下室にある自分の部屋に直行し、タイプライターを打ち続けた。夏休み中、打ち続けた。それは私の人生のすべての夏の中で最も恐ろしい夏であり、戦争そのものよりも酷いものだった。私の良心は私に戦争に行くなと囁くが、私の育った環境は私に行く義務があると囁く。その最悪な夏が私を作家にしたようなものだ。私は何を書いたのか覚えていない。そのメモはまだ手元にある。束になっているのだが、見たくもない。ちょっとしたもの、本当に苦しい心の吐露といったもので、自己

憐憫に満ちたものだ。しかしそれはただの始まりに過ぎなかった。(O'Brien, Bruckner)

オブライエンはその夏、徴兵を忌避すべきか、あるいは戦争に行くべきかについて熟考する。彼には三つの選択肢があった。一つ目は兵役拒否を主張して自ら希望して投獄されること（国家反逆罪）。二つ目は徴兵忌避をしてカナダやスウェーデンでの逃亡生活に入ること（亡命）。そして三つ目はベトナムの戦場に行くことであった（出征）。先の引用のように、オブライエンは『僕が戦場で死んだら』と『本当の戦争の話をしよう』の数章で結論の出せない自身の葛藤を詳細に語っている。彼はハーバード大学大学院への進学が決まっていたため、大学院生に許可される従軍延期を徴兵委員会に申請することもできたのだが、自分を臆病者にしてしまう道は選ばなかった。彼は良心的兵役拒否者になるべく宗教的背景が自分にないことも認識していた。彼は出兵という最後の選択肢を選んだ。

保守的な町の有力者たちや実際に彼を戦地に送り込んだ地元の徴兵委員会のメンバーに対し、オブライエンは自身の怨み辛みを「レイニー河で」("On the Rainy River") でぶちまけている。オブライエンは彼らのことを外交ではなく武力で物事を解決しようとする、反知性主義的で短腹な人々として次のように表現している。[4]「あなたたちにとってそれはただ単純に共産主義者たちを封じ込めるための戦争。そう考えるのが単純明快だし、単純明快じゃなければ、あんたたちには理解できない。そしてそういう単純明快な大義のために人を殺したり、殺されたりすることに少しでも疑いをもったならば、弱虫の裏切り者ということにされてしまう」(*Things* 45)。

オブライエンは戦争反対への固い信念を捨てて兵役に同意、アメリカ陸軍に徴兵される。一九六八年八月、彼はワシントン州シアトル近郊にあるフォートルイス陸軍基地で六ヶ月間の基礎訓練と高等訓練を受けた。生まれつき兵士タイプではないオブライエンは訓練キャンプのシステムと軍隊を冷笑的に描いている。回想録の語り手で主人公の「オブライエン」(O'Brien) にとっての訓練プログラムは「愚鈍と傲慢に満ちた素敵なもの」であり、隊の中の輩はすべて「野蛮人」や「ロボットたち」なので付き合わないことに決めたと皮肉たっぷりだ (*If I Die* 33)。軍隊のすべてに嫌気が差した主人公は徒歩で国境を越えるか (ワシントン州のすぐ北にはカナダがある)、あるいは飛行機を使ってシアトルからカナダかスウェーデンに逃亡することを思案するのだが、結局は異国の地で亡命生活を送る勇気を持つことができない。残りの人生をカナダやスウェーデンで暮らすことは彼にとってとても恐ろしい選択だった (O'Brien, McCaffery 155)。人生で関わってきたすべての人々への敬意と義務感から、主人公は最終的にベトナムの戦場へと出発する。「私は臆病者だった。私は戦争に行ったのだから」(*Things* 61)。『本当の戦争の話をしよう』の語り手「ティム・オブライエン」(Tim O'Brien) はそう告白する。五十一年前に下した出征の決断について小説家は二〇一九年にこう語っている。

戦場へ行った場合、生きるか死ぬかという問題は「たぶん」でしかないということ。たぶん生き残るかも知れないし、たぶん死ぬかも知れないとしか言えない。しかしカナダへの逃亡あるいは刑務所へ行くことは「間違いのない」ことだったのだ。(中略) 私は今でも自分自身に対して怒りを感じている。私は自分のやったことをきちんと自覚していた。反戦である自分の信念もしっかり持っていた。しかし私は自分の信念に従わず、実行しなかったのだ。私は間違った理由のために自分の信念に従わなかった。(徴兵を忌避することによる) 羞恥心、故郷の町の人々からの嘲り、友人からの愛と敬意を失うこと、これらに対する恐怖のためにだ。それ故に「臆病者」という言葉を使うことになった。(O'Brien, Nomura)

彼は生涯にわたってこの決断に苦悶することになる。彼は周囲からの愛と敬意と引き換えに、戦場で敵陣を攻めたり、他者を銃で狙い撃つことなど、自分にできるはずのないことに手を染めることになる。

戦　争 (一九六九年~一九七〇年)

ここでは、ベトナムの戦地に赴き、アメリカに生還するまでの兵士としてのオブライエンの十三ヶ月間について振り返る。ワシントン州での訓練のあと、オブライエンは第四十六歩兵隊第一九八歩兵旅団に所属し、一九六九年二月からベトナムでの任務を開始する。十三ヶ月のあいだ、彼はライフル銃兵、無線電話操作士、あるいは事務官として、クアンガイ省チューライにある着陸地帯「ゲイター」に駐留した。ベトナム戦争に徴兵されたほとんどの大卒の兵士は最前線の義務を免れていたのだが、オブライエンは初めから戦闘の任務を任された。歩兵だった彼はベトコン兵の狙撃手に狙われている恐怖を常に感じていたという。「自分のシャツにライフルの標的がぴったり当てられているような感覚を私は覚えている。『そのときはいつ来るのだろう』という針で刺されたような緊張感を。まるで自分だけが敵兵の主要な目標になっているみたいな感じだった」(O'Brien, "Vietnam" 55)。帰還後、独立記念日や復員軍人の日に、アメリカが愛国心の名の下、国を挙げて帰還兵たちを称えるときなどは特に、戦場で味わった恐怖がまざまざと蘇るという。ある日、百人近くいた彼の小隊は川にかかる小さな橋を一人ひとり走り渡っていた。いざ自分の番になると、彼は橋を渡り切る途中に敵に頭を撃ち抜かれるのではないかと怯えたという。「人々は『愛国心』や『名誉ある犠牲』という言葉で戦争を表現する。戦場ではそんな概念などこれっぽちも思い浮かばない。あのとき感じていた恐怖、あれが戦争だ」(O'Brien, "Power of")。

一九六九年三月から四月、彼とアルファー中隊の兵士たちはベトコン兵から村人を守るために、ソンミ村ミライ地区に派遣された。その前年にウイリアム・カリー中尉率いるチャーリー中隊の兵士たちが同じ場所で何をしたのかについて、アルファー中隊には事前に伝えられていなかった。オブライエンはまもなくそこで「ソンミ村虐殺事件」がおこなわれたことを耳にする。彼の中隊に向けられた生き残った村人たちの敵意は明らかだった。五月、オブライエンはミライ地区の近くで手榴弾の榴散弾により軽傷を負い、のちに名誉戦傷章を受けた。同じ月、隊の中で親友となったアルヴィン〝チップ〟メリックス（Alvin "Chip" Merricks）を含む戦友の何人かが戦死する。ゲリラ兵たちは市民の中に身をひそめながら虎視眈々とアメリカ兵を待ち伏せしていた。アメリカ兵はゲリラ戦に慣れていなかった。彼らのフラストレーションは日々増大した。アメリカ兵は戦友が狙撃されたあとなどは特に、復讐のためにベトナム市民に銃を向け、市民にその代償を払わせることがあった。しかしオブライエンの隊は誰一人として非武装の市民を殺害することはなかったという。彼はカリーの中隊が経験した怒りに理解を示しながらも、彼らがおこなった虐殺行為に対してこう述べる。

酷すぎる。犯罪であり、明らかに非人道的行為だ。あの一日で殺された正確な数字を知る者はいない。私が耳にした最も少ない数字で二五〇人、最も多いもので五〇〇人。死者としてはたいへんな数だ。しかも彼らは子どもや老爺や老婦だったのだ。アメリカ兵は銃撃さえ受けていない。あれはただの殺人だ。私は下っ端の軍曹だったが、上官と討論になったことを覚えている。「奴らは死んで当然なんだ」と上官は私に言った。子どもの中には三歳児もいたのだ。彼らは死んで当然なのか？「彼らは大人になって共産主義者になり、いずれ我々を殺しに来たはずだ」と上官は言った。そんなアホなことがあるか。そのとき抱いていた怒りを忘れることができない。(O'Brien, Nomura)

親友の〝チップ〟の死はオブライエン個人にも、そして彼の創作活動にも大きな影響を与える。この出来事に関しては計三回書かれている（『僕が戦場で死んだら』、『本当の戦争の話をしよう』、ニューヨーク・タイムズ紙掲載のエッセイ「私の中のヴェトナム」）。オブライエンによると、地雷を踏んで木に吹き飛ばされた『本当の戦争の話をしよう』の作中のカート・レモンの死は同様の死に方をした〝チップ〟の死が基になっているという。オブライエンは実際には〝チップ〟の位置から百メートルほど離れていて、彼が亡くなる瞬間を目撃したり、木に登って彼の身体の一部を剥がしたりはしていないのだが、彼の死が与えた影響はとてつもなく大きかったため、個人的体験を少し変成させてフィクションとして残したらしい。

八月、オブライエンは大隊司令部（後方部隊）のタイピストの職に任命され、そこで犠牲者関連の報告を受けたり、配置転換や休暇の申請の事務処理をしたりした。仕事が終わった夜、彼は事務所内で戦争に関する報告を文章としてまとめ、それを母国の新聞や雑誌に郵送している。そのうちの二本は帰還後の一九七〇年に地元のミネアポリス・トリビューン紙とワージントン・デイリー・グローブ紙に掲載される。また〝チップ〟の死を扱う最初の作品となる「そっと歩け」（〝Step Lightly〟）（一九七〇年）がプレイボーイ誌に掲載され、のちの第一作『僕が戦場で死んだら』（一九七三年）に第十四章として収められた。

オブライエンがまだ作品化していないエピソードとして戦友を救出したときの経験があげられる。ある日、オブライエンは戦闘中にたこつぼ壕から飛び出して負傷兵を安全な場所に移動させ、その活躍でのちに青銅星章を授与されているのだが、その一件を題材にした作品は見当たらない。戦場での栄光は彼には邪魔な存在なのかも知れない。

戦　後（一九七〇年～）

最後に、オブライエンの戦後の人生、つまり大学院時代、ジャーナリスト時代、小説家としてのキャリア、そして大学教授としての仕事ぶりについて触れたい。一九七〇年三月、戦場から帰還した彼は陸軍軍曹の位で名誉除隊し、その際、戦闘歩兵記章、名誉戦傷章、青銅星章の各章を授与された。九月、彼はマサチューセッツ州ケンブリッジ（Cambridge, Massachusetts）に移り住み、徴兵される以前に合格していたハーバード大学大学院でアメリカ政治学の研究を開始する。しかしながら、大学院での勉強は彼にとっては現実味のないものだったようだ。「勇敢であること」（"Speaking of Courage"）の主人公で、短期大学に通う帰還兵のノーマン・バウカーはその頃の小説家自身を彷彿とさせる。バウカーにとって短大での勉強は「あまりに抽象的で、あまりに現実から遠くかけ離れたものに思えた。現実的なものや手に触れることができそうなものはそこでは価値がなく、戦場での危機感などもちろん問題にされていなかった」（*Things* 155）。ただ、小説家自身はアクィナス、マルシリウス、アリストテレスなど、ハーバードの授業で政治哲学者の思想に触れたことには意味があったとしている。

オブライエンが帰還したアメリカはその時期、たいへんな混乱の中にあった。アメリカ本土も戦場のような有り様だったと言える。五月、大規模な反戦抗議が全国に広がる中、インディアナ州のケント州立大学とミシシッピー州のジャクソン州立大学で学生が警察隊と衝突、計六人の学生が殺害された。政府に対する冷笑主義が国民のあいだに拡大する一方、一九七一年四月には「戦争に反対するベトナム帰還兵の会」（ＶＶＡＷ）の会員を多く含むベトナム帰還兵の数千人が連邦議会のあるキャピタル・ヒルに押しかけて座り込み、反戦の声を上げた。オブライエンは集会には参加しなかったが、彼は執筆活動をとおしてベトナム戦争の真実を伝え続けた。

大学院での勉強に疲れたある夜、彼は書き綴ったものを一冊の本にまとめることに思い至る。オブライエンは編集者のシーモア・ローレンス（Seymour Lawrence）に見出され、ホートン・ミフリン社から先述の第一作『僕が戦場で死んだら』（*If I Die in a Combat Zone, Box Me Up and Ship Me Home*）を世に送り出した。この一九七三年はアメリカがベトナムからの撤退を完了した年である。オブライエンの絶え間ない創作の旅はここから始まった。「今や戦争は終わり、自分の目の前に残されたものは単純で、どこにでもありそうな真実の破片である。人は死ぬ。恐怖心は耐え難く、人に知られると恥ずかしい。勇敢になることは簡単ではない。勇気とは何か、それすら答えられない。（中略）一歩兵が戦場にいたというだけで、戦争について何か大切なことを教えられるのだろうか。そんなことはできっこない。彼にできることは戦争の話をすることだけだ」と彼は記している（*If I Die* 23）。

同書の一九九九年の改訂版の表紙には「回想録」と書かれるようになった。各章が年代順になっていないため、この作品はノンフィクションとはみなされず、同時に題材のほとんどが事実であるため、フィクションと考えることもできなかった。二十三のエピソードを小説形式に並べたこの作品は一歩兵の戦場での戸惑いから戦争に無関心な祖国の民衆に至るまでの、この戦争に関わる主要な題材を網羅している。オブライエン曰く、一九七〇年代初めに出版されたベトナム戦争関連の小説は愛国的な歩兵の体験を綴ったものが多く占め、そのメッセージは「俺たちは戦場で最善を尽くし、戦争に幻滅して帰国したけれど、しかしその幻滅は戦争に勝つことができなかったため」とするものが大半だったという（O'Brien, Herzog 88）。オブライエンの考えは彼らの考えとは正反対なものであった。彼は戦争のリアリティーについて書くことにした。

一人の歩兵が戦場で見た明らかな事実、このことについての本を書こうと思った。その事実とは、我々は敵兵を殺していた以上に民間人を殺していたという事実だ。この戦争は最も基本的なところで最初から話にならなかった。それは撃つべきものもなく、敵もなく、とにかく標的がわからない戦争だったのだ。敵は村人の中に潜んでいた。その結果、大量の火を放って村中を焼き尽くし、ゲリラ兵が隠れる場所をなくすしか方法はなかった。私はそのようなことを本に書こうと思った。だから私は自分が世の中の役に立っているんじゃないかと思っていた。（88）

オブライエンは自分の意志に反して出征した徴集兵であったために、『僕が戦場で死んだら』は第二次世界大戦を想起させる愛国心や勇気については扱っていない。例えば、ロン・コビック（Ron Kovic）の『7月4日に生まれて』（*Born on the Fourth of July*）（一九七六年）の主人公「コビック」はアメリカの少年であれば誰もが崇拝していた俳優のジョン・ウェインを崇め、ケネディー大統領のニューフロンティア政策を信じ、両親の保守的な生活を冷笑し、そしてアメリカ軍の中では最も過酷とされている海兵隊に志願する。フィリップ・カプート（Philip Caputo）の回想録『戦争の噂』（*A Rumor of War*）（一九七七年）の主人公「カプート」は冒険を夢見る青年であるため、両親が築いた郊外での刺激のない生活を哀れんでいる。彼は自分の人生に多くを求めてやはり海兵隊に志願し、帰還後には幻滅を味わう。オブライエンはインタビューで述べる。「どうして彼らは死にたいと思うのだろう？　なぜわざわざ死のリスクを犯すのか？　私にはそう考える人の気が知れない。（中略）私の姿勢は彼らのような人々とは相容れないので、小説にもそのような自分の立場が反映されている」（O'Brien, Naparsteck 5）。

『僕が戦場で死んだら』の主人公「オブライエン」は勇気について熟考することに多大な時間を費やすが、反戦の立場を取っている以上、彼は勇気を美化することはない。ジョン・ウェインやソクラテスが考える勇気やヘミングウェイの「重圧の中での優雅さ」を携えるだけで戦火をくぐり抜けることは「不十分」だと彼は主張する（*If I Die* 146）。

なぜ彼（ヘミングウェイ）はそれらの兵士たちが抱えていたに違いない思いについて語ろうとしなかったのだろう。もがき苦しみ、恐怖に怯えていた者たちは自分たちの戦争の大義が本当に価値のあることかどうか、無論、気になっていたはずなのだ。戦争をテーマにした小説や短編やルポルタージュに登場する男たちは戦場にいることを自分たちの運命と諦め、銃弾や男らしさにひたすら耐える男たちとして描かれているような気がする。ヘミングウェイの兵士は特にそうなのだ。（中略）しかし自分たちの戦争が無意味というだけでなく、大間違いだと思っている兵士たちはどうなるのか？　ナチスに徴兵された兵士たちはどうなるのか？（*If I Die* 93）

ベトナム戦争は大義が曖昧であったために、大義が明白だった第二次世界大戦と常に比較されてきた。ベトナムから帰還した若者たちが自分たちの体験に幻滅するのはむしろ当然なことかも知れない。フレッド・ターナーに言わせれば、オブライエンは「自分たち（ベトナムのアメリカ兵）が父親たちのかつての敵（ナチス）になってしまうことを恐れた」（Turner 147）。加えて、オブライエンは自身の文体に関して、ヘミングウェイからの直接的な影響を否定している。「我々が似たような生い立ちを持っていることと関係があるのだろう。例えば、二人とも中西部出身であることや新聞社に勤務した経験があることなどがそうだ。しかし優秀な作家であれば誰しもヘミングウェイの文体を知っているし、彼から多くを学んでいる。過剰な装飾を避けたり、不必要な形容詞や副詞を削除したりするなどがそうだ」としている（O'Brien, Ingram）。

一九七一年の夏、オブライエンは大学院での研究と『僕が戦場で死んだら』の執筆に勤しむ傍ら、ワシントン・ポスト紙の夏期のインターンシップに参加、続く一九七二年には再び同紙でインターンとして働いた。同じ年、彼は大手出版社リトル・ブラウンの編集助手のアン・ウェラー（Ann Weller）と結婚する。オブライエンにとってワシントン・ポスト紙で働く目的は当初は収入を得ることだったが、記者のための研修プログラムは結果的に彼にニュース記事の基礎を学ぶ機会を与えた。そこで彼は記事を簡潔に書く作法と校正の方法を習得した。その後の一九七三年から一九七四年、彼は大学院を一年間休学してワシントン・ポスト紙の常勤職を獲得、記者として主に国政と上院の公聴会の取材を担当した。しかしオブライエンはすぐに自分の関心はジャーナリズムにではなく創作にあることに気づく。彼によれば真実には「実際に起こっている真実」（"happening-truth"）と「物語の中の真実」（"story-truth"）があり、彼は自分が後者により惹かれていた。

回想録『僕が戦場で死んだら』でのまずまずの成功のあと、出版社が次に思案したことはオブライエンが小説執筆に興味があるか否かについて知ることだった。すぐさま彼は小説に着手、二年後に『北極光』（*Northern Lights*）（一九七五年）を完成させる。この第二作はベトナムの戦場へ行く兄とアメリカに留まる弟との人間関係を描いたものである。オブライエンはワシントン・ポスト紙で働きながら二冊の本を上梓したあと、大学院での研究を再開させる。のちに彼は博士号の口頭試験に合格するのだが、結局、博士論文の「アメリカの軍事介入のケーススタディー」を完成させることはなかった。彼は両親の反対を押し切り、学者ではなく幼少からの夢であった小説家の道に進むために、ハーバード大学大学院を後にする。

一九七八年、第三作『カチアートを追跡して』（*Going After Cacciato*）が発表される。オブライエンの初のヒット作は同年のヒット作であるジョン・アーヴィングの『ガープの世界』をおさえて「全米図書賞」（The National Book Award for Fiction）（一九七九年）を受賞。この作品での成功により、オブライエンは著名な小説家の仲間入りを果す。主人公のポール・バーリン（Paul Berlin）は脱走者の戦友カチアート（イタリア語の「ハンター」の意）という名の兵士を追跡するために、小隊の兵士たちと無断離隊（ＡＷＯＬ）、つまり戦場から脱走してベトナムからパリへの旅に出かける。パリと言えば一九七三年に正式にベトナム戦争の停戦協定が署名された場所である。オブライエンの独創性は作中の時間の流れと形式にもあらわれている。過去と現在と未来は計四十六の章として断片化され、時系列順ではなく順不同に並べられている。

一九七〇年代後半から一九八〇年代前半にかけて、帰還後の生活に適応できずに苦しむベトナム帰還兵の姿が少しずつメディアで取り上げられるようになる。帰還兵たちは先述の「勇敢であること」（"Speaking of Courage"）の主人公ノーマン・バウカー（Norman Bowker）のように市民生活に戻れずにいた。バウカーは戦友だったカイオワ（Kiowa）の命を救うことができなかったために、故郷のアイオワ州に戻っても「生存者としての罪の意識」（"survivor guilt"）を抱き続ける。戦争体験にとてつもない幻滅を覚えたせいで、苦悩の人生を歩んでしまう帰還兵も多いとオブライエンは語る。「ひとつには、彼らは憧れを持って戦場に行ったのだが、その憧れは無残に消え去った。何ヶ月、あるいは何年かが過ぎて、自分が酷い間違いをしたことに気づくと、そのあとには酷い地震の余波のようなものが訪れる。私の場合、それを知る必要はなかった。私は戦場に行く前にすでに知っていたのだから。ある意味、この認識、つまり戦争は初めから憧憬を抱くようなものではないという認識を持ちながら出征した私の罪は憧憬を抱いていた者たちの罪よりも重いと思っている」(O'Brien, Herzog 89)。出征前と出征後に抱いた二重の罪がオブライエンを過去へと引き戻しているようだ。しかし二重の罪の承認は戦闘体験のない市民にとっては複雑で理解し難いものに映る。一般市民はベトナム帰還兵を「愛国的な幻滅者」として類型化する傾向にあるため、彼らはオブライエンのような二重の罪の告白者には馴染めず、朗読会ではオブライエンに対して自分自身を赦し、戦争のことを忘れるよう促すという。

オブライエンのエッセイ「我々は戦後の生活に適応し過ぎている」("We've Adjusted Too Well")が一九八〇年五月二十五日、メモリアル・デーの直前にワシントン・ポスト紙に掲載される。掲載のタイミングにも何らかの企みが見え隠れする。一九八〇年という年。それは戦争が終わり、ベトナム帰還兵が集団としてではなく、個々で心の平和を取り戻そうとしている時代だったということ。加えて、一九八〇年と言えば、ロナルド・レーガンが新しい保守主義とソ連との新たな戦争「スター・ウォーズ計画」を打ち出し、アメリカ新時代の幕開けを高らかに宣言した年でもある。オブライエンのエッセイはそのような楽観的なムードにあえて水を差しているようなところがある。

ある。「一般市民が持っている固定観念とは対照的に、ベトナム帰還兵の多くは心の平和を取り戻している」とオブライエンは語る。ベトナム帰還兵の大多数は失業者でも、アルコール依存症でも、麻薬依存症でも、銀行強盗でも、自殺志願者でも、妻や子どもへの虐待者でもなく、彼らは自らの傷を癒すことにきちんと成功している者たちなのだという。「それが問題だ。我々帰還兵は戦後の生活にあまりに適応し過ぎている。（中略）あまりにも多くの帰還兵がかつて人生を支配していた苦悩を忘れ、押しやり、抑圧し、気づかないふりをしてしまった。罪の意識、恐怖、肌を刺すような切迫感は消え去った。悲しいことだ。我々は忘れてはいけないのだ」と帰還兵たちに呼びかける（O'Brien, "We've" 205）。そして最後に全国民に警告する。


　国家の記憶は兵士の記憶と同様に気まぐれで、永くは続かない。まわりを見渡してみてほしい。国民の多くはアメリカが諸外国でのすべての紛争に首をつっこみ、武力介入することに同意している。ただ黙って、盲目的に、性急に。彼らは武力介入をする意味を体系的に検証することも、その地域でのアメリカの武力介入の歴史についても、思い起こそうとはしない。

　我々帰還兵は戦後の生活にあまりに適応し過ぎている。国民も。そして私は国全体が反省することを忘れ、ベトナム戦争以前の自分たちに戻ったのではないかと案じている。

　我々帰還兵がもっと苦悩することを望む。（206-07）

ジョン・ティマーマンは「アメリカ社会がもはや苦悩せず、そして歴史の一部を消し去ったのであれば、それは人間性の一部を切り離してしまったことを意味する。戦争の物語が個々の帰還兵の夢と人生を呼び起こさなければならない」と述べ、オブライエンの創作活動に賛同する。「それこそがティム・オブライエンが請け負っている仕事である。戦争の物語の本質的な弁証法はデータとしての事実と人間の魂の内側にある現実とのあいだの相互作用の中に存在する」(Timmerman 100-01)。

あからさまに核戦争のカードをちらつかせるレーガンへのオブライエンの警告は一九八五年の第四作『ニュークリア・エイジ』(*The Nuclear Age*)によってより明白な形となってあらわれる。主人公で元徴兵忌避者のウイリアム・カウリング(William Cowling)は核戦争から妻と娘を救うために家の裏庭に穴を掘り、核シェルターを作る。人類が初めて体験した核の時代と言えば、一九五〇年代から六〇年代に起こった米ソ冷戦時代だが、この一九八〇年代はまさにその時代に逆戻りしたような時代であった。一九五〇年代から六〇年代に少年時代を送ったオブライエンやベビーブーム世代にとって、再び訪れた核戦争の脅威は現実の問題として捉えざるを得なかった。しかしベビーブーム世代は今や中年に達し、「一九八〇年代と九〇年代における記憶喪失気味のポストベトナムのアメリカ」、つまり戦争のない物質的に豊かなアメリカを満喫している(Beidler 24)。オブライエンによる警告の書は安閑とした中年ベビーブーム世代のために書かれたものなのだろう。核爆弾を使用することに躊躇しないアメリカの無法ぶりと小市民の精神的危機が描かれたこの作品は意欲作として注目されるものの、初版以降の増刷発行には至らなかった。

一方、一九八〇年代後半、ベトナム戦争の映画が静かなブームとしてアメリカ社会を席巻する。アカデミー作品賞を獲得した『プラトーン』がヒットしたのは一九八六年のことである。時代の潮流に乗るかのように、今度はベトナム戦争の文学作品がにわかに高校や大学の英語の講義で教科書として採用され始める。文学作品の中には戦争を歴史的事実として伝えるというよりはむしろ、人間や人生の本質を描き出しているものが多く、したがって若者の思考を大いに刺激しているとバリー・クロールは述べる（Kroll 2-3）。また、ギルモアとキャプランはオブライエン作品を使用した教育方法を論じる研究書の中で、彼の作品が記憶と語りなどの人生における重要な主題を扱っており、そのことが学生の心を揺さぶり、共感を得ているとしている（Gilmore and Kaplan ix）。

さらには、ベトナム帰還兵が授業で紹介され、学生の前で自身の体験談を話したり、高校の歴史や英語の教師になったベトナム帰還兵が戦争を口述歴史（オーラル・ヒストリー）として授業で扱う機会がこの時代には増えている。「授業で最も成功しているケースは学生のために戦争を生きたものとして語ってくれるベトナム帰還兵が学校を訪れ、話をしてくれる授業である」（Joseph 54; 傍点は野村）。一九九〇年代に入ると、今度はベトナム帰還兵の文学研究者が登場し、ベトナム戦争の文学作品が教室の中で読まれ、批評されるようになる。それらの講義は大学では人気の講義の一つに数えられるようになった。同じ時期、ベトナム帰還兵の中には犠牲者としてではなく、戦争の現実を知る語り部として過去と向き合い、とりわけ若い世代に向けて実体験を伝えようとする者が続々と現れた。

一九八〇年代後半、オブライエンの創作テーマが十数年ぶりにベトナム戦争の戦場ものに戻る。一九八六年から一九九〇年までにエスクワイア誌などの著名雑誌に発表された十一の短編は好評を博し、これにより彼は人気作家としての地位を築くことになる。十一篇の中でも「兵士たちの荷物」("The Things They Carried")、「本当の戦争の話をしよう」("How to Tell a True War Story")、「勇敢であること」("Speaking of Courage")、「レイニー河で」("On the Rainy River")の四編は高い評価を受け、他の七編と共にのちの『本当の戦争の話をしよう』(*The Things They Carried*、一九九〇年)に所収された。この第五作は歩兵隊が背負った心の重荷や戦後トラウマのみならず、戦争を語ることの難しさについても議論している。形式もやはりユニークだ。二十二の章が独立した形で短編、掌編、ノンフィクション、回想録、解説として混在しながら、同じ登場人物たちが入れ替わり各章に登場したりする。

この『本当の戦争の話をしよう』はフランスの権威ある「最優秀外国文学賞」(Prix du Meilleur Livre Étranger)を受賞、さらには「ピューリッツァー賞」(The Pulitzer Prize)と「全米批評家協会賞」(The National Book Critics Circle Award)の最終選考にも残った。これはオブライエンの作品の中では最も優れた作品として捉えられており、英語で書かれた戦争文学の中では最高傑作と評されている。アメリカ国内には戦争や帰還兵を理解するための教材としてこの作品を採用する高校や大学も多い。オブライエンは「兵士たちが戦場で何を体験し、どのように感じたのかを伝えようとするのだが、彼は活字の先にあるものを伝えようと試みている」とある書評家は賞賛する（Harris）。ミチコ・カクタニはこの作品が「ベトナム戦争に興味のある読者だけでなく、執筆に関心のある人すべてにとっても重要だ」としている（Kakutani, "Slogging"）。

批判がないわけではない。一部の研究者はオブライエンのベトナム戦争への執着を非難している。オブライエンは自分に付けられた「ベトナム戦争の作家」というラベルに納得がいかず、こう反論する。「トニ・モリソンを黒人専門の作家と呼んだり、メルヴィルを鯨専門の作家と呼んだり、シェイクスピアを国王専門の作家と呼ぶようなものだ」と述べる（O'Brien, Tambakis 98）。また、フェミニストの批評家たちは女性の登場人物を排除していると攻撃する。オブライエンは言う。「まず、事実を確認して頂きたい。私の作品が扱っている物語の種類について。例えば、『本当の戦争の話をしよう』に登場する兵士のヘンリー・ドビンズ、あるいはほかの兵士でもいい、彼ら兵士の役を数人の女性が演じ、戦場を行進していたとすれば、それはとても奇妙な光景になるだろう」。実際、ベトナム戦争では女性は戦闘員の役割を与えられていなかった。そればかりか、ベトナムの人々を扱っていないことをやり玉にあげるレニー・クリストファーのような批評家もいる（Christopher 230）。これにもオブライエンは黙ってはいない。「ベトナム側の物語を語る責務は当然、ベトナム人やベトナムの作家たちに委ねるべきだ」。小説家が一堂に会す国際会議で彼はベトナム人の作家たちとこの話題について議論したことがあるという。ベトナム人作家の一同は一斉に笑い出し、ベトナムの立場を語る仕事は彼らのものだと答えたらしい（O'Brien, Kaplan 104）。
　オブライエンが頻繁に受けるもう一つの批判は朗読会でのことである。批判は『本当の戦争の話をしよう』所収の「レイニー河で」の最後の「私は臆病者だった。私は戦争に行ったのだから」という二文に対するものだ。戦争は「ハリウッドが提供してくれる輝かしい愛国的な一大イベント」などではないことを彼は聴衆に訴えるのだが、聴衆の中のベトナム帰還兵はオブライエンが示す「非愛国者的な」態度を歓迎しないという。「彼らはこう言う。『俺は自分がお国に仕えたことを誇りに思っているし、その考えに反対な者はいつでも相手してやる』と。そんな感じの連中が多い。ほとんどはそんな感じだ。私はそんな連中とは相容れない。私はそのような帰還兵万歳的な考えに反対だ」（O'Brien, Tambakis 103）。聴衆の中には第二次世界大戦の帰還兵もいて、彼らはこう述べるらしい。「『君はやるべきことをやったのだ。愛国者さ。まだ子どもだったのだよ』。そして私は残りの人生をこう言って過ごすだろう。『お前は何もわかっちゃいない』と。私は自分がしていることをちゃんとわかっていた。（中略）そして私は人生のこの段階で真実を語ることをやめるつもりはない」（O'Brien, Herzog 109）。そのような人々は戦争に対するオブライエンの罪の意識について、決して理解しようとしないという。

　他の多くの国ではそうではないのだが、罪の告白や承認はアメリカの文化では多分に懐疑的な目で見られてしまうように思える。例えば、アメリカのインディアンの文化では告白は精神の浄化であり自然なものなので、インディアンの中では普通に受け入れられている。私たちの（アメリカ）文化ではあたかもその背後に何か別の企みがあるかのような目で見られてしまう。実際、それはただ単に神の前にひざまずいて、「私は間違ったことをしてしまいました。望んでしたわけじゃないのですが、してしまったことは事実です」と言うのと等しい話なのだが。（109）

オブライエンによる長年のベトナム戦争の作品化と公での戦争に対する反対表明を理由に、批評家の多くは彼のことを非愛国者とみなしている。カナダでの亡命生活に踏み切れず、またアメリカでの生活を放棄できなかったのだから、実際には彼は愛国的である。他方、彼は他国の歴史や文化への無知から生まれるいかなる軍事行動にも反対している。したがって自らも公言しているとおり、オブラエインは愛国的なリベラル派ということになる。

彼は湾岸戦争での勝利にご満悦なブッシュ大統領を例に取り、変わることのない日和見的なアメリカの軍事介入を叩く。「それは昔ながらのアメリカの好戦性から始まった戦争だ。世界の問題を解決するには人を殺せばいいというやり方。（中略）外交官に給料を払う意味はあるのか？　外交努力はせいぜい数ヶ月。そしてすぐに諦める。忍耐力はないのか？」（O'Brien, Baughman 210）。また、湾岸戦争は「ベトナム症候群」の産物であるとも彼は述べる。

軍隊を使用するか否かについてとても注意深くなることは名案だ。（中略）やみくもに武器を用いて強行に出るのではなく、とても慎重に理知的に物事を進めなければならない。ベトナム戦争のあと、アメリカには国全体に無力感が広がり、それは我々の魂の中にも入ってきた。私たちは長いあいだ、世界で救世主ローン・レンジャーを演じてきたが、ベトナム敗戦でその正体は明らかにされた。しかしそのあとも、これまた長いあいだ、腕っ節の強さとタフガイであることを示したいがために、ご存知のとおり、グレナダに侵攻し、パナマに侵攻し、イラクに侵攻して、格好良く敵をやっつけてきた。このような精神状態を「ベトナム症候群」と呼ぶ。（O'Brien, Edelman）

さらに、オブライエンは歴史や記憶を歪めて見る、自己欺瞞に溺れる国家アメリカを非難する。「多くのアメリカ人が戦争で犠牲にならなかったという点で、我々は自己を正当化しようとするが、その一方、我々は他国の多くの人々が犠牲になった事実をきれいさっぱり忘れる術を持っている。そこについては気にしない。我々はおかしな社会に住んでいる。我々の物忘れの早さはたいしたものだ」（O'Brien, Tambakis 104）。

一九九四年、オブライエンは六作目の『失踪』（*In the Lake of the Woods*）を出版する。この作品は「ソンミ村虐殺事件」（一九六八年）を扱っている。オブライエンが歴史的な事件を扱うのは初めてのことである。彼は虐殺事件に関する実際の証言記録を作中で使用し、また主人公のジョン・ウェイド（John Wade）ら数人を除き、登場人物はすべて実在する人物である。この作品はベストセラーとなり、米国アメリカ史学会が主宰する「ジェイムズ・フェニモア・クーパー賞」（The James Fenimore Cooper Prize for Best Historical Fiction）を受賞。過去の作品のうち、筋書きが最も刺激的であることに加え、政府による歴史歪曲の事実を題材にしたことがこの作品の価値を高めている。なぜウイリアム・カリー中尉の隊は一線を超え、ティム・オブライエンの隊は一線を越えなかったのか。この謎を解明するのもオブライエンの執筆の狙いであった。

一方、一九九一年の世界は冷戦終結と共に変化する。翌年の一九九二年、アメリカはオブライエンと同い年の、一九四六年生まれのビル・クリントンを大統領に選んだ。オックスフォード大学で反戦運動家だったクリントンは一九六八年に徴兵逃れを企てた。大統領選挙でその点について追求されると、彼は説明を二転三転させてしまう始末で、メディアも一斉にその問題をスキャンダル化させる。クリントンはベトナム戦争に対する持論を展開する機会を得ていたにもかかわらず、自分の政治キャリアに傷をつけることを恐れ、その話題については沈黙を貫いた。オブライエンは口を開く。「俺は自分が信じてもいない戦争に行かなかったし、それは正しい決断だったとクリントンは言うべきだったのだ。だいたいにしてこの戦争はアメリカでは不評だったのだから。代わりに彼は話をごまかし、俺は正しいことをした、うるせえ、と言わなかったのだ」（O'Brien, Edelman）。

とは言え、ほとんどのアメリカ人は当時から不人気だったベトナム戦争についても、クリントンの徴兵記録についても、あまり気には留めていなかった。国家全体がベトナム関連の問題に注意を向けていないことから、クリントン陣営は慎重に選挙の焦点を外交政策と国内経済へとすりかえた。事実、ベビーブーム世代の中でベトナム戦争に従軍した者は少数派に属しており、若い世代に至っては徴兵逃れの問題には関心を寄せていなかった。むしろこの時期に起こった注目すべき出来事は上院議員ボブ・ケリーの一件であろう。ベトナム戦争で脚を失ったアメリカ海軍特殊部隊ネイヴィーシールズのこの元兵士は一九九二年の民主党大統領候補の指名選挙に立候補した。しかし戦争犯罪に加担していた過去を明らかにされ、彼は指名選挙から退陣する。一九六三年のケネディーの死去以来、民主党は愛国心で共和党員たちを黙らせることができる申し分のない履歴書を持つ、愛国的リベラル派のケリーのような人物を熱望していた。戦争の英雄は大統領選挙の舞台に華々しく登場し、ほどなくして戦争犯罪者としての疑惑だけを残して舞台の袖に退場した。

『失踪』は秘密を暴露されたあとのボブ・ケリーのような人物の行く末を描いている。主人公であるミネソタ州副知事のジョン・ウェイドは「ソンミ村虐殺事件」への自身の関与を隠し通すことに失敗し、上院の選挙戦で地滑り的敗北を喫する。ウェイドは手にしたものすべてを失いたくないがために、自身の秘密を世間にだけではなく妻のキャシー（Kathy）にも打ち明けない。主人公を人気のある詐欺的な公人に据えたオブライエンの意図は明らかだ。小説家は醜い過去から目を逸らすウェイドの生き様を読者の前に晒すことで、国家の癒しのプロセスを妨げようとしているのだろう。

「ソンミ村虐殺事件」の戦争犯罪者の中でウイリアム・カリー中尉だけがベトナム市民虐殺の罪

で有罪判決を受けている。判決内容とアメリカ国民の反応についてオブライエンはこう述べている。

その事件は戦争犯罪として認定されたが、加害者たちは誰一人として重い罰を受けていない。起こったことについては全員認めた。彼らはやりましたと言った。彼らは彼らなりの奇妙な言い訳をして犯行を正当化したが、子ども、老婆、若い女性、十代の若者を手にかけたその犯行自体を否定する者は誰一人いなかった。私は国家アメリカがどうしたら易々とスケープゴート作りができるのかがわからない。国民はアメリカやアメリカ人を責めることはせず、基本的には中尉だった一人の男に罪を着せたのだ。その男は中心的な司令官ですらなかったのに、だ。ウイリアム・カリーという名の男だ。そして人々は「まあ、奴は無学だったのだ」というようなことを口にした。「奴は南部出身の貧しい白人だった」だの、「善と悪の区別がわからない頭の悪い奴だった」というようなことを言った。(O'Brien, Nomura)

オブライエンの作品の中で『失踪』は最も自伝的な作品である。オブライエンはカリー中隊の一員ではなく、無論、虐殺事件にも参加していない。しかし彼自身も戦争について妻に多くを語らなかったという。また、オブライエン本人が十代前半の頃にそうしたように、ウェイドも十二歳のときに手品に傾倒していた。クラスメートのキャシーを失うことを恐れていたウェイドは大学四年のときにキャンパス内で彼女を尾行する。その後の人生においてもウェイドは自分の欠点や失敗を隠蔽するために腐心する。オブライエンは創作では小説家としての「声」を見つけ、思いの丈を頁に吐き出すことができたのだが、妻との関係では率直さを欠いた。

一九九三年、オブライエンを育てた編集者のシーモア・ローレンスが逝去。また一九九三年から は妻のアン・オブライエンとの別居に入る（一九九五年に正式に離婚）。ハーバード大学の医学生ケイト・フィリップス（Kate Phillips）との短い関係も一九九四年二月に幕を閉じる。鬱病の治療を受けるものの、日を追うごとに治療の効果は薄れていく。一九九四年十月、ニューヨーク・タイムズ・マガジン紙に発表されたエッセイ「私の中のヴェトナム」（"The Vietnam in Me"）で彼はその当時の苦しい胸のうちを包み隠さず吐露している。これは同年二月に果され、フィリップスも同行したベトナム再訪の様子を想起しながら、彼女が去ったあとの孤独な日常について綴る日記調の回想記である。彼はゲリラ兵の捜索のためにかつて頻繁に訪れた「ゲイター着陸地帯」の隣村を再訪し、こう黙考する。「神様。私たちはこの人たちに愛という爆弾を落とすべきだったのです」(O'Brien, "Vietnam" 50)。エッセイはベトナム人に対する罪の意識で溢れている。

ソンミ村ミライ地区を再訪すると彼は憤怒による悪寒を感じ、虐殺事件に対するアメリカの独善的な姿勢について思い起こす。「私は自分たちの蛮行をなかったことにしてしまうこの国に対して、そして（カリー中隊のような）殺人犯たちと一般兵士を同等に扱ってしまうこの国の司法制度の在り方に対して、裏切られたという気持ちを持っている。どうやら、私たちはみんな等しく無実だということにされているのだ。（中略）アメリカは己の手で己を無実だと宣言したのだ」(53)。オブライエンは続ける。「アメリカの国家神話の中に悪が占める余地はないようだ。私たちは悪を消去し、省略法を適用する」(52)。社会神学者のウォルター・デイヴィスはこう述べる。「アメリカ人は人間がなす邪悪についてほ学校で教わらない。私たちは限界や悲劇についての感覚をほとんど持たない『誰もが認める楽天的な社会』に住んでいる。したがって陥ってしまう行動は回避、否認、逃避である」(Davis 165)。オブライエンが懸念するのはかつての国防長官ロバート・マクナマラが陥っている状況にアメリカ全体が陥ることである。マクナマラはベトナム戦争の悲劇の責任をたった一人で引き受けているようなところがあり、アメリカ人は国民全体にではなく、彼個人に責任を転嫁するのではないかとオブライエンは憂慮するのである。「戦争の責任はボブ・マクナマラ、ディーン・ラスク、ウォルト・ロストウ、ジョージ・バンディーにある。それは間違いない。彼らが我々を戦争に導いたのだし、その面々が犯した罪を消すことはできない。それは絶対に翻らない。彼らが政策決定者だったのだから。他方、失態の責任を認めたのはマクナマラだけなのだ」(O'Brien, Tambakis 104)。

ベトナム再訪から自宅のあるマサチューセッツ州に戻ると、オブライエンは自殺の衝動に襲われる。同行したフィリップスはもう彼の元にはいない。「昨夜、頭の中に自殺という言葉が心に浮かんだ。するかしないかではなく、その方法について考えたのだ」(O'Brien, "Vietnam" 50)。一九九四年、最終的にオブライエンは鬱病から脱したかのように、エッセイをこう締めくくる。「ここに一つの結論がある。ベトナム、ケンブリッジ、パリ、海王星。これらすべては心の中にある場所だということ。心は変化する」(56)。ベトナム再訪を終え、彼は未来の世代に対する自分の役割について感じ始める。一九九九年のインタビューではこの点について長く語っている。

再訪を果した今、ベトナムは私にとってはもはや戦地ではなくなった。ただの恐怖でも、死でも、悪寒でも、喪失感でもない。誤解してほしくないのだが、そのような記憶は決して消えることはないだろう。しかし少なくとも今、そのような忌まわしい記憶の脇には平和を享受する国の情景が加わっている。ほんの二週間のあいだで知り合うことができたベトナムの人々の顔も。(中略) ベトナム人が我々アメリカ人のことを赦してくれており、あるいはそれは表面だけのことなのかも知れないのだが、もしそうだとすると、それは本当に驚くべきことだ。我々が仕掛けた地雷で足を失った現地の人々を目にすれば、どうしたら彼らがあんな風に我々のことを赦す気になれるのかと、誰しも思うからだ。

(O'Brien, Tambakis 104-5)

兵士としてベトナムに滞在していたとき、彼はその場所のすべてを嫌っていたという。彼は目的がはっきりしない戦争そのもの、ゲリラ戦、地雷、戦友の死傷、そして間違った戦争に参加してしまった自分自身を憎み続けた。しかし今となっては彼はかつての敵が自分と同じように過去を克服し、次世代のために未来を切り開くことに足掻いている中年たちであることを知る。

一九九〇年代、『本当の戦争の話をしよう』やほかのベトナム帰還兵によって書かれた作品を英語の教材として採用する教員がアメリカ全土に広がることで、教室内ではベトナム戦争に関する議論が徐々に活発になっていく。その点についてオブライエンはとても喜ばしく思っており、この戦争の歴史が特に若い世代に共有されることを強く望んでいる。

「ソンミ村虐殺事件」は我々が語り継がなくてはいけない話だ。なぜか。その事件について大学などで話をすると、学生たちは一様に唖然とするからだ。私は驚きのあまり、思わずよろめく。学生たちはその事件について一度も聞いたことがないのだ。それで、自分の学生時代のことを思い起こしてみると、我々がインディアンにしたことについても、奴隷制度についても、学校ではクソも教わっていないのだ。世の中には忘れることのできない、忘れるべきではないことがいくつかある。（中略）エリ・ヴィーゼル（ハンガリー出身のアメリカのユダヤ系作家）はホロコーストについて書き続けているが、私はベトナム戦争についても同じことが言えると思う。人々は彼のことをパーティー・プーパー（場をしらけさせる人物）と呼び、彼にホロコーストのことを忘れさせようとしているが、この世には証言をする者が必要だ。証言はなされなければならないのだ。三月の土曜日の朝にソンミ村ミライ地区で惨殺された五〇四人のベトナム人について、誰かが語らなければならない。（107）

アメリカは南北戦争のときに犯した過ちをベトナム戦争でも犯したとウォルター・デイヴィスは指摘する。デイヴィスは南北戦争における南部を引き合いに出す。南部の白人は南北戦争で悪の慣例である奴隷制度を守るために戦って敗北したのだが、彼らはベトナム帰還兵と同様、敗北によってもたらされた心の傷を隠してしまったのだとしている。「しかし戦争の悪霊はそんなに簡単に追い払えるものではない。悪霊は払い清めない限り、アメリカ人全体の無意識下の血管の中に毒素のように侵入し、国家のあらゆる器官をゆっくりと冒していく」（Davis 8）。

一九九八年、オブライエンは第七作『トムキャット・イン・ラヴ』（*Tomcat in Love*）を発表。一九九四年の悪夢を生き抜いた小説家は今度は男女間の戦争に目を向ける。この作品は戦争によって失われた青年時代、フリーセックス（性別からの開放運動）が生んだ自由な恋愛と離婚の増加、そしてベトナム敗戦による喪失感など、ベトナム世代であれば誰もが抱えてきた世代特有の人生の様々な危機を題材にしている。主人公のトム・チッパリング（Tom Chippering）は愛され認められることを切に望む「明るい」（"chipper"）男であり、彼は内向的で執拗な性格の持ち主である前作の主人公ジョン・ウェイドとは対照を成している。作品全体を占める明るいトーンに加え、この作品は前作で支配的だったトラウマそのものよりもトラウマ後のサバイバル、つまり人生を生き抜くことを主題に置く男の自叙伝に仕上がっている。主人公は多くの間違いを繰り返しながらも、最終章では「永遠に生きること」、「すべてを打ち明けること。そしてそこからやり直すこと」という諦念に至る（*Tomcat* 346）。

オブライエンはサバイバルを念頭に置いた記憶語りで新境地を拓いているわけだが、評論家の多くが一九八五年発表の喜悲劇『ニュークリア・エイジ』を好まなかったように、彼らは今回の喜悲劇も好まなかった。フェミニストの評論家や書評家はチッパリングの男性優位主義を非難する。「『カチアートを追跡して』と『本当の戦争の話をしよう』に記されたベトナム体験の素晴らしく、そして繊細な素描を台無しにしている」とミチコ・カクタニは述べる（Kakutani, "Shell Shock"）。一方、小説家のジェーン・スマイリーはオブライエンが鬱病の時期から時を隔て「生きる力を取り戻したこと」、また彼はドラッグ、アルコール、離婚、政治イデオロギーなど、ベトナム世代特有のテーマについて語ることができる数少ないベビーブーム世代の作家であると評価する（Smiley）。

一九九九年の夏、オブライエンは新しいスタートを切る。彼は戦場から帰還したあとの約三十年間、居を構えていたマサチューセッツ州ケンブリッジを離れてテキサス州オースティン（Austin, Texas）に転居し、二〇〇三年からはテキサス州立大学（Texas State University）の大学院修士課程創作学科で教鞭をとるようになる。長年にわたり同学科で中心的な役割を担ってきた彼は情熱を持って取り組む教師として学内でも評判を得ている。講義はワークショップ形式で二年間で一学期（半年）開講されている。オブライエンにとって小説の題材は「悪戦苦闘をする人生の瞬間」にあるという。「自分たちにとって大切なものがそこにある。その経験こそが良い物語を生み出す」と彼は述べる（O'Brien, Birnbaum）。

二〇〇一年、オブライエンは女優で番組脚本家兼プロデューサーのメレディス・ベイカー（Meredith Baker）と再婚する。彼女とはニューヨークの書店「バーンズ・アンド・ノーブル」で開催した彼の朗読会で出会った。ここから彼女が住むニューヨークと彼が住むボストンをお互いが行き来する日々がしばらく続く（O'Brien, Nomura）。二〇〇二年、第八作『世界のすべての七月』（*July, July*）が発表される。オブライエンの長年のテーマである罪と記憶と慈悲の心を扱うこの作品は三十一年ぶりに大学のクラス会で再会する男女十一人を主人公にしている。十一人の中には旧友、円満な夫婦、元恋人、そして捨てられた元恋人が混在する。彼らは若い頃、大きな夢を抱えていたが、人生のどこかの時点で挫折を味わう。それでもなお、彼らは幸せな人生を模索する。オブライエンは時間軸を過去と現在に分け、その二つを往復させる展開を好むのだが、この作品においてもその形が採用され、章も二十二章で構成されている。うち九章が短編としてエスクァイア誌とニューヨーカー誌に初出された。二十二のうちの十一の章では十一人に起こった一九六九年七月の出来事が描かれ、残りの十一章では二〇〇〇年七月に開かれた同窓会での彼らの会話が収められている。どの人物も中年であれば誰しもが抱える問題に直面しているが、徴兵忌避による亡命生活と疎外感を扱う章、そして壮絶な戦闘体験によるＰＴＳＤと女性との関係を扱うこれら二章はベトナム帰還兵の小説家の中でもオブライエンにしか描き切れないリアリズム、緊張感、苦悶、哀愁が美しく描き出されている。

二章のうちの一つが自伝的要素の色濃いビリー・マクマン（Billy McMann）の苦悩の年代記「ウィニペグ」（"Winnipeg"）である。マクマンはベトナム従軍を忌避してカナダのウィニペグに逃れる。しかしその後は徴兵忌避の罪の意識にさいなまれ、女性との関係も破綻をきたす。カナダに同行しなかった大学時代の恋人ドロシー・スティアー（Dorothy Stier）はベトナムの戦地へ一度も手紙の返事をよこさなかったオブライエンの元恋人を想起させる。カナダでマクマンと結婚する妻は夫の素性を確かめることができずに自ら命を絶つ。一九八五年に起こる妻とのこの突然の別れは一九八〇年代中盤に起こったオブライエンによる妻アン・ウェラーとの別居とのちの離婚を思わせる。事実、オブライエンは自身の罪の意識について妻に語ることができずにいた。マクマンに過去を語らせようとするが失敗し、一九九一年に彼の元を去る若くて魅力的な部下のアレキサンドラ・ウェンツ（Alexandra Wenz）の行動は一九九四年にオブライエンの当時の恋人ケイト・フィリップスが取った行動によく似ている。マクマンは母親の葬儀に出席するために一九九二年にアメリカへ帰郷、一時的とは言え、帰国で成し遂げられる彼の過去との和解はベトナム再訪を果す一九九四年のオブライエンの行動と一致する。他方、幾多の喪失を経験しながらも、自殺に向かおうとしないマクマンの姿勢は生き抜くことへの小説家自身の意志表明と捉えることができる。

いま一つの章はデイヴィッド・トッド少尉（Lt. David Todd）を主人公にする戦場ものの「一九六九年七月」（"July '69"）である。トッド少尉は敵の待ち伏せ作戦を生き抜いた小隊唯一の生存者である。両足を打ち抜かれ、高い雑草の中を密かに這い回るリーダーは勇気を振り絞り、ヘリコプターによる救助を受け入れる。彼はアメリカにとって最も輝かしき七月という月に恥ずべき姿で恥ずべき行動を取っている。小隊が耳を傾けていたラジオからはアメリカ人が人類史上初めて月面着陸を果したことを祝福するアナウンサーの声が流れてくる。ビリー・マクマン同様、トッド少尉も肉体的にも精神的にも永遠に傷を負ったトラウマ・サバイバーとして生きていくことを決めている。そこには新しいミレニアム（千年紀）に向かって希望を探し求める小説家の姿が見える。

さて、二〇〇三年はオブライエンにとって記念すべき年となった。妻とのあいだに長男のティミー・オブライエン（Timmy O'Brien）が誕生したのだ。当時、五十六歳のオブライエンにとっては人生で初めての実子の誕生であった（前妻とのあいだには子どもをもうけていない）。そしてその二年後の二〇〇五年には次男のタッド・オブライエン（Tad O'Brien）が生まれる。イラク戦争やアフガニスタン戦争が泥沼化すると、帰還兵作家は子どもたちの未来について憂う。「彼らの将来には何が待ちうけているのだろう。私がくぐり抜けねばならなかったような最悪なこと、そしてベトナム市民も経験したあの悪夢の数々を私の子どもたちも繰り返すのだろうか」。一方、彼はイラクやアフガニスタンに駐留するアメリカ軍の兵士たちの立場にも立ち、彼らのゲリラ戦に自ら体験したベトナムでのゲリラ戦を重ね合わせたりもしている（O'Brien, McMurtrie）。

父親業と教職に重きを置くオブライエンではあるが、インタビューや授賞式などの執筆以外の小説家の仕事には関わり続けてきた。二〇一二年、戦争と平和について永く執筆してきた作家に贈られる「デイトン文学平和賞」（The Dayton Literary Peace Prize）の特別功労賞を受賞。二〇一三年には、戦争文学の部門でプリツカー賞の特別功労賞（The Pritzker Military Library Literature Award for Lifetime Achievement in Military Writing）を受賞し、報奨金として十万ドルを獲得している。フィクション作家にこの賞が贈られるのは初めてのことである。人気のテレビシリーズ

『ディス・イズ・アス』（*This Is Us*）では戦闘シーンの脚本のコンサルタントを務めるほか、ケン・バーンズ監督のドキュメンタリー映画『ベトナム戦争』（*The Vietnam War*）にも出演し、インタビューを受けている。

二〇一九年十月、前作から十七年の時を経て、第九作『ダッズ・メイビー・ブック』（*Dad's Maybe Book*）が発表される。この新作は子育てにまつわるエピソードや息子たちへのメッセージ、あるいは小説家や帰還兵として感じてきたことを綴った六十章からなるエッセイ集である。オブライエンの生涯についてまとめた二〇二一年公開のドキュメンタリー映画『ティム・オブライエンの戦争と平和』（*The War and Peace of Tim O'Brien*）の中に、悪夢を見て夜中に目を覚ましてしまう長男の話を紹介する場面がある。夢は友人たちの父親よりも三十歳近く年上の自分の父親が死んでしまうというものだ。結局、老いを意識せざるを得ない七十三歳の父親が十代の息子たちに残せるものは本の行間に息づく自分の姿しかないという考えに至り、少しずつ筆を進めた。選集として捉えられる種類のものだが、独立した短いものを並べ替え、それを巧みに一連のお話として語り、綴れ織ることを得意としてきたオブライエンだけに、この作品にもどこか長編小説のような趣がある。

長男のティミーは思いやりのある努力家で、父親その人を思わせる人物として作中では大きな位置を占めている。第十六章「プライド　その一」（"Pride (I)"）はオブライエン家が住むテキサス州オースティン中心部の街角で、涙を流しながら一人佇んでいた男の話だ。男の帽子には「ベトナム帰還兵」と書かれてあった。ティミーは車中からたまたまその男の姿を目にするのだが、ベトナム帰還兵である父親を持っていることが関係しているのだろう、よほど深く心に期するものがあったらしい。車中で泣き出し、帰宅後の夕食の席でも泣き始め、そのときは椅子から離れて床の上で大泣きした。翌朝のこと、ティミーは自宅にあった菓子や小物を手当たり次第に紙袋に詰めてそれを抱え、男がいたであろう界隈へと自転車を走らせるのだが、男の姿はもうそこにはないというのがエピソードのくだりだ。

新作のブックツアー（主要都市の書店などで本の販売を兼ねた朗読会やサイン会をしたり、現地のテレビやラジオに出演して新作について語ったりする）をおこなうために、十七年ぶりに家を空ける日々が続いた。発売日あとの二週間は東海岸と中西部の街を、一週間の中休みを経て、次の二週間は西海岸の街を渡り歩いた。ブックツアーが一段落つくと、彼は再び父親業と大学院での講義（現在は年に六回）、あるいは時折おこなう朗読会、インタビュー、メディア出演などのこれまで続けていた生活に戻る。二〇二〇年十一月、人気若手俳優を向かえ、『本当の戦争の話をしよう』（*The Things They Carried*）が映画化されることが決定した。二〇二一年二月におこなわれたラジオのインタビューの中で「ベトナム戦争戦没者慰霊碑」への訪問の経験について質問された際、オブライエンは放送中に声を詰まらせた。亡くなった戦友の名前が刻まれた慰霊碑の壁に手を触れたときのことをこう語っている。「目の前で死んでいった戦友のことを思い出し、壁の前で泣き崩れた。今もそのときのことを思い出し、泣いているところだ」（O'Brien, Gross）。

今回の新作のほかに、過去八作の英語版はハードカバー版とソフトカバー版がそれぞれ数種類ずつ発売されている。英語版八作の売り上げ総数は約三〇〇万部、『本当の戦争の話をしよう』がそのうちの約二〇〇万部を占めている。

第二部　トラウマ

記憶とトラウマはティム・オブライエン作品の根幹をなすテーマであり、記憶とトラウマについて知ることがオブライエンの登場人物たちが直面する心理的な荒廃を読み解くための鍵となる。論を進めるにあたり、ジークムント・フロイト（Sigmund Freud）、ロバート・ジェイ・リフトン（Robert Jay Lifton）、チャールズ・フィグレー（Charles Figley）、ジュディス・ハーマン（Judith Herman）、ジョナサン・シェイ（Jonathan Shay）、ウォルター・デイヴィス（Walter Davis）等の精神分析医や社会学者の考えを参照した。

二〇〇一年九月、「アメリカ同時多発テロ事件」が発生するや否や、当時のブッシュ大統領は「テロとの戦い」を宣言、投入されたアメリカ軍はアフガニスタンとイラクで勝利を収める。ジャングルや砂漠でのかつてのゲリラ戦は今度は都市のアジトに潜伏するテロリストとのゲリラ戦に取って代わった。ほどなくして、テロ事件の発生を誘発させたのはアメリカ政府だったのではないかという、ベトナム時代の「トンキン湾事件」を彷彿とさせる陰謀説が浮上した。それだけではない。事件の首謀者オサマ・ビン・ラディンとＣＩＡとブッシュ家の密接な関係まで囁かれた。結果としてアフガニスタン戦争はアメリカ史上最長の軍事活動となった。終息の兆しが見えないテロリストとの戦いは次第に「ベトナム化」、「泥沼化」と呼ばれるようになる。ベトナム戦争は現代では覚めない悪夢と終わらないトラウマの比喩として使われている。

第二章　記憶

第二章では、戦争の記憶を扱うティム・オブライエンの代表作を読むことで、登場人物が語る記憶の特徴を検証する。セクションは「記憶の断片化」、「記憶の洪水」、「精神の浄化」の三つに分けた。「記憶の断片化」は戦場における混沌と断片化された戦争の記憶についての論考である。「記憶の洪水」は語り手や登場人物の抑圧されたトラウマ記憶と感情の露呈を指す。「精神の浄化」は語り手や登場人物による記憶をとおした過去との和解である。

ヒステリーに関するフロイトの初期研究が登場した一八九〇年代以降、精神分析学において中心的な存在を占めてきたのは記憶の研究と人間によるトラウマ記憶の抑圧である。フロイトによると、「仮説上の『センサー』のような役割をする記憶は真実を歪曲し、覆い隠す防御装置のようなものなので、記憶は意識的な我慢を強いられる」。その結果、「抑圧された、あるいは忘れられた記憶は精神内部の葛藤の中心的な源」となる（American 118-19）。

記憶の断片化

はじめに、混沌と無秩序としての戦場、そして断片化された戦争の記憶について考察する。オブライエンは戦争の特徴について「本当の戦争の話をしよう」("How to Tell a True War Story")の中でこう述べている。「少なくとも一般的な兵隊にとっては戦争とは分厚い永遠に晴れることのない巨大な亡霊のような霧である。彼らはそれを肌で知ることになる。そこには明確なものはない。(中略)正しいものが誤ったものの中に流れ込んでいく。秩序が無秩序の中に混ざり込んでいく。愛が憎しみの中に、醜さが美の中に、法が混沌の中に、文明が野蛮の中に混ざり込んでいく」(*Things* 82)。スティーヴン・キャプランはアメリカ政府によって書かれた無計画な戦争のシナリオを痛烈に批判している。

> ベトナム戦争はあらゆる意味で危険で恐ろしい劇作家によって書かれた、ワイルドでお粗末なフィクションだった。アメリカが最初におこなったのはこの戦争をアメリカ自体の基準に照らして、善と悪、正しさと誤り、文明と非文明、自由と敵対意識などの二元論で捉えることだった。そしてアメリカ軍は遠いベトナムの地まで出かけ、ベトナムの人々に自分たちの哲学をお披露目しようとしたのだ。結果的に非人道的で最先端の軍事力を使って。(Kaplan 169)

レズリー・ケネディー・アダムズはベトナム戦争の文学に顕著な無秩序をこう分析する。ベトナム戦争は「実際に人々の生活を小さな修復不可能な粉々の欠片」にした。したがって文学の「語りの断片化はいくつかの点で雑に繋ぎ合わされた映画に似ているし、チャンネルを次から次へと変えてしまう人と一緒に観るテレビにも似ている」（Adams 84-85）。ナンシー・アニスフィールドによる分析もこれに似ている。ベトナム戦争の文学は「イメージは強いが、つなぎ目がわかりにくく」、「一文の中でトーンがシリアスから悲劇的、馬鹿げた感じからユーモラスというように、次々に変化する」（Anisfield 56-57）。

オブライエンの第五作『本当の戦争の話をしよう』に所収された「スピン」（"Spin"）は断片的な記憶に関する寸評のみで占められているエッセイ調の短編であり、形式こそ十八の短い段落の羅列となっている。キャサリーン・キャロウェイに言わせれば、そのような文学的な談話のような形式は実に「創作の過程を積極的に読者に見せている」（Calloway, "Metafiction" 253）。ベトナム帰還兵の語り手「ティム・オブライエン」（Tim O'Brien）はこの「スピン」の中でベトナムで体験したことについて回想している。そこにはかつての十一人の戦友が登場し、十一人の人生は短い記憶のスナップショットの中に再現されている。語り手は読者のために過ぎ去ったことを思い出し、描写し、説明し、論じる。作中で彼は「私は思い出す」というフレーズを十三回繰り返し、時には思い出話を止め、解説を挟んだりもする。

「スピン」は記憶の多様さを読者に紹介するための断片的記憶のカタログである。先述のアダムズはこの作品を「接合し合うことのない、記憶の破片を何とか繋げた一組」と呼ぶ（Adams 92）。「戦争のすべてが恐怖と暴力で満たされていたわけではない」という一節から始まるこの作品で語り手はまず、プラスチック製の義足を付けたベトナムの少年の「素敵な」思い出を紹介する（*Things* 31）。その少年はぴょんぴょんと飛ぶように跳ねながら兵士に近寄り、兵士にチョコバーをねだる。一方、もう一人の兵士は自分の体についた虱を取り除き、それを封筒に入れてオハイオ州の徴兵委員会に郵送しようとしており、またほかの二人はたこつぼ壕の中で呑気にチェッカーのゲームに興じている。そこに語り手が介入して自分の素性について語り出し、悲しい告白を始める。

私は四十三歳で、今では作家をやり、そして戦争は遥か昔に終わった。その多くは思い出すことも難しくなっている。私はタイプライターの前に座って自分の言葉の向こう側をじっと見ている。カイオワが糞溜の野原の泥の中に沈んでいく姿が見える。あるいはカート・レモンが肉片となって木の枝にひっかかっている光景が見える。私はそういうことについて書くと、記憶は現実の出来事として目の前で再び起こる。カイオワが私に向かって叫んでいる。カート・レモンは日陰から日向に歩いてきて、その顔は日焼けして、輝いている。そして彼は木の上に吹き飛ばされる。嫌な記憶は忘れたくても繰り返し起こる。それは固有の場所で生きていて、何度も勝手に再現する。（32）

しかし語り手は即座に「しかし戦争はそんなことばかりではなかった」と釘を刺す（32）。語り手はさらにカタログの頁をめくる。例えば、「ハッピーな」記憶として、トランキライザー（精神安定剤）のやり過ぎで体が「ふわっとした状態」になった戦友テッド・ラヴェンダー（Ted Lavender）の話、あるいは地雷の場所を教えてくれたベトナム人の老爺の話、あるいは赤十字の看護師を目当てに無許可離隊をした兵士の話を紹介する。「確かに君は兵士として戦争に縛られているわけだが、そんな中でも君はこの上ない平和を感じたりもする」と語り手は述べる（36）。そう述べたかと思えば、再び残酷な話が持ち出される。披露されるのは仲間のアザール（Azar）が地雷で子犬をぶっ放すという何とも悲惨なエピソードだ。

興味深いのは、語り手が記憶の断片を言葉にしようとすればするほど、レズリー・アダムズの指摘のとおり断片は短くなり、そして断片同士のつながりが薄くなる点である。

こんなことも覚えている。

空っぽの死体袋の湿ったカビの匂い。

夜の水田の上に浮かぶ三日月。

ヘンリー・ドビンズが夕焼けの中に座り、新しい軍曹の袖章を制服に縫いつけながら、小声で「ア・ティスケット、ア・ティスケット、ア・グリーン・アンド・イエロー・バスケット」の歌を歌っていたこと。

象草の草原がヘリコプターのプロペラの回転で巻き起こる風の下で低くひれ伏し、草は黒っぽい色

をして、力なく頭を垂れていたこと。(37)

「スピン」にはこれら以外にも同様の断片が無作為に配されている。先にも述べたが、語り手は平和な記憶と残酷な記憶、ハッピーな記憶と悲しい記憶、これら対立する二項のあいだを往復するのだが、往復が止む気配は感じられない。「記憶にぴたりとくっついているものはこのような小さな奇妙な断片であることが多い。そこには始まりも終わりもない」と語り手は言う (36)。フロイト派の精神分析医ジュディス・ハーマンは人間の精神に及ぼす記憶の影響力についてこう分析する。「外傷的記憶には言語による語りも前後関係もない。むしろそれは生々しい衝動とイメージが合体された形にコード化される」(Herman 38)。ハーマンは続ける。「外傷を負った瞬間の映像は異常な記憶形態の中にコード化され、勝手に意識の中に現れる。覚醒時にはフラッシュバックとして、睡眠中には外傷性悪夢となって現れることもある。ほんの小さな、さほど意味があるように思えないような痕跡が外傷時の記憶を呼び覚ますことがあり、しかも往々にして元の事件そっくりの生々しさと感情的迫力をもって戻ってきたりする」(37)。

「スピン」の語り手の人生の出来事や記憶が「外傷的」か否かは別としても、小説家オブライエンが語る記憶の特徴とハーマンが語る記憶の特徴は一致する。彼らによれば、記憶とは繋がりのない一連の断片として想起されるものということになる。また、オブライエンによる黙想の中における時制の喪失はジャック・ラカンが述べるところの無意識の中における現在と過去の断絶にもよく似ている（Lacan 40）。

さて、「スピン」の中で紹介されたカート・レモンの死に関する記憶は同書の五十頁あとに続く「本当の戦争の話をしよう」でも語られる。そこでは記憶はより詳細に語られ、記憶が持つ奇妙さがより強調されることになる。

> この話は私を目覚めさせる。
> その日、私は山の中で（カート・）レモンが体をひねるのを見た。（中略）ブービー・トラップが仕掛けられた105ラウンドが彼の体を木の上にまで吹き飛ばしたのだ。体の一部は木に引っかかっていたため、デイブ・ジェンセンと私が木に登ってそれを剥がしてくるように命じられた。私は腕の白い骨を覚えている。皮膚の切れ端と腸だったに違いない濡れた黄色いものを覚えている。血糊は気持ち悪いものだったので、その記憶はまだ私の中に残っている。しかし二十年後に寝ている私を目覚めさせるのは二人で死体の切れ端を下に落としているあいだ、「レモン・ツリー」を歌っているデイヴ・ジェンセンの姿なのだ。（*Things* 82-83）

前兆もなく語り手の脳裏に去来する歌の歌詞に関する短い記憶、これは「小さな奇妙な断片」の一例であり、ハーマンが言うところの「ほんの小さな、さほど意味があるように思えないような痕跡」と考えられる。想起される記憶が歌の歌詞である点もフロイトが主張する夢の中に出現する聴覚的イメージと一致する（Freud, "Characteristics" 49-50）。

語り手は戦後の記憶に顕著な無秩序な状態と記憶語りに終わりが見つけにくい点についても強調する。

本当の戦争の話には話の要点さえ存在しないことがしばしばだ。要点があったとしても君は二十年後まで気づかない。君は寝ているときに気がついて目覚め、横で寝ている女房を揺すって起こし、その話を彼女に聞かせる。しかし話が結末に来る頃にはまたその要点を見失っていたりする。そしてそれから長いあいだ横になりながら、頭の中でその話を映像として再現してみる。君は女房の寝息に耳を澄ませる。もう戦争は終わったのだ。君は目を閉じる。少し笑って、こう言う。おいおい、戦争の話の要点はいったいどこにあるんだっけ？（*Things* 82）

つなぎ合わせることのできない記憶の断片と無秩序なイメージの羅列をとおして、小説家オブライエンはベトナム帰還兵の終わらない心の混沌と幽界を描出する。終わらない心の混沌と幽界にはベトナム戦争との決別を拒む小説家の姿が浮かび上がる。

記憶の洪水

次に、記憶の洪水について考える。この方法を取ることで、小説家は語り手や登場人物の心の奥底に渦巻く感情や罪の対象について詳らかに読者に伝えることができる。元々、「記憶の洪水」あるいは「記憶の直接的暴露」はアメリカ復員軍人援護局が開発した精神分析療法であり、これを使うことによって実際の帰還兵たちは過去を想起したり、感情を表現したりできる。この治療法では、患者である帰還兵は経験した自らのトラウマ的な出来事に関する詳細な原稿を精神科医と共に作成し、そのあとに患者がその原稿の時制を現在形に直して大きな声で読み上げる。オブライエンの作品においても語り手や登場人物が自らの罪を認めるために、あるいは苦悩から開放されるために、抑圧された記憶を自由に語る場面がある。

回想と告白の形式をとった「レイニー河で」（"On the Rainy River"）はオブライエン版「記憶の洪水」の最も顕著な例である。これはベトナム戦争へ徴兵された主人公「ティム・オブライエン」（Tim O'Brien）の出征前の葛藤を今では小説家であり四十三歳になった同一人物が語り手として回想する物語である。時は一九六八年の夏、二十一歳の語り手の自宅に徴兵を命じる通知が郵送される。彼は死を覚悟して戦場に赴き国に仕えるか、あるいは愛する故郷を捨てて隣国カナダへ逃亡し、臆病者として亡命先で暮らすか、この二者択一の前に悶え苦しむ。いずれを選択したところで苦しいことに変わりはない。彼はそのときの心の状態を「精神分裂症みたいなもの」だったとしている

(*Things* 44)。終盤のクライマックスには語り手の脳裏に浮かび上がるイメージが無作為に羅列されている。そこでは時間軸が交錯する。語りの構成と順序という物語の支柱となる部分が最初はきちんと読者に示されながら、最後にはその支柱は語り手自身によって取り壊される。

戦場で人を殺し、殺されるかも知れない恐怖に苛まれる語り手はある日、ミネソタ州にある故郷のまちを離れ、アメリカとカナダの国境に実在する巨大な湖のようなレイニー河の畔へと車を走らせる。彼は河岸にある釣り客相手のモーテルで六日間過ごし、越境してカナダに逃亡するか否かについて熟慮する。観光シーズンが終わった季節、彼はひと気のない、しがないこの宿で管理人の老人エルロイ・バーダール（Elroy Berdahl）と二人きりで過ごす。青年の計画と苦悩を見透かしていた老人は六日目の最終日にボートで湖の沖へ出かけ、湖で沖釣りをしないかと青年に持ちかける。沖に出ると、泳げば難なくたどり着けそうなカナダが対岸に見える。老人の意図するところはつまり逃亡のほう助だ。主人公は勇気を振り絞り水の中に飛び込もうとするが、両親や育ったまちに対する忠誠心がその邪魔をする。「私は自分の生まれた町から、祖国から、自分の人生から泳ぎ去ってしまうことはないだろう。私は勇敢にはなれないだろうと思った」（57）。

彼は泣き崩れる。防波堤から溢れ出る大量の海水のように、記憶の数々が彼の元に押し寄せる。記憶の洪水は二頁にわたり、段落分けさえされていない。小説家は同名を持つ語り手をとおして自身のトラウマ記憶を放出しているのだろう。そこでは過去の出来事はそれぞれ時系列順に並べられている。

これまでの人生がいくつもの過去の記憶の塊となって頭の中に映し出された。白いカウボーイ・ハットをかぶり、ローン・レンジャーのマスクをつけ、六連発の二丁拳銃を腰につけた七歳の少年が見えた。ダブルプレーをするために体をひねる十二歳のリトルリーグのショートが見えた。最初のダンス・パーティーのために正装した十六歳の少年が見えた。（中略）両親が遠い対岸から私を呼んでいるのが見えた。弟や妹の顔も、町の人々も、市長も、商工会議所のメンバーも、昔の先生方も、ガールフレンドも、高校の同級生の顔も見えた。何かのスポーツの試合みたいに、みんながサイドラインから叫び声をあげて、私のことを応援していた。（57-58）

記憶の断片はここまでは過去の出来事や知人の顔がフラッシュバックとして再現されている。しばらくすると、時間軸の乱れがおきる。前触れもなく歴史上の人物が侵入し、過去・現在・未来・未来の記憶の四つの時間がそれぞれ自由に入れ替わる。[1]

エイブラハム・リンカーンも、聖ジョージも。（中略）ジョンソン大統領も、ハックルベリー・フィンも、アビー・ホフマンも、墓から戻ってきたすべての亡くなった兵士たちも。のちに死ぬことになるであろう何千何万という数の人々、つまりそれは酷い火傷を負った村人たちや、腕や足を失った子どもたちなのだが、彼らもそこにいた。（中略）自分の遠い過去や遠い未来にいる人々の顔が見えた。妻もいた。まだ生まれていない娘が手を振り、二人の息子がぴょんぴょんと跳ねていた。（中略）

ある日、私が手榴弾で殺すことになっている痩せた若者がいた。(58-59)

物語は中年となった語り手の視点から語られているため、無論、記憶は戦場での出来事と戦後の出来事の両方を有している。勇気を振り絞って出征を忌避できなかった彼は自らの臆病な心を認め、最後にこう告白する。「私は臆病者だった。私は戦争に行ったのだから」(61)。

一方、記憶の洪水は「私の中のヴェトナム」("The Vietnam in Me")でその激しさを増す。ニューヨーク・タイムズ・マガジン紙の表紙を飾ったこのエッセイは一九九四年二月に、二十五年ぶりにベトナムのクアンガイ州を再訪した際のオブライエンの経験、つまりフィクションではなく事実を綴ったものである。彼は自分の小隊がかつて駐留していた場所に佇み、回想に耽る。戦場での恐ろしい体験が蘇る。恐ろしい戦場へと向かわせた理由が自分自身の面目を守ることだったことを彼はその地で再び思い出す。彼の脇には旅に同行していた恋人のケイト・フィリップス(Kate Phillips)がいる。オブライエンはフィリップスのために前妻と別れたのだが、この再訪のあと、ほどなくしてフィリップスとの関係も終焉する。戦争体験について彼がフィリップスに語らなかったことが別れの理由だった。むき出しの感情と自殺の衝動がそのまま頁に記されている。

自殺はしなかった。あの日も、今日も、たぶん明日も。ベトナムと同じ。前に進むしかない。
少しのあいだ、いや、正確に言えば、何年ものあいだなのだが、私は鬱病の治療を受けており、治療費は八千ドルから九千ドルに及んだ。（中略）子どもの頃に拒絶され、とてもつらかった。小太りで、友だちもいなく、孤独だった。（中略）私は愛のために悪いことをしたし、愛され続けるために悪いことをした。ケイトもその一例だ。ベトナム戦争もそうだ。間違いであり、おそらくは邪悪なものだと考えていた戦争へ自分を送り込んだのも、他ならぬ愛を渇望する心だった。（中略）結局、私は家族から、友人たちから、祖国から、生まれ育った町から、自分がはじき出されてしまうだろうという予測に耐えられなかった。愛を失うかも知れないという恐怖のために、私は自分の良心と正しさを犠牲にすることになった。

このことについては前にも書いたが、もう一度書かなくてはならない。私は臆病者だった。私はベトナムへ行ったのだから。（O'Brien, "Vietnam" 51-52）

この赤裸々な告白は結果として彼の両親や知人を心配させることとなった。のちに彼はインタビューでこのエッセイを出版したことに後悔の念をあらわしている。[2] 最後の二文は「レイニー河で」の最後の二文と同一のものである。オブライエンは生涯一貫してこの考えを変えておらず、多くのインタビューでも繰り返し述べている。臆病者だったことを告白するオブライエンの姿勢は「戦争の正当性は信じていなかったが、やるべきことはやった」という「ベトナム帰還兵には顕著な」姿勢だと主張するのはR・J・ファーテルである。加えて、反戦の考えを持っていたとしても、出征したことに変わりはないのだから、オブライエンの行動を「逆さまのヒロイズム」であるとファーテルは主張し、そこには強烈な皮肉が込められているとしている（Fertel 285）。そうだろうか。オブライエンの二文にはヒロイズムも皮肉も含まれてない。読んで字の如くである。オブライエンにとっての英雄的な行為はカナダへの逃亡であり、その勇気が彼にはなかったのだから、彼は自分自身を「臆病者」と呼んでいる。そこにあるものは英雄主義おろか、その対極にある、勇敢さを示せなかったことへの後悔と悲しみである。そして彼はその二文を一九八九年の「レイニー河で」で活字にするまで、二十年近くもそのことについて公表せずに生きてきたことになる。カール・ホーナー曰く、「国中の、そして故郷の町にいる愛国者たちは『臆病者』をベトナムの地に送っていようとは知る由もなかっただろう」（Horner 265）。そして今、オブライエンは記憶の洪水のような短編やエッセイをとおして自らの心を開示している。

話をベトナム再訪について綴ったエッセイに戻す。戦場にいた二十二年前には決して感じることのなかったベトナム人に対する同情の念と罪の意識をオブライエンはここで公表している。まったくの偶然だが、オブライエンの小隊は「ソンミ村虐殺事件」が起こった一年後に同じ地区に駐留していた。ウイリアム・カリー中尉率いるチャーリー中隊の一〇五人が五〇四人の非武装の村人を銃で虐殺した。死者は全員、老人、女性、子ども、乳児、赤ん坊であった。オブライエンは怒りを抑えることができない。彼はこう述べている。「抵抗にあわなかった。敵もいなかった。銃弾も飛んでこなかった。それにもかかわらず、チャーリー中隊は四時間にわたり殺せるものを片っ端からすべて殺した。鶏を殺した。犬も牛も殺した。人々も殺した。たくさんの人々を。女も、乳児も、十代の子どもも、老人も」（O'Brien, "Vietnam" 52）。冷血な大虐殺は連隊と幕僚によって一年間隠蔽されていたため、オブライエンの小隊は大虐殺の事実を知らずに同じ地区で部隊活動にあたっていたのだ。大虐殺を免れた生存者がアメリカ兵に対して敵意をむき出しにしたというが、オブライエンはその理由を大虐殺が暴露されたあとに知ることとなった。

彼は読者に、そして自分自身にこう言い聞かせる。「忘れてはいけない。このベトナム再訪で私たちを招いてくれた人々は戦争で体の一部をなくした人たち、寡婦になった人たち、孤児になった人たち、何度も爆撃を受けて黄燐を浴びせかけられた人たち、墓の世話をしている人たちなのだということを」（50）。そして事件があった現場を訪れた際、彼は「罪悪感がもたらす悪寒」を感じることになる。

> その昔、大虐殺があったことなどつゆ知らず、私はこの場所を、あるいはこの場所によく似た場所を憎んでいた。ここから三キロほど先にある、ここと同じような村で〝チップ〟が竹垣に吹き飛ばされた。一・五キロかそれぐらい東のところでロイ・アーノルドが射殺され、私もその場所で軽傷を負った。（中略）
>
> 銃撃戦のあと、戦友が死んだあと、そこには激しい怒りがあった。真っ黒で、凶暴な、身を刺すような怒りがそこにあった。それは目に入るもの何でもいいからやつ当たりしたくなるような種類の怒りだった。（中略）

しかし同時に私たちアルファー中隊の兵士たちは殺人を犯さなかった。私たちは市民にマシンガンを向けたりはしなかった。私たちは怒りと殺人のあいだに引かれた明確な一線を越えることはなかった。(53)

戦争に加担した自身の罪の意識、そしてベトナム人に対する想いが綴られている。彼は同じ村に駐留していたという稀有な経験を持っている。彼はエッセイの中で胸の内をありのままに公にしたことを後悔しているようだが、「ソンミ村虐殺事件」がアメリカの帰還兵作家によって深い内省と共に語られ、出版されることはとても意義あることだ。ティム・オブライエンという正義感が強く、繊細な小説家だからこそできる行動なのであろう。

内側から外に搾り出された怒りや悲しみや罪悪感の語りは大河の決壊を思わせる。そしてその語りは受け取る側の読者による次の体験をもって完結される。

精神の浄化

最後に、精神の浄化（カタルシス）について取り上げてみる。元々、カタルシスとは芸術をとおして心を清めることであり、アリストテレスが悲劇をより劇的に見せるために最初に採用した方法である。観客は主人公の悲劇に自分の悲しい経験を重ね合わせることで、主人公の心情を自分のこととして感じることができる。一八九〇年代、ピエール・ジャネとジークムント・フロイトが人間の心を分析した結果、治療手段としてのカタルシスが効果的であると結論づけた。人間のトラウマからの回復は記憶や感情の吐露や泣き叫ぶことのみならず、記憶と感情の意識化と物語化が必須であると二人は主張した。この回復の過程が現代の臨床心理学の基礎となった（Herman 12）。ジャネはこの過程を「精神分析」（"psychological analysis"）と呼び、ヨーゼフ・ブロイヤーとフロイトは「除反応」（"abreaction"）あるいは「精神の浄化」（"catharsis"）と呼んだ。フロイトによれば、「除反応」とは語りによって患者のトラウマ記憶を意識化し、開放するものだという（American 1）。フロイトはのちにこの「除反応」を「精神分析」（"psycho-analysis"）と呼ぶようになった。

オブライエンもカタルシスをとおしてトラウマと罪の浄化を試みているように思える。登場人物は悲劇的な出来事が起こった場所を再訪し、失ったものについて嘆き、最終的には過去との和解を図る。「勇敢であること」の補足章である「覚え書」（"Notes"）というエッセイ風の作品の中で、オブライエンは長年のベトナム戦争の語りについてこう述べる。

> 自分が戦争から平和にすんなりと移行できたことに、私は何年にもわたって自己満足に浸っていた。（中略）物語を語ることは咳払いをするのと同じくらい自然で、そして避けられないプロセスのように思えた。それは精神の浄化（カタルシス）であり、コミュニケーションでもあった。（中略）私は創作を治療とは思っていなかったし、今でもそうは思っていない。しかしノーマン・バウカー

から手紙を受け取ったとき、自分はものを書くことによって、記憶の渦の中で無気力になったり、もっと酷い状態にならずに済んだのだな、と思った。ものを書くことで自分の経験を客観化することができる。自分の記憶を自分自身から分離することができる。(*Things* 157-58)

ノーマン・バウカー(Norman Bowker)は戦場で戦友のカイオワを救うことができなかった。彼らの小隊は泥の沼地で敵兵からの襲撃に遭い、その際、カイオワは銃弾に倒れたあとに泥の中に沈み込み、溺れるように死ぬ。戦争が終わり、バウカーはカイオワの死を克服することができず、一九七八年に自ら命を絶つ。オブライエンは無様な形で亡くなったある若い戦友についての実体験が絶えず心に浮かぶのだという。その若者がカイオワのモデルになっている。[3]「フィールド・トリップ」(“Field Trip”)の中で小説家は語り手「オブライエン」(O'Brien)をカイオワが死んだ土地に向かわせ、そこで霊的な浄化の儀式を執り行わせることで、語り手の傷ついた心を癒そうとする。

この「フィールド・トリップ」はノンフィクションの形をとったフィクションであり、語り手「オブライエン」が娘のキャスリーン(Kathleen)(小説家オブライエンに娘はいない)を同伴して、二十年ぶりにベトナムを再訪する話である。語り手によればこの旅の目的はカイオワが亡くなった場所を探し出し、その場所で「赦しのしるし、私への神からの慈愛、あるいはその土地が私に差し出すものであればどんなものでも良いので、その何かを探し求めること」である(181)。ここで小説家が示そうとしていることは古い記憶と新しい現実、個人的な回想と世代間の考えの違い、戦争と平和、喪失と発見、これら相反する二つの融合である。平和で満たされた土地を再訪することで、語り手は自らの喪失感を確認し、移り変わりを目にし、古い戦争の記憶の更新を試みる。帰還兵と父親と語り手の三役を担う男性が世代の異なる十歳の愛娘にどのように戦争の記憶を語るのか、この点は読者にとっては興味をそそるところであろう。キャスリーンは終始、手持ち無沙汰な様子で、良き聞き役どころか、戦争を忘れることができない父親を変人扱いしてしまう始末だ。十歳という年齢がそうさせているのだが、それは予想のつく展開ではあるし、だからこそ読者は語り手の側に感情移入してしまうのではないか。「キャスリーンは私の肩に手を置いて、こう言った。『ねえ、自分でわかってる？　お父さんって時々おかしくなっちゃうわよね？』（中略）『ここに来たことだって。すごく昔にここで変なことがあって、お父さんはまだそのことが忘れられないのよね』。（中略）観光することはそれはそれで悪くないのだが、しかし私は最初から自分が兵士として見た場所に自分の娘を連れて来たかったのだ。私は私の夜の眠りを妨げるベトナムを彼女に見せてやりたかった」（183-84）。

父親は「生存者として罪の意識」を抱え、そして亡くなった親友に対する愛惜の念に堪えられない。娘は父親の苦悩を理解することができず、最後まで父親に詰め寄ることになる。登場する数々の事象を何かの象徴として読んでみると、例えば、父親を過去、荒れた野原を帰還兵の心の荒廃、そして娘を未来として読むことができる。そしてこれらの相反が世代間の溝をさらに広めることになる。ちぐはぐな会話に加え、二人の行動もかみ合わない。例えば、父親が腕を組み、「感情と時の流れが自分を支配するのを感じながら」野原を眺めている場面がある。横にいる娘は悪臭を放つ土地に対して不満を漏らし、乗ってきたジープに戻ろうとする（182）。彼女は困惑し、ついに口を開く。「あれあれ、なんだかわかんないな。そもそも、どうしてこんなところまで来ちゃったのよ？」という娘の質問に対し、父親は「どうしてかな」、「来なきゃいけなかったからだよ」と返答する（183）。

泥の沼地に対するイメージが過去と現在とでは大きな齟齬が生じている。「その野原は私が記憶していたものとは異なっていたが、まだそこにはあった。記憶よりもずいぶん小さかったし、恐怖感を与えるようなものはまったくなかった。そして日の光の下では二十年ほど前にその土地で起こったことを思い出すのは難しかった。川沿いのいくつかの湿地を別にすれば、土地はすべてからからに乾いていた。幽霊の姿もない。ただ真っ平らな草地があるだけだった。土地は平和そのものだった」（181）。

「勇敢であること」（"Speaking of Courage"）によれば、カイオワは迫撃砲による攻撃を受けた最中に戦死しており、それは夜間の雨天の中で起こっている。語り手が再び訪れたのは昼間の晴れた野原であるため、その場所を同じ場所と捉えるには無理があるのかも知れない。さらには野原が今では「ずいぶん小さく」見えるのは夜間の攻撃が語り手の混乱や恐怖心を増大させ、視界を狭くさせたことにより、彼が野原の大きさを把握できていなかった可能性がある。また、物語上のいま一つの相反は野原そのものにある。語り手の小隊は農民が肥溜めに使う泥の沼地に誤って野営したのだが、二十年後、その肥溜めは今では草が生い茂った平坦な乾いた土地になっている。時の流れと共に平和に移行しようする土地を描くことで、トラウマ経験者の過去への固執がここでは孤立化されていると言える。

結果として、語り手は変化を認めざるを得ず、そればかりか、想起するという行為そのものに奇妙さを感じ、さらには訪問の意味にさえ疑問を呈している。「今、その野原を見ながら、ひょっとするとここでは何も起こらなかったのではないかと私は思った。そこに見えるすべてがあまりにも平穏だったのだ。その日はよく晴れた静かな日で、野原も私が記憶していたものとは異なっていた。私はカイオワの顔を、彼がいつも浮かべていた微笑みを思い浮かべた。しかし私が感じたのは回想がもたらす居心地の悪さだけだった」(184)。

そして語り手は最後に悲痛な告白をする。彼は変化がもたらす喪失感を感じてはいるものの、過去における自己の存在を裏付けるものが何も見当たらず、そのせいで嘆き悲しむことさえもできない自己にただ困惑する。

土の中には私たち兵士が残していった水筒や弾帯や炊事用具セットなどの品物が間違いなくまだ埋まっていた。このちっぽけな野原があらゆるものを呑み込んでしまったと思った。私の親友を。私のプライドを。ささやかだが確かにあった威厳と勇気を備えた人間としての信念を。それでも自分の中に感情のようなものを見つけることは難しかった。そんなものはまるでなかった。その長い雨の中での一夜のあと、私は体の芯まで冷えきってしまったように思えた。すべての幻想は消え、自分に対して抱いていたかつての野心も希望もすべて泥の中に沈んでしまったのだ。それからの長いあいだ、その冷たさは体の中から消えずにずっと残っていた。人生において私は悲しみや憐れみや情熱などの感情をきちんと抱くことができないことがあった。そうなったのはこの場所のせいなのだと私は思ってきた。かつての自分が失われてしまったのも、この場所のせいなのだと私は思っていた。この二十年、この野原こそがベトナム戦争という無駄のすべてを、野蛮さと恐怖のすべてを具現してきたのだ。(184-85)

語り手の中の冷たさと感情の欠如は心的トラウマからくる麻痺の感覚であろうし、それは無論、彼が過去二十年で彼の記憶の中から「野蛮さと恐怖」を除去したからではない。さらに言えば、それは過去の内省であり、戦争の記憶を消し去るための自己欺瞞でも自制心でもない。[4]

次頁で語り手はカイオワが亡くなった場所を探すための小さな手がかりを発見する。それは彼の小隊が夜間攻撃に遭遇する前に小隊長が指令所として使っていた小さな丘だ。語り手は丘の発見の直後にカイオワが沈んだ沼地を見つける。語り手は下着姿になって浅い沼地に足を入れ、親友がかつて履いていたモカシン靴（アメリカ先住民の皮靴。カイオワはネイティヴ・アメリカンである）を沼底に沈める。事がここまで及ぶと、父親の行動に対してキャスリーンはもはや困惑を隠すことができない。父親は父親で始めから予定していた葬儀を滞委なく済ませ、親友の死を悼み始める。そして語り手「オブライエン」のカタルシスは完了する。

ここだ、と私は思った。私は前かがみになり、モカシン靴を手に持って水の中に入れ、柔らかな泥の底に沈めた。（中略）私は何かきちんとしたことを口にしようとした。何か意味のある正しいことを。しかし何も頭に浮かんでこなかった。
私は野原を見つめた。
「さあ」と私はようやく言葉を出した。「これだよ」（中略）
私はカイオワにお前は私の最高の友だった、かけがえのない友だったと言いたかった。しかし私にできたことは両手で水を叩くことだけだった。（中略）
ある意味で、おそらくは私もカイオワと共にこの土地に沈み込んでしまったのだ。そして二十年の歳月が経た今、私はようやく水の上に浮上した。暑い午後で八月の眩しい太陽がそこにあった。そして戦争はもう終わっていた。しばらく、私は自分の体を動かすことができなかった。夏の昼寝からの目覚めのように体はだるく、動きはのろのろしている。（186-87）

語り手が冷えきった心を温めるために、あるいは精神の緊張を解き放つためにおこなっているであろう身体を水に浸すという行動はキリスト教の洗礼の施しを思わせる。また「八月の眩しい太陽」と「夏の昼寝からの目覚め」はおそらく語り手自身によるカタルシスの終わりと精神の復活をほのめかすものなのだろう。

　このようにして、過去との対峙は語り手によってのみなされるわけだが、次の場面では別の人物が登場する。アメリカ人によるアメリカ人のための儀式はひとまず終わり、今度はかつてこの場所で戦闘の被害を受けたであろう地元の人々の姿が描かれる。彼らは語り手の近くで野原を耕している年老いた農夫たちだ。古い記憶を過去のものにし、生き残ることに意識を移行させた語り手ではあるが、しかし戦争の被害者との和解も果さなければならないということなのか。

　野原の五十メートル向こうでは年老いた農夫の中の一人が立って、土手のそばからこちらを見ていた。男の顔は浅黒く、厳しい。私たちは見つめ合い、どちらも動かなかった。（中略）ほんの一瞬、私はあの老人が戦争の話をするために、こちらに歩いて来るのではないだろうかと思った。しかし彼はそうする代わりにシャベルを手に取り、それを頭の上に持ち上げ、難しい顔をしながらそのましばらく旗でも掲げるように頭の上で止めたままだった。そして彼はシャベルを下におろし、彼の連れに何かを言って、固い乾いた地面を掘り始めた。（187）

語り手と老父は一言も言葉を交えない。代わりにオブライエンは場面に象徴を忍び込ませることで、二人の関係を描いているように思える。例えば、老父の「旗」のようなシャベルは自分たちの土地を占領していたフランス人とアメリカ人から奪還したという「勝利」を、また老父の「厳しい顔」はアメリカ人に対する複雑な感情を、そして「固い乾いた地面」は容赦ないアメリカ軍の爆撃で荒廃した土壌を象徴していると読むことができる。物語も曖昧な状態のままで終わる。「『あの老人』と彼女が言った。『あの人、お父さんのこと怒っているとか、そういうこと？』。『そうじゃなきゃ、いいけど』。『怒ってるように見えるけど』。『そうじゃないことを望むよ』と私は言った。『怒りはもう終わったと思う』」（188）。

　語り手は「赦しのしるし、私への神からの慈愛、あるいはその土地が私に差し出すもの」を探しにベトナムを訪れている（182）。結果として、その土地はすべての憎しみや恐怖を飲み込み、今では平和を取り戻したかのように見える。しかし戦闘に加担した一員として語り手が老父から「赦しのしるし」を得たのかどうかは不明だ。語り手にできる唯一のことは彼が娘に言っていること、つまりアメリカ人に対する赦しを「望む」ことなのだろう。語り手はちょうど今、キリスト教でいうところの地獄の辺土に着いたばかりで、「答え」の段階にたどり着いているとは言い難い。一方、オブライエンがここで試みていることは少々控えめなカタルシスの儀式に戦争に通じていない娘を参加させ、失われたものに対する帰還兵の永久の信仰をその十歳に指し示すことなのだろう。

　以上のように、語り手や登場人物は感情の語りによって精神を浄化させ、トラウマを内に抱えながら生き抜く方法を見出す。一方、読者は小説家が用意した一連の行為に参加し、語り手や登場人物に感情移入し、共に嘆くことになる。

第三章　トラウマ

　第三章はティム・オブライエンの作品に散見される語り手や登場人物が抱えるトラウマの検証である。セクションは「徴兵の衝撃」、「殺人に対する罪の意識」、「自己の能力に対する罪の意識」、「PTSD」の四つに分けた。まず、「徴兵令に対する衝撃」は徴兵通知を受け取ったときに感じる若者の驚愕と苦悶を指す。ここではオブライエンが抱いていた出征と逃亡の二者択一のトラウマ、つまりベトナムへ行くか、あるいはカナダやスウェーデンに逃亡して徴兵を忌避するか、そのいずれかで迷う心のジレンマについて考える。「殺人に対する罪の意識」とは敵兵を殺害したことによって生じる兵士の心理的衝撃と罪悪感を指す。「自己の能力に対する罪の意識」とは戦闘中の過ちや怠勤が原因で戦友を死に至らしめたことによる兵士の罪悪感である。「PTSD」とはここでは主にトラウマ記憶による心の病や自分だけが生きて帰還したことへの罪悪感を指す。

　アメリカがベトナムのジャングルに初めて地上軍を派遣したのは一九六五年、そしてベトナムの地から撤退したのは一九七五年のことだった。ベトナム戦争はアメリカ戦争史における事実上初めての敗戦となった。この一九七五年、アメリカは新たな戦争に足を踏み入れたと言うことができる。それはベトナム帰還兵が本国に持ち帰り、本国で対峙しなければならなかった負けた記憶との戦いである。彼らの敗北感、疎外感、罪の意識は銃後も止むことはなかった。同時に、ベトナム戦争は第二次世界大戦後に定着した戦争神経症の概念を根本から書き換えた。第二次世界大戦で戦った兵士たちは確固たる戦争の大義を持って出征したために大衆から絶大な支持を受け、その多くは帰還後も生産的で有意義な人生を送った（Brende and Parson 218）。しかし、ベトナム帰還兵は「祖国からの精神的後押しが不足していたため、その多くは国家全体の罪を自分たちだけの肩に背負わされ、結果、彼らは二度と人生の意味を見出すことができなかった」（218-19）。

徴兵令に対する衝撃

オブライエンは出征と逃亡の狭間で思い悩む若い徴集兵の姿を描いている。ここではオブライエンの題材の中では最も自伝的と言える徴兵令に対する衝撃について考える。このテーマを扱う作品の中で最も長いものは「レイニー河で」（"On the Rainy River"）、語り手は四十三歳のベトナム帰還兵の小説家「ティム・オブライエン」（Tim O'Brien）である。徴兵通知は一九六八年の夏に何の予兆もなく突然やってくる。語り手はミネソタ州セント・ポールのマカレスター大学を卒業したばかりであった。通知を受け取ったときの彼は「精神分裂症みたいなもの」だったという（*Things* 44）。小説家同様、彼は大学内でおこなわれていた反戦運動に参加し、反戦を訴える論説を大学新聞に寄稿したり、同郷ミネソタ州選出の上院議員で民主党内で唯一、ベトナム反戦を主張していた大統領候補のユージン・マッカーシーの応援にまわったりもしていた。

政治的立場以外にも彼にとって徴兵令を受け入れ難くしている理由があった。これも小説家同様、その夏、彼は大学を首席で卒業し、九月からはハーバード大学大学院への進学を控えていたのだ。成績優秀者である自分が軍隊に取られることを彼はまったく予期していなかった（通常、大学院進学予定者は徴兵名簿から外された）。彼は「人を殺したり、殺されたりするような問題は特別に自分の身にだけは起こらないものと思い込んでいた」（41）。エリート学生の前途洋々たる人生の行く手は徴兵令によってあっさりと阻まれる。

徴兵通知は一九六八年の六月十七日に届いた。蒸し暑い午後で、天気は曇っていて、とても静かだったことを覚えている。私はゴルフを一ラウンドやって帰宅したところだった。父親と母親がキッチン・テーブルで昼食を食べていた。封筒を開け、最初の数行に目を通したところで、自分の目の奥のあたりで血がぎゅっと濃くなったことを覚えている。頭の中で聞こえた音を覚えている。それは思考というよりも、静かな悲鳴のようなものだった。（41）

その後、自分の優秀さや自分が学術肌であること、そしていかに自分が戦闘に不向きな存在であるかを彼は公表する。難局における語り手の心の動きが見て取れる。

あらゆることが頭の中に去来した。こんな戦争に行くには俺は素晴らし過ぎるではないか。頭はいいし、思いやりはあるし、どこを見ても素晴らし過ぎる。こんなことあっていいのか。俺はそんなことに関わっているような人間じゃない。俺は何もかも手に入れた。ファイ・ベータ・カッパ（全米大学優秀大学生の会）、最優秀卒業、学生会長、ハーバード大学大学院の特待生奨学金。何かの間違いだろう。事務処理上の手違いに違いない。それに俺は兵隊向きの人間でもない。ボーイスカウトだって嫌いだった。キャンプだって嫌いだった。泥とかテントとか蚊とか、そういうものが嫌いだった。血を見るだけでも具合が悪くなったし、権威なんてものに我慢ならない。ライフル銃とパチンコの違いさえわからない。第一、俺はリベラル派だったのだ。（41-42）

混乱し、怖気づいてしまった語り手は奇跡が起こることを期待する。彼にとっての奇跡とは突然の戦争の終結、あるいは彼への徴兵通知が単なる事務上のミスだったことを伝える徴兵委員会からの電話だった。しかし奇跡は起こらない。これからの進路について父親に尋ねられたとき、彼は「わからない」、「待って」とだけ答える（42）。一九六八年の夏休み、彼は故郷のミネソタ州ワージントンの食肉工場で一日八時間働いている。生産ラインに並ぶ死んだ豚から血の塊を除去する作業は「まるで一日に八時間立ちながら、生温かい血のシャワーを浴びているような感じだった」（43）。夜の街をあてもなく車を走らせるあいだ、彼の心は完全に麻痺し、頭の中は死への恐怖で満たされる。「自分のことを哀れに思い、そして戦争と豚肉工場のことを思った。自分の人生が殺人に向かい、どんどん落ちぶれていくように思えた」(43)。豚の食肉解体の最中に出る音が悪夢の中で聞こえる場面がある。聴覚的効果の使用が無線交信手（ＲＴＯ）としてのオブライエンの実経験に由来するものなのか否かは別としても、小説家は明らかに語り手の衝撃、困惑、戦争の残酷さ、死の恐怖、これらを読者に伝えるために、聴覚的効果を作品に投入している。[5] 告白は続く。

しかしこれらすべての裏側にあるものは、あるいはこれらの中心に存在していたのは、恐怖という紛れもない事実だった。私は死にたくなかった。死ぬなんてとんでもない。あろうことかそのとき、あんな場所で、そして間違った戦争で死にたくなかった。メイン・ストリートを車で走り、裁判所とベン・フランクリンの店の前を通り過ぎながら、ときどき私は自分の体の中に恐怖が雑草のように生い茂っていくのを感じた。私は自分が死んでいるところを想像した。私は敵陣を攻めたり、他人を銃で狙ったりするような、自分にできるはずのないことをやっているところを想像した。(44)

七月になると、彼の頭にはカナダへの逃亡がよぎり、その考えは徐々に膨らんでいく。国境線は故郷のまちから北に車で八時間のところにある。徴兵忌避には国家反逆罪が待っている。彼は想像の中で逃亡の予行練習を始める。まずは車に乗り込み、長旅を終え、最大の難関である国境線を越えているところを想像する。川本三郎は「レイニー河で」の主人公「ティム・オブライエン」と『カチアートを追跡して』(*Going After Cacciato*)の主人公ポール・バーリン(Paul Berlin)を「逃げるヒーロー」として捉えている（Kawamoto 206）。両者の行動は映画『ボニー・アンド・クライド』（*Bonnie and Clyde*）の逃亡劇を連想させる。バーリンは高い監視所に常駐しながらベトナムからパリへの無許可離隊を想像することに明け暮れるし、「オブライエン」は徴兵令に背いて祖国を離れようとする。

しかし「オブライエン」は逃亡生活への不安に押しつぶされる。彼には「自分の情けない未来の詳細が見えてきた。例えば、ウィニペグのホテルの部屋」や「モントリオール」が脳裏に浮かぶ（*Things* 44, 55）。想像の中で両親の声が聞こえると、彼の心は戦争と逃亡生活のあいだで二つに割れる。「逃げろ、と私は思った。そして思い返し、いや、そんなこと不可能だ。そしてその一秒後には、やはり逃げるんだと」というように悶々とし、その心境を次のように表現する（44）。

> それは精神分裂症みたいなものだった。心が二つに割れた状態。私は決められなかった。戦争は確かに怖かった。しかし亡命することもやはり怖かった。自分の人生、家族や友人たち、これまでの経歴、これら私にとって大切なすべてを捨てることが怖かった。私は両親からの信頼を失うことが怖かった。私は法律が怖かった。私は周囲からの愚弄や批判が怖かった。私の故郷の町は伝統が重んじられた大草原の中にある保守的な小さな町だった。（44-45）

「オブライエン」を含めた大学卒業者の徴集兵にとって、ベトナム出征を回避する方法には次のようなものがあった。（一）大学院への進学予定者は地元の徴兵委員会に対して徴兵猶予の手続きができる。（二）主に大学に設置されていた「予備役将校訓練課程」に参加すれば、速やかな出征が免れる。（三）カナダやスウェーデンに亡命する。（四）徴兵を忌避することで国家反逆罪の罪を認め、自らの意志で刑務所に入る。（五）健康面での問題。（六）宗教や絶対的平和主義による良心的兵役拒否。しかし小説家本人同様、語り手はどの選択肢にも目を向けない。第一に、予備役将校訓練課程への申し込みリストには「数えられないほどの応募者の名前があり」、そのうえ彼はすこぶる健康だった（44）。加えて、彼は平和主義者としての経歴も持ち合わせていなかった。残りの（二）、（三）、（四）はいずれも彼を臆病者にしてしまうものなので除外された。

屠殺場の解体ラインで働くあいだ、彼は疲労と緊張感から、豚の血を洗い流す水鉄砲を床に放り投げ、無断で工場をあとにする。彼は国境線のあるレイニー河へと車を走らせ、河の畔にある釣り客向けのモーテルで六日間、国境を越えるか否かについて静かに思案する。実在するレイニー河は巨大な湖を含んだ川であり、語り手にとっては出征と逃亡を分ける象徴的な場所である。「それは私の人生と私のもう一つの人生をも隔てていた」（47）。あるいは「二つの異なる世界のあいだに引かれた点線」がそこに存在していた（55）。語り手の「精神分裂症」は国境という地理的事象によっても言い表されている。

釣りシーズンが終わった季節、彼は閑散とした宿で管理人の老人エルロイ・バーダールと二人きりで過ごす。老人は青年が置かれている状況を見抜いていた。老人は「私に何も質問せず、ただの一言も言わなかった」ので、「私の人生のヒーロー」であった（48）。朝になると、彼らは二人で森へ散歩に出かけた。夜は一緒に過ごし、レコードを聴いた。人里離れた場所で自国民からの厳しい目や身の危険から完全に隔離されてもなお、彼は毎晩のように悪夢を見る。

私はカナダの国境警備隊に追われていた。そこにはヘリコプターとサーチライトと吠える犬が存在していた。私は必死の思いで森を駆け抜けた。私は四つんばいになって隠れた。人々は私の名前を大声で呼んでいた。当局は四方八方から私の行く手を阻んでいた。故郷の町の徴兵委員会やＦＢＩや王立カナダ騎馬警官隊だ。すべてが狂気じみていて、あり得ないことのように思えた。私は二十一歳のごく普通の男、ごく普通の夢とごく普通の野心を持っていた。私が望んでいる人生は私が生まれついたとおりの誰もが知っている普通の人生を送ることだった。私は野球とハンバーガーとチェリー・コークを愛していた。そしてその私は今や永遠に祖国を捨てて亡命の危機に追い込まれていた。それは私にはまさにあり得ないことだったし、残酷で悲しいことだった。（50-51）

六日間の最終日、老人の提案で二人は湖にボートを出し、沖釣りに出かける。逃亡先としての対岸のカナダは泳げる距離にある。語り手は勇気を奮い起こして水の中に飛び込もうとするが、両親や祖国への忠誠心と愛着、そして男としての面目が邪魔をする。決断できなかったことに対する彼の、そして小説家自身の永きにわたる罪の意識はここから始まる。「私は戦争に行くだろう。私は人殺しをしたり、あるいは殺されたりするかも知れない。面目を失いたくないという理由で」(59)。作品は強い言葉で締めくくられている。「私は臆病者だった。私は戦争に行ったのだから」(61)。語り手「オブライエン」がこの戦争への出征に目的を見出せないのは「ベトナムでのアメリカの軍事介入が示す歴史学上の曖昧さ」を彼は知っているからだとダニエル・ロビンソンは述べる(Robinson 258)。「真実や感情や心の痛みなどについて、すべて語ってしまおうとする決断は勇敢である」とゲイリー・クライストはオブライエンの直接的な語り(ナラティヴ)を称賛する(Krist 692)。激しい情感は作品全体の流れを損ねるとし、オブラエインの手法に疑問を呈する評論家も少なくない。語り手の情感と飾りのない文章はオブライエン作品の魅力であり、この作品にはその二つが盛り込まれ、そこに筋書きの面白さが加わっている。徴兵令に対する衝撃を扱うこの作品から激しい情感を取り除いてしまうと、作品の存在価値そのものが揺らいでしまうのではないだろうか。一方、この作品を男の勇敢さを主題に置くものとして読むこともできる。あらゆる国の軍隊は弱虫な優男として見られることを由としない、男の心理に付け込んで戦争をおこなってきた。「勇敢さとは何か」を学生に議論させる教材としても相応しい作品である(Nomura, "Teaching")。

オブライエンが「出征か逃亡か」のジレンマを作品化するのはこれが初めてのことではない。「このことについての大部分は以前にも書いたことがある」と語り手も述べているように、一九六八年に受け取った徴兵通知の話はすでに何度か書かれている(*Things* 46)。例えば、第一作『僕が戦場で死んだら』の語り手「私」は第三章と第五章でカナダへの亡命を考慮し、その第六章では今度は高度歩兵訓練の最中にスウェーデンへの亡命を計画する。第三章「発端」("Beginning")は「レイニー河で」の原型として読める。ここでの語り手も二つの選択肢に直面し、いずれの選択肢も避けたい状況に追い込まれる、いわゆるモラルジレンマを抱えている。「それは知的にも肉体的にも手詰まりの状態だった。(中略) 私は秩序を重んじていたというわけではない。ただ私が恐れていたのはその反対の秩序がまったくない状態、つまり避けられない混沌、周囲からの批判、面目を失うこと、そして私の人生にこれまで起こったすべてのことの終わりを恐れていたのだ」と語り手は言う(*If I Die* 22)。

一頁ものの掌編「一九六八年卒業生」("Class of '68")を拡張したような「ウィニペグ」("Winnipeg")はベトナム出征を逃れ、カナダのウィニペグへの亡命に成功するビリー・マクマン(Billy McMann)の生涯を綴った年代記である。マクマンは慎ましく生活しながら、徴兵を忌避した悲しみと罪の意識に苛まれる。「ビリーにとっては何をどのように感じていいのかよくわからなかった。安堵しているのはもちろんのことだった。しかし同時にそこには罪悪感と恐怖もあった」(*July* 112)。マクマンはウィニペグやモントリオールのうらびれたホテルの部屋で「自分の情けない未来の詳細」を想像し、孤独な亡命人生を恐れる「レイニー河で」の語り手「ティム・オブライエン」を想起させる(*Things* 44)。

オブライエンにとって、徴兵通知を受け取ったときの苦悶は戦闘体験そのものと同等に、あるいはそれ以上に衝撃的なものだったようだ。作品には出兵の勇気を試されたときの青年の激しく揺れ動く心の有り様が鮮やかに再現されている。

殺人に対する罪の意識

次に、戦場で敵兵を殺害した際に生じる兵士の罪の意識について考える。徴兵令に対する衝撃がオブライエンにとっての戦争前のトラウマであるとするならば、敵兵の殺害に関する衝撃はまさに戦争中のトラウマとして彼の脳裏に永く棲みついている。「私が殺した男」（"The Man I Killed"）は殺人に対する兵士の罪の意識、精神の麻痺、そして心的トラウマについての物語である。戦場を舞台にしたこの話の主人公「ティム・オブライエン」（Tim O'Brien）は手榴弾で殺害したばかりのベトコン兵の脇に座り込み、遺体を凝視している。ここで小説家は亡くなった若い青年の生涯や将来の夢について想像する主人公を登場させ、加害者である主人公の目をとおして、ベトナム側の物語と折り合いをつけようとしている。同書中の別章「待ち伏せ」（"Ambush"）によれば、ベトナム青年の殺害は実は必要に迫られたものではなかった。「それは生きるか死ぬかの危機一髪の状況ではなかった。そこには危険らしいものは迫っていなかった。こちらが何もしなければ、その青年は何事もなくそこを通り過ぎて行ってしまったに違いない」（*Things* 133）。

物語は遺体の叙述から始まる。詳細で客観的な叙述は現実味と緊張感をもたらしている。「彼の顎は喉の中に沈み込んでいた。上唇と歯はなくなっていた。片方の目は閉じられていた。もう一方の目は星の形をした穴になっていた。眉毛は細く、女性の眉毛のように弧を描いていた。（中略）首は切れて脊髄まで開き、その部分の出血が多く、色も鮮やかだった。たぶんこの傷が致命傷になったのだろう」（124）。遺体の身体的特徴について観察したあと、主人公は亡くなった青年が兵隊タイプではなく、学者タイプであるという予想を立てる。そして「物語の雰囲気は徐々に死亡記事のようになる」（Heberle 201）。オブライエンの描写の方法はメロドラマではなく、ノンフィクションのそれである。

胸はへこみ、筋肉もほとんどなかった。勉強好きだろう。手首も子どもの細さだった。（中略）おそらく彼は一九四六年にクアンガイ省の中央沿岸部近くのミケの村に生まれたのかも知れない。（中略）彼は共産主義者ではなかった。彼はただの市民であり、素人の兵士だった。（中略）彼は戦いを好むようなタイプではなかった。体も丈夫な方ではなかったし、小さくて華奢だった。彼は読書を好んだ。いずれは数学の教師になりたいと思っていた。夜になってござの上に横になっても、自分が父親や、叔父たちや、お話の中の英雄たちがやったような勇敢なことをしているところを想像することができなかった。自分の勇気が試されるような機会が訪れないことを彼は心密かに願っていた。アメリカ人たちが引き揚げてくれることを願っていた。すぐに、と。（*Things* 124-25）

その後、同じ隊のカイオワ（Kiowa）が殺害のショックでふさぎ込んでいる主人公に歩み寄って同情し、殺害を正当化しようとする。「ティム、これは戦争なんだ。この男はアルプスの少女ハイジなんかじゃない。武器を持っていたんだろ？　確かにひでえことやっちまった、それはわかる。けどな、いつまでも見てちゃいけねえよ」（126）。カイオワの説得も空しく、主人公による遺体の凝視はそれからもしばらく続く。カイオワが加害者の殺害を正当化すればするほど、加害者は正当化を拒んでいるようにも思える。

さて、遺体の目に関する同一の二文（「片方の目は閉じられていた。もう一方の目は星の形をした穴になっていた」）がこの七頁の短い話で六回繰り返されているため、小説家の意図するところが気になる。主人公が遺体の目に凝視されるたびに遺体による主人公への呪いが永久に続く、読者にそう思わせたいのだろうか。「星の形をした穴になっていた」目に対する主人公のこだわりは小説家「自身の強迫観念」であり、小説家にとっての「まだ片付いていない仕事としてのトラウマ」がそこに垣間見えるとしているのはデイヴィッド・ジャラウェイである（Jarraway 704）。反対に、主人公の側が得体の知れぬものに監視されているというようにも読める。一方、主人公の空想は亡くなった青年の過去にまで及ぶ。

　その青年は兵士になんてなりたくはなかったし、戦闘中に情けない姿を見せてしまうのではないかと心の底で怯えていた。（中略）彼は誰かに暴力を振るう勇気がなかった。（中略）学校では他の男の子たちがよく彼の可愛らしい顔についてからかったものだった。（中略）彼は勇気を振り絞って彼らと喧嘩をすることができなかった。喧嘩をしたいといつも思ってはいたが、やはりそうすることが怖かったし、そのおかげで彼の羞恥心は深まった。小さな男の子と喧嘩することさえできない人間が兵士になって飛行機やヘリコプターや爆弾を持ったアメリカ人たちと戦うことができるだろうか。（中略）しかし何にもまして怖かったのは自分の評判を、ひいては自分の家族や村の評判を落としてしまうことだった。（*Things* 127）

遺体の叙述に女性性を読むのは評論家のローリー・スミスである。「死、アジア人、そして敵兵、これら描きにくい対象があたかも絶対的な他者を強調するかのように、これだけはっきりと女性化されてしまっている。（中略）おそらく、この女性化は亡くなった男性がいかに戦争に不向きなのかを示すために使われているのだろうし、敵兵を人として扱うには役に立っている。（中略）遺体に対するほとんど同性愛的な執着は主人公の自己愛をほのめかしている」（Smith, Lorrie 22-23）。遺体は「女性化」されているだろうか。オブライエンの叙述は亡くなった男は兵士向きでないことを強調するためのものであって、それ以外の何ものでもないように思える。加えて、元来、平均的なアジア人男性は平均的なアメリカ人男性に比べて痩せており、筋肉のつきも少ない。さらに言えば、ベトコン兵のほとんどは自国のジャングルを駆け巡るための十分な細身の身体と軽い体重を維持していた。もし亡くなったベトナム人兵士が長身で筋肉質だったとすれば、読者にはかなり非現実的に映るだろう。また、遺体への主人公の執着は限りなく強調されており、それはスミスの主張のとおりだ。しかしながら、主人公の遺体へのこだわりは小説家の同性愛あるいは自己愛にではなく、大義が曖昧で不必要な戦争のために亡くなった数百万ものベトナム人に対する小説家の罪の意識と悲しみと責任に由来しているのである（Nomura, "Symbolic" 50）。

罪の意識と悲しみを感じながら主人公は亡くなった青年の未来を次のように想像する。


彼の人生は可能性に満ち溢れていた。そう、間違いなく勉強が好きだ。（中略）青年は一九六四年にサイゴンの大学に通い始め、そこで政治的なことは避け、もっぱら微積分に没頭していたのだ。（中略）最終学年のとき、彼は十七歳のクラスメートの娘と恋に落ちた。（中略）彼女は彼の物静かな振舞いが好きだった。彼女は彼のそばかすとほっそりした脚のことを笑った。ある夜、おそらく二人は金の指輪を交換した。（*Things* 128-29）

このベトナム人の徴集兵は「レイニー河で」で紹介された語り手「ティム・オブライエン」その人を思わせる。この二人の徴集兵は瓜二つだ。例えば、彼らは一九四六年生まれで、田舎町の出身である。彼らは生まれつき戦いを好まず、したがって戦争支持者ではない。二人とも一九六四年に大学に入学しており、学業優秀者である。二人とも徴兵を忌避したり、あるいは戦闘で恥ずかしい振舞いをしてしまうことで、家族や周囲からの愛と敬意を失うことを恐れている。

「レイニー河で」とこの「私が殺した男」の主人公は同一人物の「ティム・オブライエン」だが、

興味深いことに、ここでの主人公は戦友の呼びかけに対して反応しないどころか、一言も言葉を発しない。


カイオワはポンチョで死体を覆った。

「お前、顔色が良くなってきたぞ」と彼は言った。「本当さ。お前さんに必要なのはゆっくりできる時間だな。軍の保養休暇みたいなものが」

それから彼はこう言った。「なあ、わかるよ」

しばらくして彼はこう言った。「何か言ったらどうなんだ?」

それからこう言った。「さあ、だから、しゃべろって」

彼は二十歳ぐらいの痩せていて、死んでいる、華奢な男だった。片方の脚は体の下に折り込まれ、顎は喉の中に沈み込み、顔には表情がなかった。片方の目は閉じられていた。もう一方の目は星の形をした穴になっていた。

「しゃべろ」とカイオワは言った。(130)


不在なのは主人公の言葉だけではない。判断すらない。物語にあるのは遺体の叙述と戦友のカイオワとアザールが発した会話だけである。主人公の言語と感情を物語から完全に削除することで、言葉に変換できない戦闘トラウマの大きさが巧みに表現されていると言える。先にも触れたが、オブライエンは名もなきベトナム人兵士の人生の物語を読者に提示している。そしてその兵士は完全なる敵、あるいはスミスの言葉を借りれば「絶対的な他者」などとしてではなくむしろその反対、自分の意志に反して戦争に参加した人間的で身近な存在として描かれている。それは読者の関心をその兵士に向けさせ、兵士のことを理解させるための描き方のように読み取れる。「オブライエン」(O'Brien)の沈黙は死ぬ必要のなかった数百万のベトナム人に対する小説家オブライエンの無言の謝罪とまで考えることもできる。

対照的に、歴史的事実である「ソンミ村虐殺事件」を扱う『失踪』(*In the Lake of the Woods*)の第十三章「獣の本質」("The Nature of the Beast")は戦友が命を落としたことへの報復としてベトナム市民の殺害を企てるアメリカ軍の残虐さを描いている。オブライエンは戦争の残虐さを章の中心に置いているにもかかわらず、恐怖のあまり大虐殺に唯一参加せず、大虐殺の一部始終を竹垣の陰で目撃していたジョン・ウェイド(John Wade)を作品の主人公に据えている。ウェイドは悪行を止めることができず、さらには大虐殺の事実を生涯にわたり隠蔽してきた罪深き人物である。彼は仲間による銃の乱射を止めるべく言葉を口にするのだが、か弱いその声は仲間の耳には届かない。

「やめろ」と彼は言い、そしてそのすぐあとに、「頼むから!」と言った。(中略)シンプソンが子どもたちを殺害している。(中略)十代の子どもたち、老婆、赤ん坊が二人、男の子が一人。そのほとんどが死んでおり、何人かは死にかけていた。(中略)死にかけていた者はまだぴくぴく動いてはいたが、上等兵のウェザビーが銃に弾を込め、止めを刺した。殺害の最中の音は凄まじかった。誰もおとなしくは死んでいかなかった。それは金切り声、そして鶏舎の中で鶏が鳴き叫ぶような音だった。（*Lake* 109）

「我々現代人の常識で考えれば、敵とは憎むべき対象である」。精神分析医のジョナサン・シェイはベトナム帰還兵とホメーロス（Homer）の『イーリアス』（*The Iliad*）に登場する兵士とを比較した独創的な研究書の中でこう続ける。

ベトナム戦争時代の軍の訓練では敵を自動的に悪魔化し、そのイメージを訓練兵たちに植え付ける。つまり敵兵は邪悪で忌まわしい存在として扱われるため、神の敵あるいは神に憎まれた虫けらとして殺されるのは当然のこと、人間以下であるため、生きていようが死んでいようがそれはどうでもよいこととされる。敵に与えられた低いイメージは我々アメリカの文化では『聖書』にさかのぼるほど昔からある。

対照的に『イーリアス』では敵は敬意の対象であり、誉れ高き存在として描かれている。（中略）我が国のウエストモーランド陸軍大将が「聖なるハノイ！」と言ってハノイの町に敬意を表する姿はいかなる状況においても想像できない。（Shay 103）

一方、ジョン・ウェイドの罪は大虐殺の隠蔽だけではない。彼は戦闘の混乱の中で誤って同僚のウェザビーを射殺し、その過失についても隠し通す。「ほかのすべての秘密と同様にその秘密も自分の胸の中に隠しておけば、世の中も彼自身も騙し通せると考えた」（*Lake* 68）。大虐殺には手を染めてはいないにしても、仲間の殺害とその隠蔽はそれが誤射だったとは言え、免れることのできない重罪である。ただ、戦闘の混乱の中では出来事のすべてに正義や社会通念が適応されるとは限らない。あってはならないことだが、敵と味方の区別がわかりにくい状況も残念ながら戦場では起こることである。ロン・コビック（Ron Kovic）の『7月4日に生まれて』（*Born on the Fourth of July*）に登場する「コビック」（Kovic）も誤って「ジョージア出身の伍長」を殺害しており、「あれは事故だったんだと自分に言い聞かせなければならなかった」（Kovic 177）。状況は同じだ。結局、ジョン・ウェイドは隠蔽することを選択をする。罪の隠蔽に手を染めてしまう人間の弱さと人間らしさ、そしてそれによる悲劇的な結末が両作品には描出されている。

話を敵兵の殺害に戻すと、別の帰還兵作家たちはベトナム戦争の厳しい現実や若い士官兵による市民の殺害についてより直接的な表現を用いている。ジョン・デル・ヴェッキオ（John Del Vecchio）の『十三番目の谷』（*The 13th Valley*）（一九八二年）、ジェイムズ・ウェブ（James Webb）の『フィールド・オブ・ファイア』（*Fields of Fire*）（一九七八年）、ラリー・ハイネマン（Larry Heinemann）の『クロース・クォーターズ』（*Close Quarters*）（一九七七年）、のちに『フルメタル・ジャケット』（*Full Metal Jacket*）（一九八七年）として映画化されたグスタフ・ハスフォード（Gustav Hasford）の『ショート・タイマーズ』（*The Short-Timers*）（一九七九年）などは戦争の混沌や兵士たちの無法ぶりを躊躇なく描いている。例えば、ハイネマンの『クロース・クォーターズ』では仲間の兵士が仕掛け爆弾によって殺害される。陸軍兵士たちの自制心と慈悲心は突如としてベトナム市民への報復と憎しみに取って代わる。主人公のフィリップ・ドウザー（Philip Dosier）は市民に紛れた二人のベトコン容疑者を捕らえる。たちまち彼の中の残虐性が表出される。「俺は拳銃の安全装置を外し、容疑者の面に目をやり、奴の頭を撃ち抜いた。（中略）俺は奴が生きていることが我慢ならず、奴の死骸さえ見たくなかった」（Heinemann, *Close* 219-20）。

オブライエンによる罪と悲しみの語りは対照的である。彼の語りはアメリカ政府が長年かけて作り上げた昔ながらの戦争プロパガンダに異を唱え続ける。若い兵士たちによる敵兵の悪魔化と非人間化と蔑みを正当化するプロパガンダに、である。この姿勢は敵兵に人としての尊厳を見出す資質に欠けるアメリカに物を申す、先述のジョナサン・シェイの主張と呼応する。

オブライエンの主人公は戦場で犯した敵兵の殺害を個人の問題として捉え、苦悶する。小説家はそのような主人公の姿を作品にすることで、自分を戦場へ送った国家アメリカへもがきを送り返しているように思える。

自己の能力に対する罪の意識

ここでは、戦場での自らの失敗、怠業、能力不足によって仲間を死に追い込んだことに対する兵士の罪の意識について取り上げる。「自己の能力に対する罪の意識」("competency guilt")とは「生存者としての罪の意識」("survivor guilt")に含まれ、これは「自分が思ったほど効果的に、あるいは賢く行動できなかった」ことに対する意識を指す(Matsakis 69)。類似する意識には「自分の怠慢さに対する罪の意識」("negligence guilt")があり、こちらは与えられた任務や役割を遂行できないことが原因で抱える後悔の念である(71)。オブライエンの兵士の中にはこのような意識に苛まれる者が存在するが、彼らはそのような意識を避けられない心の重荷として捉え、その重荷を抱えて生き続ける。

「自己の能力に対する罪の意識」を持つ人物としてはまず、「兵士たちの荷物」("The Things They Carried")の主人公である二十四歳のジミー・クロス中尉(Lt. Jimmy Cross)をあげるべきだろう。クロス中尉は無鉄砲者の部下、テッド・ラヴェンダー(Ted Lavender)が窮地に陥っているときでさえ、恋人のマーサ(Martha)との思い出に心奪われ、そのせいでラヴェンダーを死に追い込んだ。そもそも、クロス中尉は戦場という過酷な現実から一時的に逃れるために、恋人への熱い想いと大切な思い出を胸中に抱えながら、「丘を越え、沼地を渡る」(*Things* 3-4)。

彼の心は別の場所にあった。彼は戦争に集中するのが難しくなっていた。時折、部下に対して歩く列を散開し、もっと目を開いて歩けと怒鳴ったりはするものの、ほどなくして白昼夢の中に滑り込んでいった。彼は何も担がずにマーサと二人で裸足でニュージャージーの浜辺を歩いているつもりになっていた。彼は体が宙に浮かびあがっていくような気持ちになった。太陽と波と優しい風。完全に愛に包まれ、浮いていた。(8-9)

クロス中尉のリーダーとしての重要な責務はベトコン兵からの奇襲攻撃を小隊に注意喚起すること、とりわけ一時的に一人で行動する者には身に降りかかる危険について執拗に意識させなければならなかった。しかしオブライエンはあえてクロス中尉が「戦場に送り込まれた子どもでしかなかったし、恋をしている最中だった」、「二十四歳だった」という情報をつけ加える(12)。テッド・ラヴェンダーの死はラヴェンダーが小便をするために小隊から離れたときに起こった。ちょうどそのとき、もう一人の部下であるリー・ストランク(Lee Strunk)が「サーチ・アンド・デストロイ作戦」(「探索と破壊」、つまり領土を占領するのではなく敵を探し出す作戦)の一環として地面に掘られたベトコン兵のトンネルにもぐりこみ、その中を点検しているところであった。ストランクがトンネル内で敵と遭遇することもなく無事に地上に戻ると、クロス中尉を含む隊の面々はいずれも安堵する。一方のラヴェンダーは小隊の輪に戻る途中にベトコン狙撃兵に頭を撃ち抜かれる。戦場における運命の逆転がここに描かれている。最も緊張を強いられる暗闇での仕事を任された者が生き残り、小便をしたあとで最も弛緩した状態の者が亡くなるという皮肉が浮かび上がる。

オブライエンはクロス中尉にすべての責任を負わせる。クロス中尉は「恥ずかしく思い」、「自分を憎み」、ましてや「自分の部下よりもマーサを愛していたので、その結果として、部下のラヴェンダーが死んだ。それは戦争が続くあいだ、彼が持ち歩かなければならぬ胃の中の石のような重みだった」(16)。クロス中尉はたこつぼ壕の中でマーサのラブレターと二枚の写真を焼き払うが、それでもクロス中尉の責任は執拗に語られる。

それがただの見せかけだけであることは彼にもわかっていた。くだらん、と彼は思った。それに感傷的だ。いや、くだらん、と言う方がやはり合っている。
ラヴェンダーは死んだ。責任を焼き捨てることはできない。(中略)
大きな謎などない、彼はそう結論づけた。(中略)
何といっても、彼は兵士だったのだ。(23-25)

異性に対する妄想が戦場で如何なる結果をもたらすのかを学んだクロス中尉は「彼は部下に愛されたいという欲を捨てようと思った。それは今の自分には必要ない」とし、自分の仕事が隊の指揮であることを作品の最後で確認する(26)。

オブライエンの第八作『世界のすべての七月』(*July, July*)(二〇〇二年)所収の「一九六九年七月」（"July '69"）の主人公、陸軍少尉のデイヴィッド・トッド（Lt. David Todd）も誤った判断を下してしまうもう一人の若きリーダーである。二十四歳のトッド少尉はベトナムに赴任した十九日目に敵の待ち伏せ攻撃に遭遇し、誤って十九人の部下全員を一度に殲滅させる。この唯一の生存者は両足を打ち抜かれて生死の境を彷徨いながら、ヘリコプターの救助を受け入れるべく勇気を奮い起こす。「ゴースト・ソルジャーズ」（"The Ghost Soldiers"）にも重傷を負った兵士が登場するが、この話の主題は報復である。したがって、「一九六九年七月」はオブライエンによる身体的トラウマと心的トラウマの両方を一度に扱った初めての作品であり、その主人公は不運にも即死できない傷を負いながら、何日も草地に横たわる。

小隊の殲滅の直前、トッド少尉は部下による川への飛び込みを許可するばかりか、ラジオの聴取さえ許可してしまう。飛び込みは暑い夏に行水をするため、ラジオは一九六九年七月二十日に予定されていたアポロ十一号の月面着陸のニュースを聴くためだった。結果として、トッド少尉の好意は彼の部下全員を裸体で丸腰の騒がしい、隙だらけの標的にしてしまう。ベトコン狙撃兵にしてみればこれほど無防備な敵もいなかったに違いない。少尉は戦争における最悪のシナリオを隊に与えたことになる。彼はこう振り返る。「すべては彼の責任だった。（中略）これらのミスは野戦規定の中のきわめて初歩的な過ちだった。なんて自分はアホだったんだ、と彼は思った」（*July* 26-27）。

草陰に潜む狙撃兵たちが小声で話しながら笑っているのが聞こえたので、トッド少尉は上官として先頭に立ち、反撃に転じなければならないと自らに言い聞かせるものの、「しかし彼にできることはなかった。撃ち返そうにも、撃ち返すべき相手がいなかった。彼のまわりには乾いた、柔らかい草しかなかった」(22)。ここで表現されているものは明らかにベトナムにおける個人の、そして国家としてのアメリカの失敗なのであろう。北ベトナム人のジャーナリストであるヌグ・ドゥク・タンはオブライエンのエッセイ「私の中のヴェトナム」の中で、ベトナム兵にとってアメリカ軍の居場所を特定することがいかに容易なことだったかについてオブライエンに漏らしている。『『アメリカ軍の部隊を見つけることは難しくなかったし、戦うことも大変ではありませんでした』と彼は言う。『大きな音を立て、装備も多い。隊列も大きい。軍服もよく目立つきれいな緑色でした』。ヌグ氏は礼儀正しいので直接的な表現は使おうとしないが、アメリカ軍はまさにシッティング・ダック（格好の標的）だったと言いたいのだ」(Ngu 55)。アメリカの大部隊式の「サーチ・アンド・デストロイ作戦」は往々にしてベトナム軍の小部隊ゲリラの「ヒット・アンド・ラン作戦」（奇襲攻撃）には効力を発揮できなかったと言われている。

同様に、トッド少尉の小隊はよく目立ち、行動の様子も「ボーイスカウトの遠足のよう」だった(*July* 26)。彼らの全滅がいかにも初めから運命づけられていたものとして描かれているのは興味深い。ベトナム戦争中のアメリカ陸軍全体がその傾向にあったように、トッド少尉の小隊にも明確な大義と目標、効果的な戦略、および戦闘経験が欠如している。第一次世界大戦や第二次世界大戦で使った戦術的な枠組みはベトナム戦争では機能しなかったという意見で多くの歴史家や軍事評論家は一致している。ベトナム戦争は明確な戦線のない非従来型の限定戦争だったために、戦闘の目的や戦争そのものに対する兵士の義務感は日を追うごとに薄れていった。その一方で、アメリカ軍は地雷や奇襲攻撃によって大量の犠牲者を出してしまうので、現場の兵士たちのフラストレーションは常に爆発寸前の状態にあった。オブライエンはベトナム戦争の不確実性を『カチアートを追跡して』の中でこう語る。ここにはヘミングウェイの簡潔な文体と反復の模倣が見られる。

> 前線はなく、後方もなく、きちんと並列に掘られた塹壕もなかった。パットン大佐のライン河渡河作戦はなく、嵐を突破しての海岸上陸作戦もなく、死守すべき拠点もなかった。標的さえなかった。戦う大義もなかった。この戦争がイデオロギーの戦いなのか、経済的な利害の戦いなのか、覇権争いなのか、恨みからのものなのか、何もわからなかった。(*Cacciato* 270-71)

スティーヴン・キャプランはアメリカ兵たちが密かに保持していた偽の大義をこのようにまとめている。「結局のところ、大事なく無事に帰国するために、戦場で長く生き延びることが兵士たちにとっての唯一の意味をなすものとなった」(Kaplan 169)。同じことはオブライエンの主人公にも言える。「フィールド・トリップ」の主人公が戦争に求めていたことについて娘に問われると、彼はこう答える。「『何も』と私は言った。『生き延びることだよ』」(*Things* 183)。『ニュークリア・エイジ』(*The Nuclear Age*)の主人公で反戦運動家のウイリアム・カウリング(William Cowling)は「この世に命を捨てるほど価値のあるものなど何もない。何ひとつ」と述べる[6](*Nuclear* 188)。

『カチアートを追跡して』の主人公ポール・バーリンにとって「たった一つの人生の目標は長生きする価値のある目標を立てるために自分が長生きする」というものであった（*Cacciato* 26）。

さて、瀕死の状態のトッド少尉についてだが、彼は小隊のリーダーとして殲滅の代償を払わなければならない。その彼の前には選択肢が三つある。一つ目は両足の出血を止めぬまま死を待つ。二つ目は拳銃を使って自殺する。三つ目は傷を自分で手当てして生き残り、「悪夢」と「生存者としての罪の意識」を抱えながら戦後の人生を生きる（*July* 32）。大学でプレーしていた野球のシーンや家族との団欒、あるいは大学での恋人がフラッシュバックとして蘇り、トッド少尉は記憶の中で旅をする。やがて自殺の衝動が薄れてゆく。

そのような情景を思い浮かべると、生きていたいと思うようになった。（中略）

彼にできたことは両足から出血しながら死にたくない、ほかの隊員たちのように死にたくないと願うことくらいだった。（中略）彼はライフルの銃口が自分のこめかみに当てられているところを想像した。「おい、やめろ！」と彼は言い、それから自分の意識が薄れていくのを感じた。

少しして、自分が野球についてぶつぶつしゃべっているのを耳にした。（中略）思い出が花火のようにやってきた。子ども時代の情景が閃光となって蘇り、（中略）ダートン・ホール大学の体育館で踊っているマーラ・デンプシーが見える。母親が裏庭に洗濯物を干しており、父親はライラックの束を植えている。弟のミッキーが車庫の壁に野球のボールをぶつけている。（23-25）

草地に横たわり、自分の両足と仲間の遺体が腐っていく汚臭を嗅ぎながら、彼は生存のための行動を開始する。まず、草の上を這って救護兵ドック・パラディーノの遺体のところまでたどり着き、彼の救急用バッグからモルヒネ注射を十二本手に入れる。次に小川まで這い、痛みを和らげるために両足を水に浸す。その行為は罪深さと負傷した傷に対して自らに洗礼を施しているようにも思える。殲滅の現場の上空を二機のヘリコプターが旋回したとき、彼は手をあげて合図をしようとするが、モルヒネ注射のせいで意識が朦朧とし、その行動が夢なのか現実なのかの区別がつかない。草地に横たわって三日目、彼は払わなければならない将来の代償について思いを巡らせる。

そこに悲しい箇所があるとすれば、それは彼の人生がほとんど生きることができずに途中からなくなってしまったことだと、彼は思った。未来は消えたのだ。

例えば、マーラとの人生はない。

野球についてもそうだ。（中略）

デイヴィッド・トッドは頭の中で未来の人生のハイライトの数々をリプレーしてみた。彼は帰還して引き続きショートのポジションを守り、一塁に向かって矢のような送球をしていた。ほどなくして彼はデイヴィッドのことを崇拝するマーラ・デンプシーと結婚した。彼らのあいだには二、三人の子どもが誕生し、ミネアポリスに素敵なスタッコ塗りの家を持つ。そしてその夢想の中では彼はあと五十年は死んでいないことになっていた。(28)

オブライエンがトッド少尉から奪おうとしているものは二つある。トッド少尉は大学野球でショートを守り、MLBのいくつかのチームからスカウトを受けるほどの腕前だが、今では両足の負傷により足を引きずる生活を余儀なくされ、したがってメジャーリーガーになる夢はこの負傷で絶たれる。いま一つは結婚の破綻である。彼は悪夢や「生存者としての罪の意識」から塞ぎ込み、マーラとの結婚も長くは続かないという未来のシナリオを予見してしまっている。彼女の曖昧な態度は実際に「彼を怯えさせ、二人の未来について不安を抱かせた。彼女にとっての愛とは何を意味するのか、あるいは彼女が自分のヒット・エンド・ラン（奇襲攻撃）を遂行するまでにどれほどの時間がかかるのだろう、と彼に思わせた」(29)。残りの人生を心と体に傷を負ったトラウマ生存者として生きる。瀕死の状況でこの人生にすがろうとするデイヴィッド・トッドの姿は新しいミレニアムへ向けて「サバイバル」を意識する小説家の心の表れと見てかまわないだろう。

以上のように、オブライエンの兵士たちは戦闘において後手を踏んだり、誤った判断により大失態を犯したりし、そのたびに罪の意識に苛まれるのだが、それでも彼らはトラウマを保持しながら生き抜く方法を探ろうとするのである。

PTSD

トラウマに関するこの最終章では、オブライエン作品に見られるPTSD、主にトラウマ記憶と

「生存者としての罪の意識」について検証する。戦後を舞台にした作品における多くの登場人物はベトナムで体験したイメージや戦争の生き残りとしての罪の意識に苛まれている。一九七三年、臨床心理医のロバート・ジェイ・リフトン（Robert Jay Lifton）はベトナム帰還兵のこの精神状態を「生存者としての罪の意識」（"survivor guilt"）と命名した。「彼らは自分が目撃したり、手を染めてきたりしたことを内面的に正当化することができない生存者である。したがって彼らは死と罪の悪循環に巻き込まれることになる」（Lifton, *Home* 101）。臨床心理医のジュディス・ハーマン（Judith Herman）はリフトンの主張を以下のように言い換える。戦争の生存者は「彼らが救うことができなかった死者のイメージに憑かれている。彼らは戦友を救うために自分自身を危険にさらさなかったこと、あるいは死にかけている戦友の求めに応じることができなかったことに対して罪の意識を感じている」（Herman 54）。

オブライエンの作品について語る前に、トラウマ研究の歴史について手短にまとめておきたい。ハーマンによれば、人間の記憶と精神分析の研究史の中でトラウマは三度、世間の注目の的となってきた。トラウマ研究が最初に話題になったのはヒステリーが研究されていた時代である。ヒステリーは十九世紀後半のフランスで起こった強権反対運動から生まれた女性の精神障害であるとされている。二つ目は「シェルショック」（"shell shock"）と呼ばれる戦闘によるトラウマとその研究である。「シェルショック」の研究は第一次世界大戦後のイギリスとアメリカで始まり、その五十年後、ベトナム戦争に対する反戦運動で一気に開花した。三つ目の最も新しいトラウマ研究は性的および家庭内の暴力と関係するものである。被害者が声を上げることでそこに政治性が帯び、その声はのちに西ヨーロッパおよび北アメリカにおいてフェミニスト運動へと発展する。現代におけるトラウマに関する認識はこれら三研究の集積に基づいている。

さて、トラウマ研究を推し進めた一番の立役者はベトナム戦争の反戦運動である。一九八〇年にアメリカ精神医学会が発行する『精神障害の診断と統計マニュアル』に「ＰＴＳＤ」（Post-traumatic stress disorder、心的外傷後ストレス障害）と呼ばれる新しいカテゴリーを付け加えたのはベトナム反戦運動による影響が大きかったとハーマンは言う。ベトナム戦争以来、兵士の戦闘中と戦後の心理の研究は再び活発化され、幾多の精神分析の書が若い研究者によって世に送られてきた。

ベトナム戦争に関するトラウマ研究は戦争が最も激化していた一九七〇年に反戦活動家で臨床心理医のロバート・ジェイ・リフトンとシャイム・Ｆ・シャタン（Chaim F. Shatan）の二人によって幕が開けられた。リフトンとシャタンは「戦争に反対するベトナム帰還兵の会」（ＶＶＡＷ）と呼ばれる新組織の代表者と面会した。リフトンは広島の被爆者とナチス強制収容所の生存者たちを研究し、彼らの中に「死の刻印」（“death imprint”）があることを発見した研究者である（Lifton, *Death* 480-88）。続いてリフトンはベトナム帰還兵の調査に踏み切り、帰還兵の多くが「生存者としての罪の意識」を抱えていることを知る（Lifton, *Home* 100-01; 105-07）。一九七三年の著書『戦争からの帰還』でリフトンはＰＴＳＤの治療法を明らかにした。アメリカ精神医学会はリフトンの研究成果を受けて一九八〇年に「ＰＴＳＤ」（心的外傷後ストレス障害）という用語とその定義を『精神障害の診断と統計マニュアル』に加えた。そして一九八二年、ベトナム帰還兵に対する世間の再評価を決定づける出来事が起こる。首都ワシントンの「ベトナム戦争戦没者慰霊碑」の建立である。

『ベトナム帰還兵の再適応に関する全米調査』によると、一九九〇年時点で戦闘体験のあるベトナム帰還兵の三十五・八パーセントがＰＴＳＤを患っていた（Kulka 61）。ハーバート・ヘンディンとアン・ポーリンガー・ハースの一九九一年の調査によると、ＰＴＳＤを患う帰還兵の十九パーセントが自殺未遂者であり、自殺未遂の経験がない者のうちの十五パーセントは自殺について考えたことがあると回答した（Hendin and Haas 588）。しかしハーマンによれば、ＰＴＳＤの判断基準は正確にはベトナム帰還兵の症状に合致しておらず、彼らのトラウマはむしろ慢性的、症状も繰り返し起こるものであるというのが多くの経験豊富な臨床心理医の一致した意見である（Herman 119-20）。ベトナム帰還兵を専門に担当する臨床心理医ジョナサン・シェイはアメリカ精神医学会は彼の患者の多くが抱えているような人格変化を看過していると述べる（Shay 169）。アメリカ精神医学会に異を唱えるもう一人は社会神学者のウォルター・デイヴィスである。ＰＴＳＤという名前は正確ではなく、帰還兵の苦悩の大部分は外傷的でも、発症までに時間がかかるわけでもなく、むしろ慢性的で非外傷的であり、彼らが抱えている信仰や希望や愛の喪失の問題が狭義の名称で片づけられているとしている（Davis 133）。

　シャタンはベトナム帰還兵の中に他者に対して愛情を持つことや他者と緊密な関係を築くことに疑問を持つ者が多いことを発見した。兵士たちはゲリラ戦に備えるためにベトナム市民を憎み、彼らを信用しないように上官に叩き込まれるのだが、そのことが人間不信の原因の一つになっているという。したがってアメリカでの市民生活に戻ると、彼らは「人間関係の中で感情や親密さを示すことがほとんどできない」(Shatan 50)。ベトナムの戦場で親しい戦友を失った帰還兵は特に「他者と親しくなることが難しくなる。再び特別な関係を失ってしまうことを恐れる」(Brende and Parson 133)。そのような帰還兵は鬱状態になって親密な人間関係を警戒するようになり、感覚も麻痺して誰かを愛する能力を失うだけでなく、嘆いたり悲しんだりする能力も失う傾向にあるという。

　また、感覚の麻痺や人間関係の回避に加え、帰還兵は「戦争というカルト集団に入信してしまったかのような特別な位置」にいることで他から孤立してしまうという。帰還兵は「女性や子どもは悪と死に対峙している自分のことを理解できるはずがないと考えている。帰還兵は一般市民を理想化と軽蔑とが混ざった存在として捉える。つまり一般市民は無垢で無知な人々ということになる。これに対して自分たちは汚れているけれども優位にあると捉える」[8] (Herman 66)。ボビー・アン・メイソン (Bobbie Ann Mason) の「ビッグ・バーサ・ストーリーズ」(“Big Bertha Stories”) の中で、主人公ジャネット (Janet) は心を閉ざす帰還兵の夫に、「あなたは自分がベトナム戦争へ出征してきたものだから、ほかの人より自分が偉いと思ってるんじゃないかってときどき思うのよ。俺が知ってることなんて誰にもわかるもんかみたいな感じで」と言い放つ場面がある（Mason, "Big" 126)。

オブライエンは一九八〇年のエッセイ「我々は戦後の生活に適応し過ぎている」で、ベトナム帰還兵たちは過去を想起し、喪失したものを嘆き悲しむエネルギーを失ってしまったと主張する。「それが問題だ。我々帰還兵は戦後の生活にあまりに適応し過ぎている。（中略）あまりにも多くの帰還兵がかつては我々の人生を支配していた苦悩を忘れ、押しやり、抑圧し、気づかないふりをしてしまった。罪の意識、恐怖、肌を刺すような切迫感は消え去った。悲しいことだ。我々は忘れてはいけないのだ」と述べる（O'Brien, "We've" 205)。この考えを戦争語りへのオブライエン自身の「強迫観念」(*Things* 35)、あるいはフロイトが言うところの忘れられない出来事に対するやり残した仕事としての「トラウマへの固執」だと批判的に捉えることはできる（Freud, "Fixation" 273-85)。それでもなお、戦争に対して「嘆き悲しむエネルギー」を保持することは「ささやかではあるが、国民の好戦性に対する抑止として役立つのだ」とオブライエンは言う（O'Brien, "We've" 206)。

オブライエンの「勇敢であること」("Speaking of Courage") は記憶、罪の意識、そして戦闘トラウマの言語化についての物語である。主人公のノーマン・バウカー（Norman Bowker）はベトナムの戦場から故郷のアイオワ州に戻り、戦闘中に救うことができなかった戦友カイオワについて語ることができず、無気力な日々を送っている。彼は市民生活にも適応できない。友人たちと楽しく独立記念日（七月四日）の派手な花火を見て過ごすはずの夕方に彼はただ独り、戦場で果たせなかったことについて思いを巡らせながら、あてもなく地元の湖の周りを車で走る。帰還兵が祖国に戻って最初にすることは次にやるべきことを見つけることである。しかし「戦争は終わり、そしてどこにも行くあてがなかった」という冒頭の一文がバウカーの終わらない彷徨と疎外感をあらかじめ物語っている（*Things* 137）。

バウカーはハンドルを握りながら、町は「かつてのままのように見えた」としている。彼は自分の戦争体験に折り合いをつけることを望み、自分の話を誰かに伝えたいという願望も持つが、行動を起こすまでには至らない（137）。いっしょに町を徘徊してくれる友がいるわけでもない。

ノーマン・バウカーの友人のほとんどは今ではデモインかスー・シティーで暮らしていたり、どこかの学校に行ったり、あるいは仕事に就くかしていた。高校の同級生だった女の子たちの大半は町を出ていったり、結婚したりしていた。かつて財布に写真を入れて持ち歩いていたサリー・クレイマーも結婚してしまった一人だ。彼女の名前は今ではサリー・グスタフソンになって、レイク通りの地価が高くない側にある、感じの良い青い色の家に住んでいる。戦地から帰還して自宅に戻ってきた三日目、彼は庭の芝を刈っている彼女を見かけた。（中略）彼女は幸せそうに見えた。彼女には家があり、結婚したばかりの夫がいた。彼女に語りかけるべきことは何もなかった。

町はなんとなく自分とは隔たりがあるように感じられた。サリーは結婚してしまったし、親友のマックスは溺死してしまったし、そして彼の父親は家でテレビの全国放送の野球中継を見ていた。ノーマン・バウカーは肩をすくめた。「別にどうでもいい」と彼は小声でつぶやいた。(139)

車の窓の外には路上を歩く二人のハイカーに釣り人が一人、そして四人の花火師が見えたので、バウカーは彼らに戦争の話を持ち掛けることもできる。しかし彼の話になど誰も興味を示さないだろうとたかをくくり、距離を置いてしまったのは自分ではなく、町や人々の側にあるという元々感じていた結論に再び落ち着く。

町は語ることができず、聞く耳も持たなかった。「戦争の話を聞いてみないかい？」と彼は尋ねることもできたが、町はまばたきをし、肩をすくめて関心がないような顔をするだけだった。町は記憶を持たず、したがって罪の意識も持っていなかった。税金は納められ、選挙の票は集計され、役所の人々は自分たちの仕事をてきぱきと礼儀正しくこなしていた。町はてきぱきとした礼儀正しい町だった。町は糞のことなんてこれっぽちも知らなかったし、知りたいとも思っていなかった。(143)

彼が湖の周りを繰り返し巡回するあいだ、記憶はまるで幽霊のように心の中に断片的に浮かび上がる。彼は銀星章のメダルを獲得し損ねた出来事についてかつての恋人であるサリー（Sally Kramer）に語る自分を想像してみる。彼の小隊は雨の夜に敵の総攻撃を受けた。その際、カイオワは村人がトイレとして使用している排泄物が混じった泥の野原で溺れ死ぬのだが、バウカーは溺れる彼を救助できなかった。バウカーの小隊は敵の爆撃だけでなく、大雨や雷雨とも戦わなくてはならない状況に陥っていた。しかしバウカーの勇気ある行動を最も妨げていたのは実は排泄物が放つ悪臭だったという。そのような混沌の中、よりによって彼は武器も失う。「しかしそんなことはもうどうでもよかった。彼の希望は風呂に入ることだけだった。それ以外には何もいらない。熱くて石鹸の入った風呂だけ」（149-50）。この惨事について想像の中でサリーに説明しようとするのだが、彼女はその種の話には耳を傾けないだろうと彼は判断し、説明を途中で諦めてしまう。

「だから彼らは野原で用を足すのさ。つまり俺たちはその最悪の糞溜めに野営をしていたってわけ」彼はサリー・クレイマーが目を閉じるところを想像した。
もし彼女が車の中に一緒にいたとしたら、彼女はこう言っていただろう。「やめて。私、その言葉、好きじゃない」（中略）
この話は明らかにサリー・クレイマー向きの話じゃないなと彼は思った。（145-46）

繰り返しになるが、帰還兵は「一般市民を理想化と軽蔑とが混ざった存在として捉える」ため、一般市民の理解力について端から疑っているようなところがある（Herman 66）。また、バウカーは七つの勲章を獲得した経緯と戦闘功績の最高賞である銀星章を獲得し損ねた理由について父親に話しているところも想像する。第二次世界大戦の帰還兵で戦争を熟知している父親はバウカーの話に興味は示すものの、結局は沈黙を望んでいる。

親友であり最高の聞き手であったマックス・アーノルド（Max Arnold）が他界しているばかりか、戦争体験者である父親も聞き手として期待できない。バウカーの疎外感と「生存者としての罪の意識」は湖の周りを一周するたびに膨らんでいるように読める。しかし彼には「誰かに伝えたいことは山ほどあった」（147）。しばらくして彼はドライブインに立ち寄ってハンバーガーを注文することにし、店員との会話に最後の望みをかけてみる。それでも小説家は絶好の機会など初めから用意していない。そこに現れるウェイトレスはどう見てもベトナム帰還兵と真面目な会話をするようなタイプではないのだ。少なくとも戦場の酷い悪臭の話題に耐えられるような人物ではない。「彼がクラクションを鳴らしても、彼女は気づいていないようだった。（中略）ぼんやりとした黄昏の中で彼は自分が目に見えないような存在になってしまった気がした。（中略）彼女の目は綿菓子のようにふわふわとして、虚ろだった」（151）。ウェイトレスはようやく彼に近づき、インターコム越しに話すように彼に伝える。バウカーがドライブインのインターコムをまるで歩兵用の無線機のごとく扱っているのは面白い。彼がいまだに交戦状態にあり、インターコムを使って民間人のウェイトレスと戦時下のコミュニケーションを楽しんでいるように読める。

「ママ・バーガーとポテトフライ」とノーマン・バウカーは言った。

「了解、ちゃんと聞こえたよ。ルーティー・トゥーティーはいかが?」

「ルーティー・トゥーティーって?」

「ねえ、ほら、ルート・ビアのことよ」

「スモール・サイズを一つ」

「了解。復唱するよ。ママ・バーガーが一つ、ポテトフライが一つ、ルート・ビアのスモール・サイズが一つ。急行します。待機せよ」

インターコムは再びキーというノイズ音を立て、沈黙した。

「交信終わり」とノーマン・バウカーは言った。(151-52)

食事を終えたにもかかわらず、彼は会話を続けるために再びインターコムのボタンを押し、自分のトラウマについて話し切ろうとする。オブライエンは主人公に外の世界と接触させ、彼に語らせる機会を与えようとしているのだろう。オブライエンは再び聴覚的効果をここで使用するのだが、今回はレジ係の声で、そのフレンドリーな口調はどこか超越者的な雰囲気を感じさせる。

「なあ、もっと楽にしなよ」とその声は言った。「あんた、何かしたいんじゃないの?」

ノーマン・バウカーは微笑んだ。

「実は」と彼は言った。「例えば、こんな話は聞きたくないかな…」

彼はそこで話をやめ、首を振った。

「それで、どんな話さ?」

「なんでもないよ」

「あんたね」とインターコムが言った。「俺はずっとここにいて、どこにも行かねえんだよ。ずっとこの仕事よ。だから頼むから、もし何か話したいんなら、話してみなよ」

「なんでもない」

「マジで?」

「ああ。もういいんだ」

インターコムは少しがっかりしたような軽い音を立てた。「まあ好きなように、どうぞ。交信終わり」

「交信終わり」とノーマン・バウカーは言った。(152-53)

物語が終盤に近づくほど、バウカーの孤立は深まる。一方、想像上の会話の中での父親は息子が獲得した勲章についてひたすら褒め称える。勇敢な告白によって明かされた真実は父親に伝えられぬまま物語は幕を閉じる。

「真実は」とノーマン・バウカーは言うだろう。「僕はあいつを見捨ててしまったんだ」

「彼はすでに死んでいたかも知れないじゃないか」

「いや、死んでいなかった」

「でも死んでいた可能性はある」

「いや、僕にはわかった。あいつは死んでいなかった。感覚でわかるんだよ」

父親はタール敷きの細い道路を照らすヘッドライトを見ながら、少し黙り込むかも知れない。

「まあ、そうだとしてもだ」とその年老いた男は言うだろう。「お前、それでも七個も勲章を持っているじゃないか」

「そうだけど」

「すごいじゃないか」

「まあね」（153-54）

物語の結末でバウカーは車を停め、服を着たまま湖の中に歩いて入り、そこで夜空に広がる花火を観賞する。彼がそのあとにカイオワと同じように水の中に沈むか否かについては書かれていない。しかしこの行為が主人公の混乱と疎外感を象徴するものであることは間違いない。バウカーが心の平穏を取り戻すまでには多くの時間が費やされるのだろう。「戦闘において戦友の死を目撃した兵士は特にＰＴＳＤを発症するリスクが高い」とハーマンは分析する（Herman 54）。トラウマを表現する的確な言葉を見つけることに消極的なのはボビー・アン・メイソンの『イン・カントリー』

（*In Country*）の主人公イメット・スミス（Emmett Smith）も同じだ。「話す方法がねえじゃねいか。やっても無駄。すべて話し切れるわけでもねえし」とスミスが述べる場面がある（Mason, *Country* 222）。

ベトナム帰還兵の文学研究者ミルトン・ベイツはオブライエンが戦争の語りをやめない理由は「我々の人生経験の価値を否定することにつながるから」であり、またオブライエンが物語の結末に世間が喜ぶような結末を与えないのは「始まりは明確でも、終わりがわかいにくい戦争の物語にはそれがふさわしいからだ」としている（Bates, *Wars* 252-53）。「レイニー河で」や「私が殺した男」の主人公の記憶が執拗に脳裏に留まって消え去らないのと同様に、ノーマン・バウカーの苦痛にもまったく終わりが見えてこない。

スティーヴン・キャプランもすでに指摘しているが、「勇敢であること」はベトナム戦争版の「兵士の故郷」（"Soldier's Home"）であると言える。「兵士の故郷」は第一次世界大戦の帰還兵であるハロルド・クレブス（Harold Krebs）が故郷の町で自己の戦争体験を他者に伝えることを主題とするアーネスト・ヘミングウェイ（Ernest Hemingway）の秀作であり、これは幻滅や疎外感や語りの喪失など、帰還兵の多くが抱える戦闘トラウマを初めて描き切った見本のような作品である（Nomura, "Life" 12）。クレブスは「初めのうちは戦争の話などしたいとはまったく思わなかった。少しして話したいという欲求に駆られたのだが、聞きたいと思う者はもうその時にはいなかった」（Hemingway, "Soldier's" 111）。近年ではベン・ファウンテン（Ben Fountain）による『ビリー・

リンの永遠の一日』（*Billy Lynn's Long Halftime Walk*）がイラク戦争で戦った兵士と一般市民との心理的な隔たりを浮き彫りにしている。「彼ら市民に代わって前線の兵士として戦ってきた」主人公のビリーはそのような深刻な事態のことなど気にも留めていないスーパーボウルの観客たちを目にし、虚無感に襲われる（Fountain 22-23）。

映画『帰郷』（*Coming Home*）（一九七八年）はベトナム帰還兵のボブ（Bob）と妻のサリー（Sally）との心の隔たりを主題にしている。サリーはボブがベトナムの戦地にいるあいだ、アメリカ国内で入院中のもう一人のベトナム帰還兵ルーク（Luke）と恋に落ち、不貞を働いてしまう。ボブの「自分には居場所がない」（"I don't belong here"）という言葉は帰還兵の疎外感と心の空虚をあらわした典型的な一言である。彼が海岸の波に向かって裸で走る最後のカットはノーマン・バウカーの「どこにも行けない」（"nowhere to run"）状況と湖に入水する彼の奇行と酷似している（*Things* 148）。両者の今後には精神の錯乱あるいは自殺企図しか見えてこない。映画『ディア・ハンター』（*The Deer Hunter*）（一九七八年）も帰還兵の市民生活への不適合と社会からの断絶を扱っている。マイケル（Michael）は自分の心情を端的に「人との距離をとても感じる」と表現する。スティーヴン（Steven）は「故郷に帰りたくない。馴染めない」と言う。

映画『ジャックナイフ』（*Jacknife*）（一九八九年）はベトナム帰還兵のデイヴィー（Davy）が経験した「生存者としての罪の意識」と精神的葛藤を扱う作品である。高校からの親友であり同じ小隊にも所属したミグス（Migs）が戦場で負傷したとき、デイヴィーは友を救助しようにも、恐怖心でヘリコプターから数メートル下の地面に飛び降りることさえできなかった。一方、同じ小隊にはこれまた彼ら二人の高校時代からの親友のボビー（Bobby）がいて、ボビーは危険を冒してミグスを救助するのだが、その直後に戦死する。ボビーの死後、デイヴィーは実家に引きこもるようになる。彼は恥ずかしい過去を妹にも打ち明けることができない。自分に対するデイヴィーの裏切りの真実を知るミグスはデイヴィーが住む故郷の町に戻り、デイヴィーが自分の臆病な心と対峙し、過去に折り合いをつけるまで彼に寄り添う。デイヴィーのトラウマと悲哀は『帰郷』のボブのケースと比べてより大きく取り上げられている。さらに言えば、十数年にわたる政治的・文化的背景の変化により、この一九八九年の作品は一九七八年の『帰郷』が使わなかったフラッシュバックや精神科医への告白などのＰＴＳＤをより意識した場面をいくつか使用している。デイヴィーは精神科医に「俺は自分のことが好きじゃない。（中略）昔から、ボビーは賢い奴。ミグスはおかしな奴。そして俺は臆病な奴だった」と告白する場面などは結末のハイライトとして使われているほどだ。一九九六年公開の映画『THE WAR～戦場の記憶～』（*The War at Home*）も視覚と聴覚のイメージを多用している。

さて、話題を「勇敢であること」のノーマン・バウカーの話に戻そう。バウカーは同じ作品の別章「覚え書」が明らかにしているように、湖周辺をドライブしていた時期の三年後に首つり自殺を図り、亡くなる。デイヴィッド・ジャラウェイはバウカーの半永久的なドライヴは「回復における防衛本能と自己否定の両方」を暗に示すものだと述べる（Jarraway 705）。ドライブの時間を人生の岐路に立った者によるモラトリアムの期間と捉えることはできる。しかし彼の心の軟禁状態(「話していいんだよ」、「なんでもないんだよ」、「ほんとなんでもないんだね?」「大丈夫。もういいんだ」)に目を向けると、バウカー本人が望んでいたものが「回復」であるとは考えにくい。オブライエンが読者に望むことはまさに反対のこと、つまり「回復」や解決策を示すのではなく、死を選んだバウカーの物語を忘れさせないことであると考えられる。

第六作『失踪』(*In the Lake of the Woods*)の主人公ジョン・ウェイド(John Wade)は小隊によるベトナム市民の大虐殺を阻止できなかったことへの罪の意識を生涯にわたり隠蔽する。バウカーの状況と比べてウェイドの状況をより複雑にしているのは、ウェイドが既婚者であり人気の高いミネソタ州の副知事であるために、過去の汚点が暴露されたときの損失が桁違いになるという点だ。そしてその欺きの人生が公にされたとき、将来を嘱望された政界のホープは選挙で屈辱的な大敗を喫する。支援者や周囲からの愛の喪失はウェイドを内側から滅ぼす。彼は「殺してやる」、「畜生、畜生」などと悪態をつきながら、ヤカンの中の熱湯を植物の鉢にかけ、植物を殺したあとに笑みを浮かべたりする(*Lake* 49)。

隠蔽は大虐殺の目撃者としての過去だけではなかった。ウェイドは自ら殺人に手を染めた過去も持つ。戦闘中に彼は仲間の上等兵ウィザビー(Weatherby)を誤って射殺したのだ。しかしこの殺人も隠蔽の専門家にかかれば微細な過失として処理される。ウィザビーを撃ったのは彼にとっては今や「事故であり、完全に条件反射だった。(中略)ほかのすべての秘密と同様に、その秘密も自分の胸の中に隠しておけば、世間も自分自身も騙し通せると考えた。（中略）彼は上等兵ウェザビーを兄弟のように愛していた。『ベトコンのクソ野郎！』と彼はヘリコプターがウェザビーの遺体を搬送して飛び立ったとき言った。『ケダモノ野郎！』」（68）。日中の罵り言葉は寝言にも頻繁に登場する。彼は睡眠中に悲鳴を上げたり、大声で罵り言葉を吐いたりするなどし、隣で眠る妻のキャシー（Kathy）を怯えさせる。「彼女の目には恐怖の色が明らかに映し出されていた。『あなたの声じゃなかったわ』と彼女は言った。『あなたですらなかった』」（76）。のちにキャシーは謎の失踪を遂げ、永遠に彼の人生から消える。

以上、戦争体験者の戦後のＰＴＳＤについて見てきた。戦闘トラウマの言語化の問題、「生存者としての罪の意識」、社会からの疎外感、市民生活への不適合、誤射による仲間の殺害など、帰還兵の心の惨状を熟知する小説家だからこそ描くことができるリアリティーが作品に蘇る。

第三部　平和文学

ティム・オブライエンにとって、語りは読者とのあいだに密接な結びつきを確立するためのものであると同時に、平和を祈念する小説家自身の姿を意識させるための文学的装置である。ここではベトナム戦争の文学の研究者あるいはオブライエン専門の研究者であるスティーヴン・キャプラン（Steven Kaplan）、トービー・ハーツォグ（Tobey Herzog）、マーク・ヘバリ（Mark Heberle）、フィリップ・バイドラー（Philip Beidler）、ミルトン・ベイツ（Milton Bates）等の見解を手掛かりに、オブライエンの技法についての論を進める。

ベトナム戦争の文学の歴史は恥ずべき敗戦の事実を国民の記憶から取り払おうとするアメリカの精神史でもある。[1] ベトナム帰還兵は一九六〇年代後半までは国からの給付金を貪る二流市民として描かれる傾向にあった。しかしベトナム戦争の真実を伝える新世代の帰還兵作家が生まれることで、一九七〇年代後半までには彼らに対する世の中のイメージは少しずつ良い方向へと転じていく。著名な帰還兵作家にはウイリアム・ブロイルズ（William Broyles）、フィリップ・カプート（Philip Caputo）、ラリー・ハイネマン（Larry Heinemann）、マイケル・ハー（Michael Herr）、ロン・コビック（Ron Kovic）、そしてティム・オブライエンがいる。[2] これら小説家が一九七〇年代後半に台頭することで、一九八〇年代後半頃までには「ベトナム」といえば単なる負の歴史ではなく、文学や映画などに描出され、大衆に共有される一つの文化となった。H・ブルース・フランクリンが述べるように、ホワイトハウスとペンタゴンの指導者たちは自国の若い男性たちをベトナムの戦地に派遣することに決めたとき、彼らは「帰還兵たちが文学を生み出そうとは決して考えなかった」

に違いない（Franklin 40）。

第四章　語り

第四章では、ティム・オブライエンの語り（ナラティヴ）を「告発」、「告白」、「父親、息子、勇敢さ」、「メタフィクション」というように方法と題材で四つに分類し、それぞれの特徴について詳説する。「告発」は義憤を物語に投影するためのものであり、その矛先は主に保守強硬派に向けられている。「告白」は永く隠されてきた犯罪、秘密、罪の意識、恥の意識、臆病な心を明らかにするための方法であり、続く「父親、息子、勇敢さ」ではその告白を介して父子関係の有り様がさらけ出されている。「メタフィクション」は自己意識的な語りの方法であり、主に読者の関心を物語の語り手に惹きつけるために使われる。オブライエンはそれぞれの物語の内容に合わせて適切な方法を用いる。

オブライエンは五十年以上にわたりベトナム戦争を語ってきた。彼は語りのプロセスそのものも強調する。語りは大義が曖昧だった戦争から隠された真実をあぶり出すための必須の手段である。社会神学者のウォルター・デイヴィスは言う。「ベトナム戦争をテーマにした優れたアメリカ文学の作品が著者たちの東南アジアでの体験から十年ないし十五年たってようやく世に出たことは驚くには当たらない」。また、「精神的外傷を克服した人のほとんどは自分に起こったことの意味を語り始めるまでに潜伏期あるいは冬眠とでもいうような期間を通過する」という。そして彼らは「戦争の話を繰り返し語るようになる。戦争の話の意味は幾重にも重なって捉えどころがなく、繰り返し語ることだけが『それを正しく捉える』、つまりそれが意味を見出す方法だからである」(Davis 42)。終わらない真実のあぶり出しはまさに戦場でのゲリラ戦を思わせる。

告発

オブライエンが創作に着手した動機はベトナム戦争を始めた政治家や徴兵委員会への怒りにあったと考えられる。したがって彼の告発を読むことから話を始めてみたい。アメリカの兵士たちがベトナムの戦地に赴くと、そこにあったのはアメリカの「自明の」大義などではなく、単なる混乱の世界であった。過去千年にわたり外国からの支配と抗してきたベトナム国民はアメリカ兵を「救世主」部隊として歓迎することはなかった。アメリカが現地で唯一頼りにしていた味方はアメリカ政府からの援助を吸い上げることにしか関心がないゴ・ディン・ジエムによる腐敗した傀儡政権だけであった。第一作の回想録によると、オブライエンにとってのベトナム戦争は「低脳で荒々しいタクシー運転手のようなものであり、確たる大義もない」戦争であった。そのような混沌の中で「兵士にできることはせいぜい道すがら冗談を言い合い、笑いながら腰を曲げておかしな歩き方で歩くことぐらいしかなく」、「密かに死を避けるための努力をする」ことだったという (*If I Die* 138, 128,

175)。無論、帰還兵たちが戦場での残虐な行為の数々についてアメリカ国民に語り始めたのは戦後しばらく経ってからのことである。

帰還兵に後ろ指をさしたり、帰還兵の苦しみを馬鹿にしたりする人々、あるいはその苦しみはすべて戦争の一部であり、出兵はやらなければならない仕事だったのだと断言してはばからない人々。そういう愛国者たちに私は戦争が終わってからでもいいから休暇を取り、このベトナムの土地を訪れることをお勧めしたい。彼らは海で泳ぎ、素敵な太陽の下でくつろぎ、妻と息子の手を取って、趣のある美しい田園を散策することができる。そして間違いなく地雷の一つや二つはまだ土の中に残っているはずだ。アルファー中隊でさえ、すべての地雷を爆発させたわけではないわけだし。(128)

兵士たちがベトナムから帰還したとき、戦争の初期段階では大きな歓迎パレードは開催されなかった。理由の一つとしてはグループとして帰還した第二次世界大戦の兵士たちとは異なり、ベトナム帰還兵たちは十二ヶ月の義務が満了したあとに個々で帰還した点にある。彼らは航空機にこそグループで搭乗したが、アメリカの空港に到着すると、そこからはそれぞれの故郷に単独で散った。一九七〇年三月、オブライエンは帰還のために飛行機に搭乗した際、疲れきった帰還兵たちを喜ばせるための「金髪の、青い目の、長い脚の、中から大までのサイズの胸を持つ」スチュワーデスを見て、自国の安っぽい演出に驚き、憤慨する。

飛行機は匂いも雰囲気も人工的だ。スチュワーデスは満面の微笑と退屈さを壊れた照明器具のようにちらつかせている。彼らは戦争がどんなものか何もわかっちゃいない。わかろうとする気持ちもないのが感じられてムカつく。（中略）

飛行機が離陸するとき、みんなで一緒に儀式的な歓声を上げ、ベトナムをあとにする場面をできるだけドラマチックに演出しようと努力する。

しかし努力すればするほど、ドラマは人工的で不自然なものになってしまう。（205-06）

米ソ冷戦が再燃していた一九八五年、レーガン大統領の指揮の下で高度に軍事化したアメリカに対し、オブライエンは第四作『ニュークリア・エイジ』（*The Nuclear Age*）の主人公で反ベトナム活動家のウイリアム・カウリング（William Cowling）をとおして自身の怒りを表明させる。この国の指導者たちが再び原子爆弾を使用することに対して敷居が低くなっている現実に、読者の関心を向けさせようと苦心するオブライエンの姿がこの作品には見える。この時代、世界は明らかに一九四〇年代から一九六〇年代に起こった人類初の核の時代に逆戻りしていた。核戦争の危機はしたがってベビーブーム世代の重大な懸念となった。一九八〇年代、人々は同じ脅威に立ち向かわなければならなかったが、かつてと比べて今回は少し事情が違っていた。核の危険性も原子爆弾の格納場所も秘密政府によって隠されていたのだ。主人公のカウリングは周囲への警告の発信に腐心するが（「爆弾は現実である。ただの隠喩ではない」と連呼する）、同時に彼は一九八〇年代の消費文化を享受する一市民でもあるのだから状況は少々複雑だ。

しかし今の私と言えば、居間のじゅうたんに掃除機をかけることに安らぎを見出している。私は家事をこなしている。（中略）ベトナム戦争、そう、その言葉は今となっては陳腐で新鮮味がないが、その当時、私たちはその中に邪悪なものを認めていた。私たちは狂信的な過激派ではなかった。私たちは堅実な中道派だった。私たちが求めていたものは革命ではなく、改革だった。しかしそれはもう終わった。何が起こったというのだ？　延々と朝の五時まで続いた議論のことなど誰が覚えているだろう？（中略）そして今は離脱の時代…「若く、綺麗に、華麗に…」（*Nuclear* 130-31）

『ニュークリア・エイジ』は増刷には至らなかった。多くの批評家はこの悲喜劇におけるカウリングの風刺と警告を評価せず、この作品を彼の失敗作とみなした。妻と娘と全世界を核戦争から救出するというカウリングの孤独な十字軍的な戦いはむしろ、好戦的なレーガン時代のアメリカには受け入れ難いものだったのかも知れない。あるいはカウリングの高い知性と独善的な姿勢も読者の共感を得られない要因だったのかも知れない。一九八〇年代の読者が帰還兵作家のオブライエンに求めていたものは作り上げられたフィクションの悲喜劇ではなく、事実の語りだったのだろう。一九八〇年代中盤以降、オブライエンは戦闘体験のない人たちの心に訴えかけるような経験に基づいた物語を書き始める。

『本当の戦争の話をしよう』（*The Things They Carried*）の語り手で大学院進学予定者の徴集兵「ティム・オブライエン」（Tim O'Brien）は大学院生に与えられた兵役執行猶予を受けたり、予備隊に登録して速やかな派兵を回避したりすることもできたが、最終的には小説家自身がそうしたように、ベトナム出兵を決意する。オブライエンと同じ一九六八年から一九六九年の大卒者には、特権階級で有力者にコネの効く著名な政治家のビル・クリントン、ジョージ・W・ブッシュ、ニュート・ギングリッチ、ダン・クエール、ディック・チェイニー等がおり、彼らは兵役執行猶予を申請し、事実、ベトナムへの出兵を逃れている。オブライエンは自分の信念を貫いた同世代の彼らを攻撃しようとはしない。彼の怒りはむしろ地元の徴兵委員会のメンバーたちに向けられている。彼らは近所のカフェにたむろし、もし若いオブライエンが徴兵を忌避してカナダへ亡命などしようものならば、彼のことを「オブライエンのところのあの腰抜け息子」と罵倒するような面々である。不公平な選別がおこなわれたことも事実のようだ。地元のワージントンに長く住んでいた家族の息子は誰も徴集兵に選ばれることはなく、オブライエンの家族はそのまちに引っ越してきたばかりだったために徴集されている。あとになってその事実を知った彼の父親は徴兵委員会に対して激怒したという（O'Brien, Nomura)。

一方、アメリカの中西部は保守的で共和党が強い地盤であり、人々は家族や勤労、教会活動やコミュニティー活動などに示される伝統を重視している。中西部に設置されている徴兵委員会のメンバーの多数は保守的なルター派の町の名士とタカ派の第二次世界大戦の帰還兵で占められている。

セント・ポールとミネアポリスのいわゆる「ツイン・シティーズ」と呼ばれる地区は伝統的に民主党が優勢で、このミネソタはヒューバート・ハンフリーとウォルター・モンデールの民主党選出の副大統領を二人も輩出するほどリベラル色が強い州である。しかしこの両市からはそれほど遠くないオブライエンの故郷ワージントンは対照的に保守的で愛国心の強い農村地域が多い。オブライエンはセント・ポールにあるマカレスター大学のキャンパス内で反戦運動に参加していたが、一九六八年の夏に保守的な故郷の町に戻ると、古き良き男子の伝統に屈し、出征する。

C・D・B・ブライアン（C. D. B. Bryan）のノンフィクション『友軍の砲撃』（*Friendly Fire*）（一九七六年）は中西部におけるサイレント・マジョリティーの生き様と農村に根強い愛国心を描いている。主人公で徴集兵のマイケル・マレン（Michael Mullen）はベトナムの地で自国が放った砲弾に倒れ、悲劇的な死を遂げる。マイケルはオブライエンと同様に幼少の頃から成績優秀な子であった。彼は五代続くアイオワ州の農場で働くアイルランド系一家の一人息子として生まれた。陸軍はマイケルの死にかかわる一件を隠蔽した。隠蔽の事実をつきとめたマイケルの母親ペグ・マレン（Peg Mullen）は反戦運動の旗振り役となり、全国民に向かって沈黙を破る。「ご存知ないと思いますが、農業州で保守的なアイオワ州では私たちは星条旗と政府を尊敬するように教え込まれます。（中略）私たちは人々を喚起して目覚めさせ、私たちの身に起こったのだから、彼らの身にも起こりうると警告しなければならなかったのです」（Bryan 255）。ペグ・マレンはＦＢＩの監視下に置かれるが、決して屈しない。「誰も私たちの話を止めることはできません」、「とにかく、私は話をうまく切ることができないのです」、「どこで止めたらいいかがわからない」(257-58)。ペグ・マレンの止まらない反戦運動はオブライエンの終わりの見えない語りを連想させる。

オブライエンは同年六月に徴兵されている。ベトナム反戦を叫ぶハト派の反戦議員はこの時期には存在していなかった。戦争が終結に向かうことを心待ちにするリベラル派の若者たちにとって、タイミングは最悪だったと言わざるを得ない。最後の頼みの綱はジョンソンだったが、彼は一九六八年三月に大統領選挙から撤退することを表明したばかりだった。それはすなわちアメリカのベトナムからの即時撤退がないことを意味していた。反戦派のユージン・マッカーシーの人気は若くて有望なロバート・ケネディーの参戦で急落した。そしてそのケネディーも暗殺されてしまうのだから、民主党が持っていたハト派の最後のカードはベトナム問題に対して曖昧な態度を取っていたヒューバート・ハンフリー副大統領のみとなった。一方、大統領選挙中、リチャード・ニクソンは自身の反共産主義を強調することはせず、ベトナム問題の迅速な解決を国民に約束した。しかし敗戦が濃厚な戦闘はそこからさらに五年続いた。

一九六四年八月のトンキン湾事件に関するジョンソン政権の報告は議員団によって調査され、あったとされるアメリカ軍艦の二艘への北ベトナム軍による二度目の攻撃は存在しなかったと結論づけられた。その発表はジョンソン政権に大きな打撃を与えた。議会による事実上の宣戦布告となった「トンキン湾決議」はジョンソン大統領が自由裁量で使える武力行使の権限であったために、報告書の真偽は全国民にとって重大な関心事であった。多くのアメリカ人はこの戦争が政府の意図的な嘘によって拡大されたという事実を初めて知らされたことになる。一九六八年はアメリカにとって転換の年となって然るべきだったのだが、転換はその兆候さえ見えてこなかった。戦争が続行された一九六九年はおのずとこれまで以上に反戦運動が激化した。

『本当の戦争の話をしよう』の「オブライエン」(O'Brien)は二十一歳にしてすでにベトナムの国の歴史に対するアメリカ政府の分析、この戦争に対する政府の目的、そして政府の外交政策、これらすべてに対して疑念を抱いていた。

> 私は二十一歳だった。確かに私は若く、政治にも詳しくはなかったけれど、それでもベトナムにおけるアメリカの戦争は間違っているように私には思えた。曖昧な大義のために目に見える確かな血が流されていた。私には統一された目的が見えなかったし、哲学的、歴史的、法律的な問題についての国民の意見の一致も成されているようには思えなかった。事実と言われているものさえも不確実なベールに包まれていた。例えば、それは内戦なのか。あるいは国家解放、それともただの侵略行為なのか。誰がそれを始め、いつ、そして何のためなのか。暗い夜のトンキン湾で、停泊中の駆逐艦マドックスにいったい何が起こったのか。ホー・チ・ミンは共産主義者の親玉なのか、それとも国の救世主なのか、その両方なのか、そのどちらでもないのか。(*Things* 40)

ジャーナリストで歴史家のデイヴィッド・ハルバースタムはこう記す。「ベトナム戦争は国を分断させ、国をいらつかせ、国を怯えさせたが、決して国の安全を脅かすようなことはなかった。北ベトナム軍の兵士やベトコン兵がサンフランシスコの南の海岸に上陸し、ロサンゼルスを大きな弧を描くように取り囲み、徐々に町全体が占拠されてしまう危険性はまったくなかったのだ」(Halberstam, *War* 110)。現在の世界地図を眺めてみると、一九七五年にサイゴンが共産主義者の手に落ちて以来、あるいは一九八〇年代中盤でさえ、ラオスを除く他のアジア諸国はどの国も共産主義国家にはなっていない。

世紀が変わってもアメリカの姿勢は変わらない。好戦的な祖国に対するオブライエンの憂いは弱まるばかりか、七十代の年齢になり、深まりを増している。二〇一九年発表のエッセイ集『ダッズ・メイビー・ブック』(*Dad's Maybe Book*) の第二十四章に「ホームスクール」("Home School") という章がある。そこで彼はアルカイダやＩＳＩＳやタリバンによる斬首に恐怖を覚えるアメリカ国民に対し、永らく爆弾や戦艦や戦闘機を使用し、等しく他国に恐怖を与えてきたにもかかわらず、その点に関しては少しの罪意識を持たない彼らの姿勢を批判している (*Dad's* 119-22)。第四十七章「傲慢で極めて正直な提案」("An Immodest and Altogether Earnest Proposal") はより激しい形を取ったアメリカ批判だ。「戦争」("war") という語を英語の語彙から削除し、「人殺し（子どもも含む）」("Killing people, including children") という語に置き換えることが戦争をなくす第一歩だと彼は提案している。軍隊用語の「戦う」("fight"、"serve"、"guard") などの意味が曖昧な語も「人殺し（子どもも含む）」にしてみてはどうかと主張する (277-88)。オブライエンがこのようなことを述べるとき、そこには少しの皮肉も込められていない。

以上のように、時代が変わっても決して変わらないアメリカの好戦性に対する告発はインタビューのみならず、小説やエッセイにも露骨な形で発表されている。

告　白

告発に加え、オブライエン文学の真髄を味わえるのが告白である。ここでは告白の形を取る彼の代表作について検証する。オブライエンの告白あるいは独白で語られるものには罪、恥、秘密、臆病な心がある。ミルトン・ベイツとデニス・フォスターがすでに指摘しているように、オブライエンの告白は語り手と読者とのあいだに密接な結びつきを形成し、読者を語り手の証人にする。先述の『本当の戦争の話をしよう』の語り手「ティム・オブライエン」を例に取ると、彼は一九六八年のカナダへの逃亡とベトナム出兵との二者択一のあいだで葛藤するトラウマ体験を告白する。

語り手の自意識がいかに物語を形づけるかについては物語学者のジェラルド・プリンスによって解き明かされている（Prince 13)。語り手「オブライエン」も聞き手である読者を強く意識しているので、小説家オブライエンの主題はレイニー河での出来事そのものよりも、告白という方法にあるのではないかと思わせるほどである。これから話される内容が語り手の秘密であることを語り手は作品の冒頭で明確にする。告白がもたらす独特の緊張感が作品の一行目に作り出され、聞き手である読者はついつい物語に引き込まれてしまうだろう。

この話は今まで誰にも話したことがない。誰にも。両親にも、兄弟にも、姉妹にも、妻にも話したことがない。こんなことを話してしまうと、きっと周りの人はきまり悪い思いをするだろうと私は思っていた。何かを告白されると誰だって居心地が悪くなるものだ。（中略）二十年以上ものあいだ、私はそれを抱えながら生きてこなくてはならなかった。恥ずかしさを感じ、早く忘れてしまいたいと思っていた。そして今こうして思い出すことによって、起こったことを紙に書き留めることによって、少なくとも自分の夢にのしかかる重圧が少しでも和らげられることを私は希望している。（*Things* 39）

次に彼はこの戦争に対する自らの反戦の立場を述べた上で、カナダの国境近くの安宿に泊まり、そこで亡命について熟考したことを公表する。しかし彼は亡命を諦めて出兵し、のちに自分が無事に戦争から生還できたことを報告するのだが、最終節において「私は生還したが、しかしハッピーエンドではなかった。私は臆病者だった。私は戦争に行ったのだから」と真実を白状する（61）。多くのベトナム帰還兵の小説家は徴兵通知を受け取ったときの衝撃については書いていない。それは彼らの多くが志願兵だったからである。オブライエンは出兵前からこの戦争の必要性について疑問を呈していたために、皮肉ではあるのだが、彼はほかの小説家ほど帰還後の幻滅を経験していない。彼にとっては徴兵の衝撃の方が実際の戦闘よりも酷い経験だったのである。

フィリップ・カプート（Philip Caputo）やロン・コビック（Ron Kovic）は戦地での経験に憧れを持ち、そしてその経験を冒険と捉えていたので、自ら志願した。彼らはオブライエンとは異なり、学問に対する執着も強くなかった。彼らの主人公は愛国的であるから、自分たちが戦場で示した勇気についても疑問を抱くことはない。この時代の若者としては典型的だが、十九歳のカプートはケネディー大統領やハリウッドやジョン・ウェインが推奨するアメリカの理想主義とロマンを胸に海兵隊の予備士官訓練部隊に入隊している。[3] 大学卒業後の一九六五年三月、彼はベトナムに最初に上陸した伝説の海兵隊の一員に選ばれている。『戦争の噂』（*A Rumor of War*）の語り手「カプート」（Caputo）は出兵自体についても、ベトナムでのアメリカの役割についても、決して罪の意識を感じていない。当然、彼の物語の中身は「オブライエン」のそれとは大きく異なる。

> 我々兵士は国が語った宣伝文句を鵜呑みにしていたと思う。アジア人のゲリラ兵はアメリカ海兵隊に勝ち目はないだろうという。我々は饒舌で洗練された神話の語り手、ジョン・F・ケネディーによって作られたすべての神話を信じてきた。ケネディーが伝説の町キャメロットの王であるアーサー王なのだとしたら、我々はもちろん彼の騎士であり、ベトナム戦争は我々の聖戦だった。我々はアメリカ人だったので、できないことは何ひとつなかった。同じ理由で、我々がおこなったことはすべて正しいと信じていた。（Caputo, *Rumor* 69-70）

今日、ベトナム帰還兵の大多数はベトナム戦争が誤りだったとは思っていない。多くの勲章を持つ元海兵隊員で海軍長官まで務めたジェイムズ・ウェブ（James Webb）は戦争自体は正しいものだったが、戦術を間違えたと信じる帰還兵の一人である。ウェブの『フィールズ・オブ・ファイア』（*Fields of Fire*）（一九七八年）はアメリカ軍の栄光と犠牲を描いた作品である。出兵を巧妙に免れた特権階級の息子たちに対するウェブの皮肉が、ある将軍の発言としてその「序文」に引用されている。「彼ら兵士たちは私たちが持っている最高の兵士たちである。しかし彼らは（ロバート・）マクナマラの息子でも、（マクジョージ・）バンディーの息子でもない」（Webb 1）。ジョン・ウェインの影響力が絶大なウェブの主人公ホブ・ホッジス（Bob Hodges）はオブライエンの主人公「オブライエン」と同様、軍人の家系に生まれた事実とこの戦争に対する自身の複雑な見解とのあいだに挟まれ苦しむが、ホッジスは「オブライエン」とは異なり、出兵すること自体に疑問を呈したり、出兵直前に苦悶したりはしない。「男子の最高の瞬間は戦場で費やされた瞬間である。彼はそう信じていた。父上、私の戦争はあなたが戦った戦争ほど単純ではありません。人々は勝手に出征の義務に対して疑問を呈しているようです。そんなことは論外です。我々アメリカ人はずっと戦ってきたので私も戦場に行きます。相手が誰だったとしても」(27)。

出兵前の葛藤を告白しているベトナム帰還兵の作家は少ない。元海兵隊の中尉でニューズウィーク誌の元編集長ウイリアム・ブロイルズ（William Broyles）は一九八六年の回想記で出兵前の恐怖心についてこう振り返る。「私は怖かった。いや、怖かったどころの話ではない。私は軍人の高潔さや行動規則を盾にして自分の恐怖心を隠そうとしていた」(Broyles, *Brothers* 76)。皮肉なことに、一九八〇年代に入ると、徴兵を逃れてアメリカに留まっていた者の中に公の場で後悔と愛惜を表明した者が次々と現れるようになった。一九八二年、レーガン大統領はベトナム帰還兵たちを「忘れられた」兵士たちと呼んで彼らに同情を示した。同年に「ベトナム戦争戦没者慰霊碑」が建立されると、ベトナム世代であるにもかかわらず、戦地に赴かなかったために、複雑な心境を声にする者が再び現れた。政府が徴集兵を抽選で選ぶようになったあとに成人年齢に達した著名なジャーナリストのボブ・グリーン(Bob Greene)は実際に抽選に漏れた一人であり、「そのことについての私の気持ちはかなり複雑だ」としている(Greene 6)。ジャーナリストでカーター大統領の元スピーチライターを務めたジェイムズ・ファローズ(James Fallows)は徴兵委員会の健康診断で失格になるために故意に体重を減らした自らの過去について、「恥の意識はずっと今の今まで私の中に残っている」と語る(Fallows 18)。これらの発言は戦争が依然としてこの世代の精神的重荷として存在していたことを示している。実のところ、多くの人々にとって、その重荷はこの世代に「出兵した者と国に留まっていた者、戦争に賛成した者と反対した者とに分断する破棄することのできない溝」を作ってしまったのである(Egendorf 150)。

出兵前の徴兵令への衝撃に比べ、兵士による戦後トラウマの告白は戦争を扱った大多数のアメリカのフィクションやノンフィクションに見られる。未曾有の犠牲者を出した第一次世界大戦の戦後にはアーネスト・ヘミングウェイ(Ernest Hemingway)によるいくつかの作品、そしてジョン・

ドス・パソス（John Dos Passos）の『三人の兵士』（*Three Soldiers*）（一九二一年）などの名作が生まれたが、これらはいずれも戦後トラウマを描くものだ。ノーマン・メイラー（Norman Mailer）の『裸者と死者』（*The Naked and the Dead*）（一九四八年）とジョセフ・ヘラー（Joseph Heller）の『キャッチ＝22』（*Catch-22*）（一九六一年）は第二次世界大戦の無秩序、不条理、残忍さを描出しているが、出兵前の混乱も戦闘時の臆病な心についてもまったく触れていない。さらに言えば、上に挙げた小説家はいずれも正式な兵士としての戦闘体験を持たない[4]。ティム・オブライエンは戦場における勇気と臆病な心を告白形式に作品化し、同時に数々の文学賞を獲得している唯一のアメリカの帰還兵の小説家である。

「レイニー河で」には「皮肉」と「逆さまのヒロイズム」が読めるとR・J・ファーテルは言う（Fertel 285）。オブライエンはそもそもこの戦争に異を唱え、出兵前にはすでにベトナムの歴史とベトナム戦争の性格について精通していた。その彼が戦後の罪の告白において出し抜けに語り手の生き様に皮肉や英雄主義を込めるはずがない。彼はただ正直な心情を語っているだけである。無論、オブライエンの反戦主義は彼の人物描写にも投影されている。出兵を望まなかった徴集兵が一夜にして積極的な戦闘員にはならない。

オブライエンの第六作『失踪』（*In the Lake of the Woods*）は悪事に手を染める従順な元兵士の半生を描いている。父親と妻と世間からの愛を獲得し続けるために人気者の政治家ジョン・ウェイド（John Wade）は一九六八年に起こった「ソンミ村虐殺事件」に関与していた事実を隠蔽する。彼は貫きとおしてきた大がかりな偽装の理由を自白するために、物語の結末において独白をおこなうのだが、失ったものを取り返すには、あるいは神との和解を果すには、それはあまりに手遅れなタイミングだった。ウェイドは唯一の友人で父親代わりの人物クロード・ラスムセン（Claude Rasmussen）のモーターボートの無線機を使い、夜通し独白を放送する。

妻との人生が悲惨なものに終わった責任は彼の側にあった。裏切りと虚言。真実を操作したせいで、単純な愛を得ることさえできなかった。彼は奇術師だった。彼は罪人であり、生涯その罪から逃れることはできなくなった。（中略）インタビューはうまくいっていた。「私の愛と私の人生。彼女を欺いたのはその二つを得たいがためでした。妻は私のすべてでした。（中略）彼女は私の夢の女性でした。その肌も、その心も。この悲しい時間、心をさらけ出して話しませんか？　あなただって私の身になれば、嘘の一つや二つ、ついていたと思いませんか?」（*Lake* 282-88）

自らの愚行をなかったことにすることで自己を欺き、周囲にもそれをひた隠しにしてきた行為が招いた結果がここに示されている。欺きと憤怒の感情はウェイド自身を内面から食いつぶし、妻を怯えさせ、その結果、妻は永遠に彼の人生から姿を消した。そして今、彼は自己の正当化ではなく、真実の告白を持って魂を浄化しようとしている。オブライエンによれば、欺きの人生による妻との破壊的な関係を扱ったこの作品は彼の作品の中で最も自伝的なものだという。

ウェイド（あるいはオブライエン）と同じように、ベトナムに従軍した者の中には自分の周囲に対して口を閉ざした者が多くいた。例えば、ヴァナード・シンプソンはその一人だ。彼は「ソンミ村虐殺事件」で非武装のベトナム市民二十五人を殺害したことを証言し、のちに訴追を免れたチャーリー中隊のうちの一人であり、オブライエンが数々のインタビューの中で「殺人犯」として呼び、糾弾している面々の一人である。

一九九二年、シンプソンは歴史家のマイケル・ビルトンとケヴィン・シムにこう打ち明けている。

どうしたら私を赦すことができる？　私は自分のしたことを赦すことはできない。命令されたからやったことだと自分でわかっていてもだ。（中略）あなたはこう言うだろう。「なあ、人生、前へ進むしかないだろう」と。言うのは簡単だ。罪の意識で過去を振り返らなければならないときに、どうやって前を向けばいいんだ。（中略）私は恥じている。申し訳ない。私は罪人だ。やってしまったのだ。わかるだろう。弁解の余地はないんだ。本当に殺してしまったのだから。(Simpson 378)

二十三年間、逃亡者として地下世界に潜んだあと、一九九三年に当局に自首したベトナム世代がいる。キャサリーン・アン・パワーは反戦活動の資金を得るために、仲間四人と一九七〇年にボストンの銀行を襲った元過激派である。銀行襲撃中に警官一人が死亡、逃亡車の運転役だったパワーだけが現場から立ち去ることができた。彼女は即座に偽名を名乗り、結婚し、息子をもうけ、オレゴン州に居を構えていたが、過去から逃げることができずに深刻な鬱病を患う。投降後、彼女は殺人の罪を認めて六年の刑期を終え、一九九九年に刑務所から出所した。弁護士によると、パワーは亡くなった警官に対して次のように語っているという。「人としての責任を死ぬまで負い続けたい。（中略）人の命は一度失われると、永遠に失われたままであるということを、今、ここで私は認めなければなりません。誰かの最愛の父親、誰かの夫、そして誰かの兄弟だった亡くなったその方の死は酷すぎる出来事であり、そのことについて私は永遠に深く後悔し続けるでしょう」（Kirchofer）。

パワーの二十三年の亡命生活と彼女の一九九三年の投降はオブライエンの短編「ウィニペグ」（"Winnipeg"）の主人公ビリー・マクマン（Billy McMann）の二十三年の亡命生活と彼の一九九三年のカナダからミネソタ州への帰郷と酷似する。より興味深いのは、罪を認めたあとでも、二人の人生の物語は社会とはつながらず、一個人の物語のままである点だ。過激派だったパワーは陪審員等の恩赦を得ることができずに有罪が確定した。ベトナム戦争の徴兵忌避者だったマクマンも、かつての恋人との再会において心癒される結末を得ていない。彼らの罪や喪失の意識は癒されるべきものではないが、ビルトンとシムの主張にもあるように、社会も同様に彼らの「個人的な地獄」と対峙すべきである。

フィクションの中で主人公に告白をさせてきたオブライエンも七十代となった。自身の「個人的な地獄」は一九九四年の「私の中のヴェトナム」に引き続き、二〇一九年に再びエッセイという形で社会に解き放たれている。『ダッズ・メイビー・ブック』の第三十章「プライドその三」（"Pride

(III)」はベトナム人少女の死に関する告白である。ある日、オブライエンの小隊は木陰に潜む狙撃兵の一群から銃撃を受けた。小隊はすかさず反撃に出た。オブライエン自身も林の方向にライフル銃を向け、何度も引き金を引いた。数分間続いた銃撃戦で負傷した仲間はなく、負傷した敵兵の姿もなかった。あったのはたまたまその場所に居合わせて巻き添いになった十二歳ぐらいの少女の亡骸であった。少女の顔の右半分はなくなり、口は開いていた。オブライエンは水田の脇に横たわるその少女を見ながらこう考えたという。「さあ、これで世界はより安全な場所になったというわけだ。なぜなら戦争はそのためにある、そうなんだよな？　世界を安全な場所にするために我々は殺し合いをするんだよな？（中略）私は自分自身を憎んだ。その瞬間、亡くなった少女の姿を見下ろしながら、私は世界が彼女の死によってより自由になり、より幸せになり、より民主的になったとは思えなかった」（*Dad's* 177）。その少女が実際にどの兵士の銃弾によって殺害されたのかは書かれてなく、無論、それについては知る方法がない。戦闘中に少女の姿が見えたとも書かれていない。しかしベトナム市民が殺害された戦闘の場面にオブライエン自身が居合わせていたという事実が発表されるのは、私が知る限りではこれが初めてのことである。そして罪の告白として読まれるべきこの章は小説家としての最後の作品になるかも知れないノンフィクション作品に収められている。戦争にまつわる忘れられないトラウマ的なイメージはオブライエンの中に数限りなく存在するのかも知れない。しかしこの少女の亡骸はその中心に居座っているのだろう。

オブライエン作品の子ども役の中に目立つ少女が三人いる。『ニュークリア・エイジ』のメリンダ、「フィールド・トリップ」（『本当の戦争の話をしよう』）のキャスリーン、そして「ウィニペグ」（『世界のすべての七月』）のスージーだ。三人とも主人公の娘、おしゃべりで大人びた性格の持ち主であり、重圧や暗い過去を背負う父親を癒す名脇役として淡い光を放っている。実際のオブライエンに娘はいない。なぜ相棒のような娘を創作したのだろうか。亡くなったベトナム人少女に対する愛情と自責の念が生み出したのだろうか。オブライエンが子どもたちの安全や未来について考えを巡らせるのは元々持っていた子どもへの愛情に加え、子育ての経験も大いに影響しているはずである。

小説家は主人公に罪や秘密を告白させることで精神の浄化を図る。精神は浄化されることで小説家は人生を生き抜く決意と生き抜くための未来を得ることになる。告白された罪や秘密は読者と共有され、著者と読者とのあいだには独特な信頼関係が築かれる。

父親、息子、勇敢さ

次に、父子関係と父子のあいだで語られる勇敢さについて考えてみたい。オブライエンがベトナム行きを決めた背景には彼の実父への愛と実父との複雑な関係が存在する。彼の作品に登場する父親は性格で分けると三つに分類される。一つ目の分類は『僕が戦場で死んだら』や『カチアートを追跡して』に見られるような息子を支える立派な父親である。二つ目は『北極光』や「勇敢であること」に登場する威圧的で息子に過度な期待をかける父親である。そこでの息子は父親からの重圧に戸惑いつつ、期待に応えようと奮闘する。そして最後はこれら二つの性格を合わせ持つ父親である。『失踪』に登場する父親がこの分類に当たる。

オブライエンの父親は愛情深い理想的な父親である一面と気難しく卑屈な一面を同時に持つ人物であった。父親は幼いティム少年に野球やゴルフなどのスポーツ、あるいはキャンプなどの自然体験を手ほどきし、所属していたリトルリーグのチームの監督も務めていた。ティム少年に読書の習慣を身に付けさせたのも、そして文学の世界へ導いたのも父親である。そのような父親に対して彼は尊敬の念を抱いていた。一方、同じ父親はアルコール依存症に陥り、更生施設に入所することもあった。太平洋戦争でアメリカ軍が勝利し、意気揚々と帰還した元海軍兵士の未来は明るいものになるはずだった。父親は作家になることを夢見ていた。結婚後すぐに彼は妻と共に妻の出身地であるミネソタ州に移り住み、夫婦はまもなく長男のティムと長女のキャスリーンに恵まれるのだが、大平原の田舎町での生活はブルックリンの都会育ちの若者には退屈極まりないものであった。彼にとって最も不本意だったのは生命保険のセールスマンの仕事だったようだ。作家になる夢は所帯持ちの男の中からにわかに消えていった。

父親の機嫌が悪いとき、家の中には常に緊張感が漂っていた。しかし本の虫だった父親は読書中だけは機嫌が良かったという。二〇一五年のインタビューでオブライエンは青年期に感じていた気持ちをこう回想する。痛々しい言葉の中にも父親への敬意がきちんと残されていることは興味深い。

「私は父が読んでいる本になりたかった。その本になれば、父は私に同じような幸せや輝きや満足感に満ちた顔を向けてくれるのだから」(O'Brien, Pavlicin-Fragnito)。

さて、オブライエンの作品では分類の一つ目の立派な父親役はあまり特筆されない。むしろ目立つ役を任されるのは二つ目と三つ目の複雑なタイプの父親である。『本当の戦争の話をしよう』所収の「スピン」("Spin")、「勇敢であること」("Speaking of Courage")、「覚え書」("Notes")は主人公であるノーマン・バウカー(Norman Bowker)の戦後トラウマと複雑な父子関係を描いた三部作である。バウカーの父親は息子の勲章獲得に過大な期待をかけており、息子はその重圧に苦しめられている。ある夜、バウカーはその抑圧された気持ちを仲間の「オブライエン」(O'Brien)にこう告白する。

ある夜、ノーマン・バウカーは寝ころんで星を眺めながら、私に向かってこう囁いた。「聞いてくれよ、オブライエン。もし一つだけ願いが叶えられるとしたら、俺の願いは親父が手紙をくれて、その中で俺が勲章なんてもらわなくてていいんだぞって書いてきてくれること。親父は勲章の話しかしないのさ。そのことばかり。俺の勲章を見たくてたまらないんだ」。(*Things* 36)

バウカーはすでに七つの勲章を獲得しているが、交戦中に際立って勇敢な行動を取った者に贈られ、勲章の中では価値が高いとされる「銀星章」は獲得していない。帰還後、バウカーは仲間のカイオワ（Kiowa）の命を救うことができなかったことへの自責の念にかられる。彼は想像上の会話の中で「銀星章」を獲得できなかった理由を父親に伝えようと試みるが、その努力は報われない。父親は獲得したほかのメダルを褒めるばかりで、最高の勲章を得られなかったという話の肝心な点については触れようとしない。バウカーの戦後トラウマはのちの「覚え書」の中でも語られ、そこでは新たな事実が公表される。一九七八年、彼が首つり自殺し、他界するという内容だ。

オブライエンは父子関係に関する自身の考えをインタビューでこう述べている。

アメリカ人だけがそうなのだろうか。そうは思えない。それとも中西部のアメリカ人だけがそうなのか。それも違うだろう。自分の人生で知っている男性は誰しも重圧を抱えている。父親からかけられる重圧だ。この世で成功しなければならないという意識が自分の肩に重くのしかかるような。この重圧を持ってしまうと、やりたくないことに手を染め、しかもそこで成功を収めるように強制されることがある。例えば、勲章を獲得して父親を喜ばせるために地下トンネルの攻撃に携わり、自分の頭を打ち飛ばされるようなこともだ。重圧は間違いなくそこにある。誰かからの愛情を勝ち取るための重圧が。（Herzog, *Tim* 33）

トービー・ハーツォグはオブライエンのこの重圧を理想的な息子になるための「肩越しの重圧」（"over-the-shoulder pressure"）と呼び、その重圧がオブライエンの徴兵忌避の道を妨げ、また彼が戦場で責任ある兵士としての役割を立派に果したことに大きく寄与したとしている（33）。オブライエンも示唆しているように、親にとって「理想的な良い子」でありたいと感じる子どもの重圧はアメリカ中西部の子どもに限定されるものではあるまい。

バウカーの父親は数ある勲章の価値の違いについては詳しくない。あるいはそれを知りつつも息子の七回の受勲を誇らしく思っている。そのどちらなのかについては読者に示されていない。いずれにせよ、この三部作はバウカーに対する父親の呪縛ではなく、親友を救えなかったバウカーのトラウマに重きが置かれている。父親の呪縛を主題に置くのはむしろ第二作の『北極光』（*Northern Lights*）である。ここでの父親はスポーツや狩猟などの野営活動をとおして勇敢さと男らしさを双子の兄弟に教え込む。ヘミングウェイの生き様を彷彿とさせる男らしさだ。しかし弟のポール（Paul Perry）はベトナムへ出征しないどころか、父親の方針にはすべからく従わない。そればかりか、彼は自宅の庭に核シェルターを作ろうとする父親を気がふれた人物として蔑んでいる。一方、従順な兄のハーヴィー（Harvey Perry）は父親が亡くなったあとでも、父親にとっての理想的な勇敢な男子であり続けようとする。

『失踪』（*In the Lake of the Woods*）の主人公ジョン・ウェイド（John Wade）も父親からの愛情と敬意を獲得するために出征するのだが、この父親は三つ目の分類に属する。息子をきちんと褒める一方で支配的で卑屈な面も持つタイプだ。ジョンがベトナムへ赴いたのは、誰かを傷つけたり、誰かに傷つけられたりするためではなく、あるいは良き市民や英雄や高潔な人間になるためでもない。ただ愛のために。ただ愛されるために戦争へ行ったのだ。彼は亡くなった父親の言葉を想像してみる。「おい、よくやったな。任務を全うしたじゃないか。お前のことを誇りに思う。本当に心の底から誇りに思う」。（中略）周囲からの愛を失うリスクなど絶対に冒すまい。そしてこれから出会う人々や過去に出会った人々、心の中に密かに存在するこれらの観衆の愛を永遠に勝ち取ることについても想像してみた。彼はただ愛されたいが故に悪事を働くこともあったし、そこまでして愛を欲する自己を憎むこともあった。（*Lake* 59-60）

この父親は普段からジョンのことを自分の大切な親友のように扱う。その親しみ易さから父親は近所の子どもたちのあいだでも高い評判を得ている。ジョンが小学校六年生のとき、クラスメートの一人がジョンのことをうらやみ、「僕のお父さんだったら良かったのに」とクラスの前で発言したことさえあった。

しかし絵に描いたような見事な父親も、ひとたび酒が入ると人が変わったように嫌味や皮肉が口をつく。夕食のあと、ジョンは父親がガレージに向かい、隠し場所にあるウォッカを密かに飲んでいる姿を目撃する。ジョンの肉付きが少しよくなると、そのことに気がついた父親はジョンの体型をからかうようになる。父親の酒癖についても、夕食の席で体型について父親に揶揄される話についても、オブライエン自身の経験を基にしている。この作品では語られてはいないが、実際のオブライエンは父親の飲酒の習慣と酒癖の悪さに対して父親の面前では嫌悪感を隠さなかったという。オブライエンが不機嫌な父親を避けるために一人で地下室にこもり、趣味としていた手品に没頭し始めたのもこの時期である。彼にとっては地下室が避難所になっていた。地下室で練習される手品についてては『失踪』にも描かれており、父親は内向的なジョン少年に対してここでも嘲笑的な態度を取る。この作品は「ソンミ村虐殺事件」とその隠蔽を主題に据えながら、支配的な父親からの呪縛と息子の悲劇的な運命を副主題にしているが、その二点は密接に関連している。ジョンによる隠蔽は戦争の英雄であり人気者の政治家のイメージを維持するための工作なのだが、もとよりそのような愚行に走らせたのは愛憎の念が入り混じる父親から褒めてもらうためであった。そしてその父親はすでに亡くなっているのだ。呪縛はジョンが妻と名声を失ったあとに告白という形をもって初めて解かれる。

虐殺事件への関与以外の筋書きは自伝的な要素で占められている。ウェイドの父親はオブライエンの父親本人と考えてほぼ間違いないだろう。オブライエンはこの作品を読み聞かせる朗読会の最中に泣き崩れてしまったことがあるという（Heberle 289）。父親との確執の歴史と消し去ることのできない父親への愛という自伝的な相反がそのままに作品に投影されており、その一語一語を口にするたびに、青春時代に抱いていた複雑な感情が蘇ったのだろう。興味深いのは、オブライエンが描く父子関係は複雑なものが多く、バウカーやウェイドが辿った経路のように、息子が悲劇的な結末を迎えることがあるのだが、息子が父親への攻撃に転じ、父親に損害を与えたりするということはない点だ。主人公と父親とのやり取りはそもそも想像上の対話の中で済まされることが多く、むしろ現実世界での対話を見つけるのが困難なほどである。息子と父親とのあいだにそもそもかなりの距離がある。

対照的に、映画化されたことでも知られているロン・コビックの自伝的小説『7月4日に生まれて』(*Born on the Fourth of July*)は夢を持たずに人生をやり過ごすだけの父親に反発する息子の姿を描いている。「コビック」(Kovic)の少年時代のヒーローにはニューヨーク・ヤンキーズのミッキー・マントル、大統領のジョン・F・ケネディー、有名俳優のジョン・ウェインなど、定番スターが名を連ねる。一九五〇年代後半、コビックはメジャーリーグ選手、敬虔なカトリック信者、あるいはカトリックの司祭になろうと考えていたのだが、テレビで観たジョン・ウェインの映画に触発され、また一九六三年のケネディー大統領暗殺事件にも衝撃を受け、スポーツ選手や司祭という身近な職業ではなく、より大きな夢を思い描くようになる。一度は第二次世界大戦で兵士として活躍したが、その後はスーパーマーケットの店長になって客に奉仕することに満足している父親の姿に「コビック」は幻滅を覚える。

俺は毎晩、A&Pのスーパーから帰って来る親父のようにはなりたくなかった。親父は強い男で善人だったが、そのためかいつも疲れていて、生気が失われていた。俺はそんな風にはなりたくなかった。週六日、毎日十二時間、A&Pみたいな臭いところで働くなんてごめんだ。俺はビッグになりた

かった。人生で大きなことをしてみたかった。(Kovic 60)

この時点での「コビック」の英雄崇拝はフィリップ・カプート(Philip Caputo)のそれと同様にケネディー大統領とジョン・ウェインへの憧憬が基となっている。彼は父親よりも偉大になるために多くのことを犠牲する心の準備ができている。映画版の共同執筆者である監督のオリバー・ストーン(Oliver Stone)は「コビック」と父親とのあいだの確執を原作以上に強調している。トム・クルーズ演ずるコビック役は言う。「海兵隊員になることが何を意味するのか、父さんにはわかる？幼い頃から夢見てきたんだよ。祖国に仕えることを。僕は戦争に行きたい。ベトナムに行きたい。死なきゃならないのなら、戦場で死ぬよ」。父親役のレイモンド・J・バリーの返答は次のこの一言だ。「今夜はプロム(卒業のダンス・パーティー)だよ。せっかくのロマンティックな夜じゃないか？」

原作と同様に映画版においても「コビック」は高校を卒業したあとに海兵隊に志願する。のちに彼はベトナムの戦場で負傷して胸から下を麻痺し、車いすの状態で帰還する。祖国のために正しいことをしたと信じて戦場から本国へ戻ると、ベトナム戦争の大義を信じる国民はもはや少なく、帰還兵たちを「赤ん坊殺し」と呼ぶ者さえいる始末だ。彼は祖国に裏切られた気持ちと戦場で誤って仲間の兵士を殺害した罪の意識を抱え、最終的には反旗を翻して反戦運動に参加するようになる。このように戦争に対する「コビック」の当初の考えは純粋に愛国的であり、オブライエンのそれとは正反対なものだが、帰還後の両人の人生には等しく痛々しいものがある。しかし「国に奉仕するということは自分の身を国に捧げることだと彼は信じ込んでいた」というように、「コビック」は戦場での自らの運命については出兵前にすでに覚悟していた（185）。一方のオブライエンは死を覚悟してまで戦場で自分の勇敢さを試そうとする「コビック」や先述のハーヴィー・ペリーが貫くような姿勢は受け入れず、その点はそのまま彼の作品に反映されている。ただそうは言っても、両者が対極にいるとも考えにくい。二人が出征した背景には父親の存在があるからだ。一方は父親からの愛と敬意を獲得するためであり、もう一方は父親を越えて偉大な人物になるためなのだが、それを成し遂げるためには自らの勇敢さを戦場で証明しなければならなかったという点において、二人は似た者同士だと言える。

オブライエンは喧嘩を好まず、戦場で他者に銃口を向けることなど考えたこともなかった。したがって彼が考える勇敢さとは他に害を与えるような攻撃性ではなく、忍耐強さであると捉えるべきなのだろう。トービー・ハーツォグはこのようにまとめている。オブライエンにとっての勇敢さとは「賢明な辛抱強さ、恐怖や後悔や過去を払い除ける意志、あるいは悲観的な傍観者としてではなくむしろ、前向きな当事者として自分の生を継続させる意志」に示されるような「誰もが持てるような勇敢さ」であるとしている（Herzog, *Tim* 77）。言い換えれば、オブライエンの勇敢さとは命を捨てるのではなく命を捨てない強さ、あるいは人生を生き抜く強さということになろうか。無論、彼の作品に採用される兵士のタイプは突撃シーンで蜂の巣にされ、劇的に崩れ落ちる男前の青年ではない。一方的に狙撃され、地面にひれ伏し、地面を這いながら必死に生にしがみつく情けない青年だ。オブライエンが扱う勇敢さは往々にして主人公が感じる罪の意識やトラウマの大きさの陰に隠れて目立ちはしないのだが、勇敢さはそこにある。罪の意識やトラウマを抱えながら生き続けること。それが彼が示そうとしている勇敢さなのだろう。

オブライエンは五十六歳にして初めて父親になった。長男が誕生した二〇〇三年から彼は十七年間に一冊も本を書かなかった。父親業に専念するためだ。子どもを持つ喜びについて彼はこう述べる。かつては「子どもを欲しいとは思っていなかった。子どもは人生で大切なもの（執筆）の妨げになるだろうと思っていたのだ。子どもこそが人生で大切なものだということに気づいていなかった」(O'Brien, Pavlicin-Fragnito)。別のインタビューではこうも述べる。かつては執筆に「一日に十五時間かけたかな？　いや、二十時間というときもあった。（中略）自分にこう言い聞かせた。『もし自分が父親になるとしたら、いや、もし良い父親になるとしたら、自分は子どもたちに父親が与えられる最高の贈り物を与えてやりたい。最高の贈り物とは彼らのために傍に居てやることだ』」(O'Brien, Ingram)。

オブライエンが「良き父親でありたい」と強く望む理由は幼少期における彼自身の父親との関係に遡る。先述のとおり、彼の父親は重いアルコール依存症で更生施設への入所を繰り返していた。オブライエンは機嫌の悪かった父親が施設に入ると密かに喜び、同時に施設での治療が功を奏して父親の態度が劇的に改善されることについても密かに願った。しかしリトルリーグの監督をしていた父親がシーズンの途中で姿を現さなくなると、チームの仲間にその理由が知られてしまうのではないかと密かに怯えていた（Herzog, *Tim* 9）。自慢の父親は家に居るときはアルコールに頼らざるを得ない情けない姿を息子に目撃され、父親が更生施設に入所すると、それはそれで息子を辱めた。

以上のように、オブライエンにとって父子関係は自伝的記憶を語るための重要なテーマとなっている。そして七十代になった今、彼は幼少期に得られなかった父親からの愛を自らの子どもたちに注いでいる。二人の息子たちのために「傍に居てやること」がかつての「幼少のオブライエン」を救っているように思えてならない。

メタフィクション

戦争の語り部としてのオブライエンの役割を強く読者に認識させる技法、メタフィクションについて最後に考えてみたい。記憶を断片化させて配置するオブライエンの方法、あるいは真実を意識的に「実際に起きた真実」と「物語の中の真実」とに分けて語りを進行させる彼の方法は「メタフィクション」（metafiction）を思わせる。そもそも、メタフィクションとはロバート・スコールズによって「倫理的に制御されたファンタジー」と定義され、虚構と事実の違いを読者に示しながらその両方を織り交ぜて物語を進める小説を指す（Scholes 3）。キャサリン・キャロウェイはオブライエンの『カチアートを追跡して』（*Going After Cacciato*）と『本当の戦争の話をしよう』（*The*

Things They Carried）をメタフィクションの例に取っている。小説家本人が作中に介入するのは実際のところはオブライエン作品の多くでおこなわれている。例えば、『トムキャット・イン・ラヴ』（*Tomcat in Love*）の主人公「私」ことトーマス・チッパリング（Thomas H. Chippering）は男性中心主義者であり言語学専門の大学教授だが、チッパリングが会話の中で使用する難解な単語すべてに著者による脚注が付けられている。ある脚注ではオブライエンはローリー・スミスを遠まわしに批判したりもしている。スミスはオブライエンがエスクァイア誌に発表した短編の中に性差別的な意味が隠されているとし、世に知られている文芸誌のクリティーク誌でその点についてオブライエンを攻撃した文芸評論家である。

パトリシア・ウォーによれば、メタフィクションとはフィクションと現実との関係について意識的かつ体系的に注意を向けさせる創作活動に与えられた用語だという（Waugh 2）。オブライエンは物語の世界に読者を引き込むために読者に語りかけたりもする。ある告白で彼の語り手は読者に「あなたたならどうするだろうか？　泣くだろうか？　私がしたように」と問う。キャロウェイが述べているように、オブライエンの第五作『本当の戦争の話をしよう』は創作過程そのものに作品の主題を置いているのではないかと思わせる箇所が散見される（Calloway, "Metafiction" 251）。例えば、「本当の戦争の話をしよう」（"The They They Carried"）では、語り手が二つの話のうち、どちらがより本当らしく聞こえるかを読者に問うている。

例えば、こんな話を耳にしたことがあるかも知れない。四人の兵士が小道を歩いている。そこに手榴弾が飛んでくる。一人がそれに飛びつき、自分の命を犠牲にして三人の仲間の命を救う。
これは本当の話なのか？（中略）
あることは実際に起こったとしても、まったくの嘘のように聞こえてしまうことがある。あることは実際に起こっていないかも知れないが、それは真実以上に真実であり得たりする。例えば、こんな話。四人の兵士が小道を歩いている。そこに手榴弾が飛んでくる。一人がそれに飛びつき、自分の命を犠牲にする。しかしその手榴弾は大量殺傷用の大型手榴弾で、結局、みんな死んでしまう。そのうちの一人が死ぬ前にこう言う。「お前、なんで、あんなことしたんだ？」。「決死の大勝負ってやつだ、戦友」と飛びついた男が言い、相手の男は微笑みかけようとしたところで死んでしまう。
これは実際には起こらなかったが、本当の話だ。（*Things* 83-84）

オブライエンによると、戦争の話をする際はしばしば「信じられないような話が真実であり、まともな話はそうではない」という（71）。もし話が簡単に信じられるものならばそれは偽りであり、それは彼曰く「安っぽいハリウッド風の嘘」、本当の戦争の話というものは「腹を納得させることができる」のだという（83, 78）。ブルース・バウワーは事実に虚構を織り交ぜて真実を語ろうとする手法は不誠実であり、オブライエンは「『事実か、フィクションか』的なゲームを多用」していると批判する（Bawer）。クレイトン・ルイスは精神の浄化を意図する一部の作品を称賛しているが、「回想録とメタフィクションを掛け合わせたこの作品は（戦場で）起こったことについてどうしても知りたい読者の欲望を満すことはない」としている（Lewis 302）。

バウワーとルイスの両者は戦争の語り手が感じている心の葛藤を無視している。オブライエンが果そうとしていることは語り直しによる真実の獲得であり、それは言ってみれば戦争の言語化との格闘を意味している。そもそも、戦争自体の大義の不在も戦争の言語化をより困難なものにしている。ベトナム戦争の物語の最も特徴的な点は主題と描写の曖昧さにある。主題と描写の明瞭さは話を進行させる上で重要であることは言うまでもない。「フィクションであろうとノンフィクションであろうと、ベトナム戦争に関する著作のほとんどが明らかにしていることは、ベトナム戦争で一つだけ確かだったことは確かなものは何一つなかったという点である」とスティーヴン・キャプランはこの戦争の本質を言い当てている（Kaplan 170）。オブライエンはあるインタビューではこの考えに同意しているが、別のインタビューではベトナム戦争の独自性についても否定している。「結局、すべての戦争はどれも愚かで、馬鹿げていて、恐ろしいものだが、ベトナムの場合はそれ（不確実性）があまりに明らかだった」（O'Brien, Tambakis 97）。ジャーナリストのデイヴィッド・ハルバースタムは一九六七年の段階ですでにこの戦争の政治的、軍事的な不確実性についてこう報告している。「『イエス』はもはや『イエス』ではなく、『ノー』はもはや『ノー』ではなく、『たぶん』がほかと比べてより確かな『たぶん』であった」（Halberstam, *One Very* 127）。「本当の戦争の話には話の要点さえ存在しないことがしばしばだ」とオブライエンは「本当の戦争の話をしよう」で書いている（*Things* 82）。オブライエンの仕事はまるでゲリラ戦で見えない敵を捜索するが如く、語りの中に要点を見つけることなのかも知れない。[5]

オブライエンは言語の役割に限界を感じ、自らの語りが十分な贖罪を果たすに至っていないと感じているのではないかと述べるのはアレックス・ヴァーノンである。同時にヴァーノンはオブライエンの戦争語りは「語りによる聖地巡礼の成功例」だとしている（Vernon 186）。オブライエンの語りを「聖地巡礼」と呼ぶあたりは見事だ。オブライエンが戦争の言語化に限界を感じているのもそのとおりだ。ただ忘れてはいけないのだが、彼は言語化の難儀さも含めた戦争語りそれ自体をも小説にしているのである。

一方、ベトナム帰還兵で精神療法医のアーサー・エゲンドルフはこう語る。「哀悼の過程を経ながら慎重に過去を取り戻す作業は恐ろしく殻の硬い私たちの自己自衛の本能を破ることができる。したがって語り直しの行為はその後の私たちを『より人間らしく』する」（Egendorf 69）。戦争の話をすることは語り直しによる過去の再獲得を意味するのだろう。しかしトラウマ化された過去を元の形に復元することは困難を極める。語り直しは痛みを伴うであろうし、何をどこまで他者に開示すべきかも迷うところだ。オブライエンの語り直しは「ゲーム」どころか「戦争」と呼ぶことさえできる。

書評家や批評家が見逃しているのはこの点だけではない。彼らはオブライエンの戦争語りを時代の政治的文脈に置いて読むこともしていない。例えば、一九八六年から一九九〇年にエスクァイア誌に発表されたオブライエンの短編群は一九八〇年代に再燃した好戦的なアメリカに対する当て付けと取ることができる。レーガンとブッシュによる共和党支配の十二年は、特に一九八二年の「ベトナム戦争戦没者慰霊碑」の建立以後は、多くのタカ派のアメリカ市民や帰還兵が愛国主義と歴史修正主義を持ち出し、それを世に広める時代であった。そのような時代の空気の中、子どもでも容易に理解できるシルベスター・スタローンやチャック・ノリスの劇画タッチの主演作は好評を博した。実際にレーガン大統領はランボーの男性性を頻繁に公で賞賛したものだ。

同じ頃、今度は昔懐かしいリチャード・ニクソン元大統領がテレビのブラウン管からベトナム戦争とその意義に関する、これまた歴史修正主義的な解釈を世に投げかけた。政治イデオロギーにおいても戦略においても曖昧だったベトナム戦争が一九七五年に敗戦に終わったあと、一九八〇年代のアメリカ人が目の当たりにしたくなかったものは負けた兵士たちによる複雑な心中の吐露であった。しかし映画や文学作品でさえ元兵士たちが荷物として背負い続けてきたものを忠実に表現しきれていたとは言い難い。オブライエンは一九七八年に行われた会議で、アメリカがあまりに早急にベトナム戦争を忘れること、あるいはあまりに単純化してそれを記憶することの二点についての懸念を明らかにした（O'Brien, *Fighting* 90)。彼の懸念は映画『ランボー』がもたらしたようなベトナム戦争の単純化と娯楽化である。

一九八六年公開のオリバー・ストーン監督による映画『プラトーン』（*Platoon*）はベトナム戦争の暴力性を上手く表現しているが、人物設定においてエリアス軍曹（Sgt. Elias）を善人に、バーンズ軍曹（Sgt. Barnes）を悪人に据えることで、筋書きを善悪二元論に依存しきっている。兵士の性格をここまで明確に二分するのは不自然で劇画的、よって短絡的な印象は否めない。同様のことは台本にも言える。例えば、「『地獄は理性が通用しない場所だ』と誰かがかつて書いていた。その場所がここだ。ここは地獄だ」と主人公を演じるクリス・テイラー（Chris Taylor）のチャーリー・シーンが映画の前段でそうつぶやく。オブライエンは一九八七年に発表した短編でこう書く。「戦争は地獄だが、しかし地獄という言葉は戦争の半分も言い表していない」し、戦争では「カオスの中に秩序が、憎しみの中に愛が、美の中に醜さが、無法状態の中に法が、野蛮の中に文明が混ざり込むのだ」（*Things* 80, 82）。ベトナム戦争を正しく記憶、伝承していないという点で『プラトーン』がおこなっている戦争の簡略化は『ランボー』の事例とさして変わらない。オブライエンは真実に固執する。彼の真実への固執は彼の世代が共通して持つ権威に対する不信感に起因する。彼が憎む権威とはそれこそ徴兵委員会の保守派であり「必ずしも真実に価値を置かない男たち」で占められている退役軍人会、つまり第二次世界大戦後の世界における唯一の勝者アメリカを思うがままに仕切ってきた世代である（Halberstam, *Next* 67-68）。

オブライエンの目的は戦争の真実を正しく伝承することのほかに、戦争の語り部としての自らの役割を読者に強く認識させることで、戦争を生かし続けることにある。「私は四十三歳で、今では作家をやり、そして戦争は遥か昔に終わった。その多くは思い出すことも難しくなっている」と彼は「スピン」（"Spin"）の中で書いている（*Things* 32）。この一節は彼が書いているものがあくまでもフィクションであることを強調するものだとキャサリン・キャロウェイは述べる（Calloway, “Metafiction” 251）。そうだろうか。オブライエンのこれまでの作品を読むと、彼がおこなってきたことはフィクションの創作であると同時に、戦争の歴史的事実や個人の戦争体験を記録として残すことでもあった。したがって彼の作品のすべてが虚構であると判断すべきではない。むしろその多くは自伝的である。オブライエンはしばしば作中で彼自身がベトナム戦争の帰還兵であること、また彼の作品がほら話ではなく回顧録であることを読者に伝えるためにフィクションと事実の違いについて解説したり、作り話と実際に起こった話の両方を紹介したりもしている。加えて、彼は政治学専攻らしく、アメリカ政府の監視者であることを忘れず、また歴史や哲学や道徳の視点から物を考え、それを作品にも投影してきた。オブライエンの作品におけるフィクションと事実の交錯は「単に美学的でポストモダニズム的なゲームなどではなく、オブライエンが創作活動をとおして続けてきたこと、つまり物語が持つ能力と効果を発揮させるための文章構成上の一つの形」なのだとマリア・ボンは言う（Bonn 13）。そのとおりだ。

オブライエンがベトナム戦争を振り返ろうとするのは彼が「語ること」と「癒すこと」に人生の意味を見出そうとしているからだとダニエル・ロビンソンは分析する（Robinson 263）。オブライエンの過去への帰還は「自己救済への試み」と「記憶との対峙の方法」であり、「オブライエンの自己回復」でもあると述べるのはジェフ・ローブである（Loeb 114）。オブライエンは罪の意識に苛まれる帰還兵の人生を描いてきたが、彼の創作活動の主たる目的が「癒し」や「自己回復」のためだという主張には疑義の念を抱かざるを得ない。むしろ彼の目的は反対なのではないだろうか。彼の創作活動は不確実で不道徳で混沌に満ちたベトナム戦争に向き合い、格闘する帰還兵の姿を物語ることのように思える。そのことは彼の一九七三年発表の第一作『僕が戦場で死んだら』の中ですでに述べられている。平和に対する小説家の切なる思いが印象に残る。

私としては本書が永遠の平和への訴え、戦争についてよく知る者からの訴え、戦争に行って戻ってきた者からの訴え、そして終結に向かっているあの戦争を振り返ることに疲れた元兵士からの訴えとなってくれることを望む。（中略）

夢が何かの教訓になれるのだろうか？　悪夢にテーマがあるのだろうか？　私たちは悪夢から目覚めて悪夢を分析したり、それを基に自分たちの人生を生きたり、あるいは結果としてほかの誰かに忠告を与えることができるのだろうか？　一歩兵が戦場にいたというだけで、戦争について何か大切なことを教えられるのだろうか？　そんなことはできっこない。彼にできることは戦争の話をすることだけだ。（*If I Die* 22-23）

創作をとおして帰還兵の心の葛藤に向き合うオブライエンの姿勢は一九九四年発表の『失踪』（*In the Lake of the Woods*）にも見受けられる。主人公ジョン・ウェイドの妻キャシー（Kathy）が謎の失踪を遂げるのだが、オブライエンはここでも失踪の理由について最後まで読者に明らかにしようとはしない。無論、そのような結末に対する書評者の意見は二つに分かれる。ミステリーを未解決のままにしておくオブライエンの考えを尊重する者もいれば、読者の気持ちを弄ぶような彼のやり方に不満な者もいる。また、ウェイドの複雑な性格や妻の失踪についての解説が注釈形式で約十頁ごとに付されているのだが、小説家自身が解説者として顔を出すことに難色を示す書評家も少なくない。この恋愛劇におけるオブライエンの目的は読者に答えを提示するのではなく、読者に仮説を立てさせることなのだろう。

伝記作家、歴史家、媒介者。何と呼ばれてもかまわない。しかし四年かけて懸命に調査したにもかかわらず、私が入手できたものは推測と可能性より少しマシな程度のものでしかない。ジョン・ウェイドは奇術師だった。彼は手品の種明かしをほとんどしなかった。それだけではない。人なら誰しも持っている動機や欲望や人生そのものに潜んでいる謎もいくつかあり、それらが解明の邪魔をする。この物語の中で述べた、一見すると事実に見える人間の行動や発言や考えのほとんどは事実に忠実な、しかし結果として想像力に頼らなければならなかった出来事の再構成として読まれるべきである。無論、私は事実に忠実であるよう努めた。しかし事実は真実とは言えない。それは証拠でしかない。いずれにせよ、キャシー・ウェイドは永遠に行方不明のままである。もしあなたが謎の解明を望むのならば、これらの頁の向こう側にあるべき真実に目を向けていただくしかない。(*Lake* 30)

オブライエンは読者の関心を引き出すためにメタフィクションの形式を使う。彼はベトナム戦争の語り部として、戦争そのものや国家の好戦的な体質の是非、そして平和とは何かについて、読者に議論の機会を与えているように思われる。

第五章　技　法

第五章では、ティム・オブライエンの語り（ナラティヴ）を引き立てている文学的技法を取り上げる。作品に奥行きと深みを作り出す「コントラスト」、「フラッシュバック」、「イリュージョン」、「シンボリズム」の四技法は読者を作品世界に引き込むための装置である。「コントラスト」は事象の中に類似や対照を探し、それを描くことで作品世界をより立体的に見せることができる技法である。「フラッシュバック」は語り手の記憶の中で想起される視覚的イメージを言語化したものを指す。「イリュージョン」は語り手が想像した世界を表現したもので、たいていは恐ろしい戦闘や戦闘の記憶から逃れるための避難場所としての機能を果す。「シンボリズム」は理解しにくい、あるいは表現しにくい事柄をよりわかりやすい別の言葉に置き換える方法である。

オブライエンはリアリズムの文体を採用しているため、彼の文章は一見すると平易に見えるが、実はそこにはさりげない様々な仕掛けが施されている。彼の記憶や想像力や幻想の使用については数名の研究者によってすでに指摘されてはいるものの、彼の生まれ持った才能や膨大な読書量に由来するであろうそのほかの文学的技法についてはあまり研究されてこなかった。

コントラスト

オブライエンは戦場の兵士や帰還兵の心の葛藤を描写するために類似や相称（シンメトリー）と対比や相対（アシンメトリー）を多用する。ここでは「勇敢であること」（"Speaking of Courage"）と「一九六九年七月」（"July '69"）の両短編を例に取って考える。「勇敢であること」はノーマン・バウカー（Norman Bowker）を主人公に据えた戦後トラウマの物語である。戦友のカイオワの救出に失敗したバウカーはベトナム戦争から故郷のアイオワ州に帰還したあと、自分だけが戦場から生還したことによる「生存者としての罪の意識」（"survivor guilt"）を抱え、市民生活に順応できずにいる。祝賀ムードで盛り上がるはずの七月四日の独立記念日も行く当てがなく、ひたすら地元の湖の周囲を車で巡回することに費やされる。この作品には対となる類似が散見される。ミルトン・ベイツが指摘しているものは次のとおりである。バウカーは戦場で成し遂げられなかったことについて父親に切り出せないのだが、第二次世界大戦の帰還兵である父親も同様に息子に対して自分の体験を語ろうとしていないことがまず一点目である。次に、ベトナムの戦場で使われた迫撃弾や照明弾が独立記念日を祝う花火と酷似している。また、バウカーの親友マックス・アーノルド（Max Arnold）は小湖で溺死したのだが、藻で埋め尽くされたそのアイオワの小湖と戦友のカイオワが溺死したベトナムの泥の沼地との類似に加え、歩兵用の無線機を連想させるドライブインのインターフォンの存在も見逃せない。極め付きは湖の周りを周回し続けるバウカーの行動と彼がカイオワの一件について悶々とする姿が似ているとしている（Bates, *Wars* 250-51）。この物語においてはこの最後の類似が幽閉に追い込まれたバウカーを象徴するものとして最も重要だと考えられる。そのほかの類似として、バウカーが車のアクセルを軽く踏むたびに彼のトラウマが増幅されている点も指摘しておきたい。

一方、同短編には対比も多く認められる。糞溜めの泥沼に詳しく、心身ともに疲れきった帰還兵のノーマン・バウカーと今では平和な家庭の主婦となり、残酷で汚らしい戦場の話になど耳を傾けるはずのない元恋人のサリー・クレイマー（Sally Kramer）、この二人の好みは明らかに対極にある。湖で泳いだせいで耳の感染症になったが、そのことが出征回避の要因にならなかったバウカーと同じ湖で溺死したために皮肉にも出征を免れたバウカーの親友のアーノルドとではいかにも正反対だ。語ることに躊躇するバウカーと独立記念日を派手に祝うことを熱望する町にも対比が見られる。さらにはマーク・テイラーは「作品があらわす清潔さと癒しの力は幻想的であり、そのことは糞溜めの泥沼とは正反対の象徴となっている」と指摘している（Taylor 225）。

「生存者としての罪の意識」に苦悩する若い小隊長の姿を描く「一九六九年七月」（"July '69"）にも対比が散見される。主人公のデイヴィッド・トッド少尉（Lt. David Todd）はベトナムの戦場で誤って自分の小隊を敵の待ち伏せに遭遇させ、十九人で構成される小隊を全滅させる。小隊唯一の生存者であるトッド少尉も両足を撃たれ重傷を負っており、ヘリコプターの救援を受諾して自分だけが祖国に生還することに罪の意識を感じている。よりによって彼は現場の指揮官であった。

マーク・ヘバリはこの作品の対比として、アポロ計画による宇宙でのアメリカの勝利とベトナムの地上での酷い失敗とのあいだの皮肉的な対比のみをあげているが、そのほかにも対比は認められる（Heberle 308）。アメリカがイギリスからの独立を勝ち取った輝かしい七月とアメリカの小隊が殲滅した悲劇的な七月。アポロ十一号が月面上の「静かの海」（"Sea of Tranquility"）へ着陸する際のカウントダウンとトッド少尉がモルヒネ注射で足の痛みを鎮静化し、人生の残りの日数をカウントダウンする様子。全滅寸前の小隊に対して草陰で嘲笑するベトナム人狙撃兵の一団と苦しみのあまり忍び泣いているトッド少尉。大隊を組んで「サーチ・アンド・デストロイ作戦」（探索と破壊）を展開するアメリカ軍の敗北とゲリラとして小隊で「ヒット・アンド・ラン戦術」（奇襲攻撃）に出た北ベトナム軍の勝利。アメリカの小隊の救いのなさをひたすら強調するこれらの対比には、救いのなさを現場で肌で味わった小説家自身によるアメリカ軍への皮肉が読み取れる。

「兵士たちの荷物」（"The Things They Carried"）に表現されている対比も見事だ。この作品ではジミー・クロス中尉（Lt. Jimmy Cross）率いる小隊の隊員たちが戦場で日々担い続けていた物質的な荷物と精神的な荷物とが対称を成しながら交互に語られている。なぜヘミングウェイは「それらの兵士たちが抱えていたに違いない思いについて語ろうとしなかったのだろう」と語り手が不満を募らせる箇所がオブライエンの第一作にある（*If I Die* 93）。オブライエンは歩兵たちの内面についてあらゆる作品で詳細に語ってきた。「これは言うまでもないことだが、結局のところ、本当の戦争の話というのは戦争についての話ではない。（中略）それは愛と記憶についての話である。

それは悲しみについての話である」という文章が「本当の戦争の話をしよう」の中にある（*Things* 85）。「レイニー河で」で示されている膨大な記憶の洪水が物語に非現実性を与えているのと同様に、この「兵士たちの荷物」では戦場での装備品についての膨大な記述と羅列が示され、ここでも物語は日常を離れたような肌触りと独特の緊張感を醸し出している。

ジミー・クロス中尉はマーサという名の女の子から届いた手紙の束を身に付けていた。（中略）手紙は全部で三十グラムぐらいだった。（中略）必需品あるいは準必需品の中にはP－38缶切り、ポケット・ナイフ（中略）があった。これらを合わせると、だいたい六キロから九キロの重さになった。（中略）テッド・ラヴェンダーは二〇〇グラムほどの最高級の麻薬を持っていた。（中略）ミッチェル・サンダーズは無線兵としてPRC－25無線機を持ち歩いていたのだが、これはバッテリーと合わせると十二キロという大変な代物である。（中略）大男だったのでそれゆえに機関銃手をつとめるヘンリー・ドビンズは弾丸抜きで十・五キロのM－60機関銃を担いでいた。（*Things* 1-5）

日用品や主要な機関銃に加え、兵士たちの装備品は階級や役割や任務の種類によって異なった。しかし結局のところ、彼らは「敵を殺したり自分が生き延びたりするために必須だと思えるものならすべて」、また「ひとつには安全のために、もうひとつには安全だと思いたいがために」、思いつくものは手当たり次第に身につけようとする（7, 9）。兵士が感じる恐怖が増えるほど、安全のために持ち歩こうとする装備品は増えるということだ。したがって恐怖は兵士の体をより重くしてしまうことになり、結果としてそのことがジャングルにおける兵士の機動力を低下させる。皮肉な話である。

テッド・ラヴェンダー（Ted Lavender）は予備の弾薬、必需品、精神安定剤、そして「計りでは計測のできない恐怖」を身につけていることが常だった（6）。ラヴェンダーが頭に銃弾を受けて亡くなったとき、「彼は本当に重かった。彼は倒れたとき、体をピクリともせず、バタバタと動くこともなかった。（中略）それはまるで岩とか大きなサンドバッグとか、そういうものが倒れるようだった。『ドスン』、『バタッ』という感じ。それだけ。映画みたいに転げまわることも、かっこよく回転することも、派手に倒れることも、そんな感じではなかった」（6）。これはハリウッド式のリアリズムとはかけ離れている。ハリウッドの想像力では兵士は劇的に死ぬ。無論、死ぬ直前に戦友の腕の中で英雄的な一言を口にしたりもする。オブライエンの兵士は、例えば、『本当の戦争の話をしよう』の中のテッド・ラヴェンダーやカート・レモン（Curt Lemon）はあっさり死んでいく。いずれも印象的なコメントは残さない。オブライエンによる死の描写が簡潔であるのは彼の戦友の多くが狙撃や地雷で亡くなっていることと関係しているのだろう。第二次世界大戦を扱った映画の多くでは戦争は神話化され、魅惑的なものとして描かれてきた。観衆を魅了するための装飾が十分過ぎるほど施されていた。オブライエンは戦争に対して人々が抱いてきたロマンティシズムを打ち砕くことに成功しているとジャン・マトニーは言う（Matney）。

「兵士たちの荷物」が学校の教材や朗読会での作品として頻繁に使われているのは、おそらくこの作品が物質的な荷物のみならず、兵士たちの心中についても取り上げ、描き切っているからに違いない。戦闘用のたいていの必需品は一般市民には知られたところだが、兵士たちが内面に持ち歩いているものについてはあまり知られていないのではないか。例えば、彼ら歩兵は幽霊、迷信、記憶、良心、そして希望を携えながら野や山を歩いたという。仲間が負傷すると、彼らはその負傷兵を担いで歩いた。彼らは「貨物列車のように荷物を運んだ。彼らは背中や肩に背負って運んだ。ベトナム戦争の曖昧さも、数々の謎や未知なるもの、そしてこれだけは間違いなく確かなことなのだが、担ぐべきものがなくて彼らが困るような事態は絶対に起こらなかった」(16)。語りが進むほど、オブライエンは兵士たちの不可視な荷物の紹介を増やしていく。ラベンダーが死んだあとは彼らの心は恥、悲しみ、恐怖、愛、憧憬、臆病な心、羞恥心、そして偽りの落ち着きのような計測のできない、言葉では言い表せない荷物で満たされる。心の内側を少しずつ明らかにする手法は効果的だ。

　あとになって銃声が止むと、彼らはまばたきをして、上を向く。彼らは自分たちの体を触り、恥ずかしさを感じ、それでも何もなかったかのような顔をしてごまかす。(中略)彼らは死ぬことを恐れていたが、もっと恐れていたのは自分が恐れているのを仲間に知られることだった。(中略)彼らは仲間に知られないようにかろうじて押し隠していた臆病な心を共有していた。どこかに逃走するか潜伏したいという本能的な感情を共有していた。そしてこれが多くの場合、彼らにとって最も重い荷物だっ

た。なぜなら誰にもそれを肩から下してしまうことができないからだ。（19-21）

「抱える」、「背負う」、「担う」という意味の語“carry”、“carried”、“carrying”がこの短編では計百十一回使われている。この語へのオブライエンのこだわりはその回数に表れている。「何かを身に付けるということは背負う（ハンプする）ことを意味する。（中略）自動詞の『ハンプする』とは『歩く』または『行進する』の意味だが、それは言葉をはるかに超えたものをあらわしている」（3-4）。無論、「言葉をはるかに超えた負担」は兵士たちが内面に密かに抱えていた荷物を指している。さらに言えば、文章に叙情的なリズムを与えるために同じ動詞を反復させるのはヘミングウェイが得意とする手法だが、ここで注目すべきはその点よりも、反復のたびに兵士たちの恐怖が増幅するかのような効果を生んでいる点にある。オブライエンの歩兵たちは不名誉に生きることへの恐怖と不名誉に死ぬことへの恐怖との辺獄に囚われている。

彼らは面目を背負っていた。彼らは面目を失うという兵士にとっての最大の恐怖を背負っていた。兵士たちは人を殺し、殺された。そうしないことには面目が保たれないからだ。彼らが戦場に赴いたのもそれがそもそもの理由だった。自分から志願して赴いたわけではない。栄光や名誉を夢見ていたわけでもない。不名誉な行動を避けるためだけにやってきたのだ。彼らは面目が保たれないのが嫌だというだけの理由で死んでいった。（中略）彼らはむしろ自分が卑怯者だと思われるのを恐れていただけなのだ。

彼らはたいてい感情を内側にひた隠し、平静を装い続けていた。救助要請をする者を馬鹿にし、戦場離脱を図るために自分の足や指を銃で撃つような輩を誹謗中傷した。腰抜け、と彼らは言った。(21-22)

オブライエンはシンメトリーとアシンメトリーの技法を効果的に使うことによって、戦争の真実をよりリアルに、より立体的に映し出すことに成功している。奥行きと深みのある世界として示された作品は読者に説得力と不思議な満足感を与える。

フラッシュバック

次に、ベトナム帰還兵の心の幽閉を描くために挿入されている記憶のフラッシュバック（過去）とフラッシュフォワード（未来）について触れる。オブライエンの作品では記憶の時間軸が入れ替わったり、記憶が断片化されたりすることが頻繁に起こる。例えば、戦闘シーンのフラッシュバックは「スピン」、「レイニー河で」、「死者の生命」、「一九六九年七月」、「ウィニペグ」などに見られる。「スピン」（"Spin"）は断片的な記憶のカタログと呼んでよい。そこでは心温まるもの、感傷的なもの、平和なもの、恐ろしいもの、そして奇妙なものなど、様々な記憶が紹介されている。頁を追うごとに記憶の断片化がより進むのだが、作品は次のように断片の羅列で締めくくられている。

こんなことも覚えている。

空っぽの死体袋の湿ったカビの匂い。

夜の水田の上に浮かぶ三日月。

ヘンリー・ドビンズが夕焼けの中に座り、新しい軍曹の袖章を制服に縫いつけながら、小声で「ア・ティスケット、ア・ティスケット、ア・グリーン・アンド・イエロー・バスケット」の歌を歌っていたこと。

象草の草原がヘリコプターのプロペラの回転で巻き起こる風の下で低くひれ伏し、草は黒っぽい色をして、力なく頭を垂れていたこと。ヘリコプターが行ってしまうとそれはまた元通りにまっすぐになる。

ミケの村を過ぎたあたりの赤土の小道。

手榴弾。

細くて華奢な二十歳ぐらいの若者の死体。（*Things* 37）

これは一例である。オブライエンはこの作品で平和な記憶と暴力的な記憶、幸せな記憶と悲しい記憶のあいだを何度も行き来するのだが、その往復を目にすると、あたかも語り手の記憶は無限にあり、記憶語りは淀みなく続くような印象を受ける。

徴兵令に対する苦しい胸の内を吐露する自伝的作品「レイニー河で」(“On the Rainy River”)には記憶の断片化とフラッシュバックが多く目につく。語り手「オブライエン」(O'Brien)は戦いを好むような青年ではないが、故郷に対する忠誠心を捨て切ることもできずにいる。彼は故郷のミネソタ州に隣接するカナダとの国境に辿り着き、徴兵忌避と亡命を図ろうとする。国境にまたがる湖のような大きなレイニー河をボートで渡り、向こう岸のカナダへ逃げ込みたいのだが、あと一歩のところで勇気を振り絞ることができない。ボートの上で独り涙する彼の下に去来するものは故郷で過ごした膨大な記憶の断片である。記憶の断片は洪水のように押し寄せる。洪水は二頁に及ぶ。小説家は「オブライエン」の語りをとおして自らのトラウマ記憶を語っているのだろう。

記憶の中の人物と出来事は年代順に現れる。

　これまでの人生がいくつもの過去の記憶の塊となって頭の中に映し出された。白いカウボーイ・ハットをかぶり、ローン・レンジャーのマスクをつけ、六連発の二丁拳銃を腰につけた七歳の少年が見えた。ダブルプレーをするために体をひねる十二歳のリトルリーグのショートが見えた。最初のダンス・パーティーのために正装した十六歳の少年が見えた。(中略)両親が遠い対岸から私を呼んでいるのが見えた。弟や妹の顔も、町の人々も、市長も、商工会議所のメンバーも、昔の先生方も、ガールフレンドも、高校の同級生の顔も見えた。何かのスポーツの試合みたいに、みんながサイドラ

インから叫び声をあげて、私のことを応援していた。（57-58）

断片は語り手の人生に起こった過去の出来事に関するものばかりだ。しかし時間軸は突如として乱れる。歴史上の人物さえ登場する。過去と現実と未来が交じり合い、一つの混沌ができ上がる。

これは幻覚だったのだが、しかしそれは本当に起こったように思えるほど現実的な幻覚だった。（中略）エイブラハム・リンカーン、聖ジョージ、小学校五年生のときに脳腫瘍で死んだリンダという名の九歳の少女も。（中略）自分の遠い過去や遠い未来にいる人々の顔が見えた。妻もいた。まだ生まれていない娘が手を振り、二人の息子がぴょんぴょんと跳ねていた。（中略）ミケの村を過ぎたあたりの赤土の小道の村で、ある日、私が手榴弾で殺すことになっている痩せた若者がいた。（58-59）

この語りは中年の小説家による回想録の形式を取っているため、記憶は徴集兵だった時代の悪夢だけではなく、青年期以降の戦後の悪夢も含んでいる。言い換えれば、今では小説家になっている語り手の「オブライエン」は戦前と戦後の両方の時期に抱えていたトラウマに襲われているということになる。語り手のトラウマの大きさは作品全体のトーンを見れば明らかであり、彼の苦悩と罪の意識は面目のために出征した自らの臆病な心を認めた最終文に示されている。

同じ語り手の「オブライエン」は「死者の生命」（"The Lives of the Dead"）という作品で、人の死に向き合ったときの自らの臆病な心について告白している。その中で彼は自分の勇敢さの欠如が明らかにされた体験を二つあげている。一つは一九五六年の小学校の教室内での出来事、いま一つは一九六九年のベトナムの戦場での出来事である。ここでは恋愛の話と戦争の話とが交互に語られる。語り手は小学生のときにクラスメートのリンダ（Linda）に気を寄せていた。彼女は脳腫瘍の治療のせいで髪が抜け落ちていたために同じクラスのガキ大将からいじめを受けていたのだが、語り手は勇気を出して彼女に手を差し伸べることができなかった。のちに彼女は病死する。彼の後悔の念は深い。いま一つは恐怖のあまり敵兵の亡骸を直視できなかった戦場でのエピソードである。作品の冒頭の段落で小説家は巧みに話題を戦場のものから幼少期における体験談へと移行させる。

「へんな風に聞こえるかも知れないけど」と私は言った。「あの可哀想な爺さんを見ていたら…昔、知っていた女の子のことを思い出すよ。一度、彼女を映画に誘ったことがある。最初のデートだった」。長いあいだ、カイオワは私の顔を見つめていた。そして彼は後ろにもたれて笑った。「おい、おい、それは最悪なデートだな」と彼は言った。（228）

小説家と語り手の目的はフラッシュバックという形で作中にリンダと死んだ戦友たちを物語の中に復活させることにある。「オブライエンにとっての物語とは、私たちを現実と空想が混在した泥沼から引き上げ、真実という確固たる場所の上に立たせてくれる特別な繋ぎ役のことである」とマリア・ボンは述べる（Bonn 14）。一方、オブライエンは真実を探求することに意識を傾けているが、だからといってそこから教訓を得たり、兵士の行為を正当化したり、トラウマからの回復に期待したりするわけではない。戦争が終わって数十年が経ち、語り手「オブライエン」は「顔を持たぬ責任と顔を持たぬ悲しみを抱いている」という考えに至る（*Things* 180）。小説家オブライエンが果たそうとしていることは経験と創作を結びつけることによって新しい顔を再構築することなのだろう。

「一九六九年七月」（"July '69"）は深い悲しみと罪の意識を背負った若い小隊長の物語である。主人公のデイヴィッド・トッド少尉（Lt. David Todd）は赴任してわずか十九日目に敵の待ち伏せ攻撃に遭遇し、誤って十九人の部下全員を殲滅させた。彼自身も両足を打ち抜かれて生死の境を彷徨っている。小隊唯一の生存者はヘリコプターの救助を受け入れるか否かについて熟慮する。トッド少尉は責任ある小隊のリーダーとして殲滅の代償を払わなければならない。彼の前には出血死、自殺、そして「悪夢」と「生存者としての罪の意識」を抱えながら戦後の人生を生きる、この三つの選択肢がある（*July* 32）。彼は野球、家族、そして大学時代の恋人マーラ（Marla）など、自らの人生で得てきたものの数々をフラッシュバックという形で想起し、最終的に三つ目の選択肢である生き続けることを選ぶ。

そのような情景を思い浮かべると、生きていたいと思うようになった。（中略）

彼は茂みの中に身を伏せて、頭の中をすっきりさせようとしたが、彼にできたことは両足から出血しながら死にたくない、ほかの隊員たちのように死にたくないと願うことくらいだった。（中略）少しして、自分が野球についてぶつぶつしゃべっているのを耳にした。（中略）思い出が花火のように蘇った。子ども時代の情景が閃光となって蘇り、（中略）ダートン・ホール大学の体育館で踊っているマーラ・デンプシーが見える。母親が裏庭に洗濯物を干しており、父親はライラックの束を植えている。弟のミッキーが車庫の壁に野球のボールをぶつけている。（23-25）

トッド少尉は記憶と想像力のフラッシュバックとフラッシュフォワードの力を借りながら、肉体的および精神的辺獄から自らを救い出す。彼が生きてこの世にいることに決めたのは傷ついたベトナム世代への小説家からのメッセージなのかも知れない。この克服の物語、あるいはマーク・ヘバリ曰く「荷物を抱えた勇者」の物語において、オブライエンは過去の過ちを背負い続けるサバイバー（生存者）を創り上げた（Heberle 308）。

心の閉塞状態を表現するために使われる記憶と想像力のフラッシュバックとフラッシュフォワードは語り手や主人公の過去の再構築のみならず、未来の構築にも一役買っていると言える。

イリュージョン

現実と夢が入り混じる兵士の心を表現するために、オブライエンは空想と幻想を多用する。ここでは彼の作品における空想と幻想の特徴とその役割について考える。オブライエンの出世作となった第三作『カチアートを追跡して』（*Going After Cacciato*）は巧妙に練り上げられた筋書きの中に幻想と事実を絡み合わせたことが話題となり、「マジック・リアリズム」の研究対象として論じられてきた。主人公で語り手のポール・バーリン（Paul Berlin）は戦闘の恐ろしさから抜け出すための手段として空想を利用する。彼は空想の中にカチアート（Cacciato）という名の脱走兵を作り出し、ベトナムの戦地からパリの街を目指して脱走するカチアートを頭の中で追跡する。ミルトン・ベイツはこの作品が形式と主題の面でジョセフ・ヘラー（Joseph Heller）の『キャッチ＝22』（*Catch-22*）に類似し、また同作品に登場するパイロットのオア（Orr）のスウェーデンへの逃亡がカチアートのパリ行きにも似ていると指摘する（Bates, "Myth" 274）。戦場における空想力ということで考えれば、『カチアートを追跡して』は南北戦争の帰還兵作家アンブローズ・ビアス（Ambrose Bierce）の「アウル・クリーク橋の出来事」（"An Occurrence at Owl Creek Bridge"）、あるいは第一次世界大戦を描いたドルトン・トランボ（Dalton Trumbo）の『ジョニーは戦場へ行った』（*Johnny Got His Gun*）に代表されるアメリカの偉大な戦争文学の伝統にも結びついていると言える。

　さて、ここでは「一九六九年七月」("July '69")と「ウィニペグ」("Winnipeg")に見られる幻想について概説してみたい。「一九六九年七月」の筋書きについては先述のとおりだ。トッド少尉は敵の待ち伏せ攻撃で十九人の部下全員を失い、彼自身も両足を打ち抜かれて生死の境を彷徨っている。彼は小隊唯一の生存者として救出されることを選択するのだが、生き残りの決断に至るまでの過程が面白い。まず、彼は無意識の中にジョニー・エヴァー(Johnny Ever)なる軍曹を作り出し、彼自身の生存の賛否についてエヴァー軍曹との交渉に入る。エヴァー軍曹は実はダナンのまちから放送されているラジオ番組のディスク・ジョッキーという設定で、彼の声は亡くなった部下のヘクター・オルティス(Hector Ortiz)が持っていたトランジスター・ラジオから漏れ聞こえる。エヴァー軍曹は生い茂る草の上で瀕死の状態で倒れているトッド少尉のための死の伴侶を演じている。[6]

　エヴァー軍曹はアナウンサーとして一九六九年の人類初の月面歩行とワールド・シリーズにおけるニューヨーク・メッツの奇跡的な復活を実況しつつ、時折トッド少尉に「なあ、相棒、がんばるんだ」、「マジな話だ、デイヴィー。動けよ」などと助言をしたりもする(*July* 23, 24)。エヴァー軍曹がトッド少尉の名前を知り、トッド少尉も「自分で自分を助けるために何らかの行動を取っていると思う必要があった」と言うのだから、エヴァー軍曹がトッド少尉の潜在意識の中の声、そして大虐殺の現場から撤退させるための案内人であることは明らかだ(31)。自分の将来について案じているトッド少尉はやはりエヴァー軍曹の助言が気になり、すかさずラジオの電源をつける。

「聞いてるか、少尉。そっちのスコアはどうなってる？　何点かリードされてる？　九回の裏かい？」

麻酔薬の幻聴かな、とデイヴィッドは思った。彼はその声に返事をしなかった。

「適当に見ているわけではないのだけれど」とアナウンサーは言った。「でもこのことは覚えておいてくれ。お前さんが死にかけていること、これはただの一方的な負け試合の一つ過ぎないんだ。みんな奇跡を求めている。あのぼろぼろのニューヨーク・メッツにみたいに。彼らがうまくやれるように、少しだけ手を貸してやろうかなと」。男の声には遠慮がちな感じがあった。「たぶん、君にも」

これは誘惑だなと思ったが、デイヴィッドは何も言わなかった。

「興味なしか？　霊感みたいなものには？」（中略）

「あんたは神なのか？」

アナウンサーは笑った。（31-32）

エヴァー軍曹は罵り言葉を発することで自分が神であることを即座に否定する。彼が神ではないという事実はトッド少尉と彼の部下に対する神の愛と憐れみもまた存在しないことを含意しているのだろう。[7]神はベトナムで無断離隊（ＡＷＯＬ）した。戦場の多くのアメリカ兵は絶望のあまりそう考えたと言われている。もしそうだとすると、中尉と軍曹は別の場所に自分たちの神を見つけなければならない。そこで二人が向かったのが野球だったということになるのか。また、トッド少尉は「野球選手であり、兵士向きではなく」、ＭＬＢのチームからスカウトを受けている大学野球のショートだというのだから、潜在意識の中のジョニー・エヴァーが野球に明るいのも当然である(24)。

エヴァー軍曹はさらにはトッド少尉の未来まで予言してしまう始末である。

残念だけど、ちょっと情けない人生みたいだぜ。考えてもみろよ。一本足のショートなんぞ、どんな球団が欲しがると思う? 将来のお前さんが写ったビデオテープをここで上映してやってもいいが、でもそんなことしちゃ、お前さんをすごく落ち込ませることになっちまう。二十二歳にしてお前さんのキャリアは終わっちまったし、戦傷になんぞ、誰も感心なんてしちゃくれねえ。(中略)十年や二十年か過ぎれば、「生存者としての罪の意識」がやってくる。亡くなった連中が亡霊としてやってくる。(中略)酷い離婚がある。(中略)もしお前さんが未来というものを望むのなら。(中略)もし俺がお前さんを救出するためのヘリをよこしたとして、お前さんはこれからの人生を生きていくことができるかな? どうよ?」(32-34)

エヴァー軍曹は戦後トラウマを熟知する小説家オブライエンの分身だと言えそうだ。エヴァー軍曹はトッド少尉がすぐに右足を切断する必要があり、また故郷にいる恋人マーラの愛も本物とは言えず、彼女がトッド少尉を捨てて裕福な男に走ってしまうことを予測し、そのことを事前に報告する。トッド少尉はショックのあまりラジオの電源を消し、ラジオを川の中に沈めてしまうが、残念ながら川はトッド少尉の内なる声を消すことはできない。「この火力、そしてこのテクノロジーを見ろ。奴らはこの二人の間抜け面を月面に飛ばし、ぴょんぴょん跳ね回らせたけどね、この地球にいる情けない俺たちのためには、目もくれないってわけ。哀れだよね。何せ、奴らときたら、俺たちがここに存在していることすら知らねぇ。（中略）悲しいだけの話」（34）。この一九六九年、ホワイトハウスはベトナムの戦地で日々死に絶える兵士たちに苦慮しながら、同時に国内の反戦運動家の過激な動きを止めることにも多くのエネルギーを費やさざるを得なかった。しかし少尉にしてみれば、「悲しいというのとは違った。それは悲しみに加え、また別の何かだった。両足は痛み、一人ぼっちで怯え、そしてそんな状況に置かれるのには彼は若すぎた。しかしその十二分後にイーグル号が月面の『静かの海』に着陸したとき、歓びで胸が躍った。それはほとんど高揚とも、畏怖とも呼べるものだった。彼はアームストロングとオルドリンとコリンズが無事に帰還できるだろうかと心配した」（34）。トッド少尉は月面の勇者たちからの助けも借りながら、彼の予見された惨めな未来の中にわずかな光を見ようとしている。

トッド少尉が「川に向かって微笑んだ」という記述がある（35）。「笑顔」は希望のシンボルであり、「川」には再生や輪廻、同時にそれとは正反対の「不可逆的な時間の経過、したがって結果として喪失感と忘却感」という意味がある（Cirlot 262）。結末で少尉はこう述べる。

「いいよ」

「何がいいんだ?」とジョニー・エヴァーが言った。

「ヘリを要請してくれ」

「どうなってもいいんだな?」

「いいよ」

「で、どういう取引か、お前さんにはわかっているんだな、デイヴ。（中略）お前さんは苦痛の世界[8]に入るんだよ、相棒。モルヒネも効かない世界だよ」

「了解した」とデイヴィッドは言った。

「で?」

「信号は青。ヘリに乗る」

「いいんだな?」

「ああ。それでいい」

ジョニー・エヴァーは静かに笑った。「了解。最後に一言。お前さんは本当に勇気ある大ばか野郎だぜ」（*July 35*）

無論、「青信号」は信号機の「行く」を意味するが、野球用語ではベースコーチがチームの打者と走者に送る「打撃」あるいは「走る」のサインである。加えて、エヴァー軍曹が帰還兵の境遇について熟知する小説家の分身であると断定すると、小説家がトッド少尉に戦場で美しく死ぬか、生存者として苦悩の世界に入るか、そのいずれかの決断をさせるのは自然なことである。

超越者のようでありながら罵り言葉を連発する内なる声を獲得したトッド少尉は野球とマーラ(Marla)を失うことを条件に、肉体的かつ精神的な荷物を背負い生きていく人生を選択する。少尉は犠牲バントがいかに「美しいもの」かを知るショートであり、また仲間思いのチームプレーヤーでもある(29)。そんな彼は自分自身に「生きてみてそこで学べ、それが決まりだ」と言い聞かせる(33)。少尉は戦場の野原で部下全員を殲滅に追い込む大エラーを犯した。そのような失態を仲間意識の強い野球人にさせるあたりにオブライエンの皮肉が見える。ただここでより重大なのは真の勇気とは何か、つまり面目のために戦死するのが真の勇気なのか、はたまた荷物を背負いながら生きていくのが真の勇気なのか、小説家がそれを読者に問うているように読める点だ。最終的にトッド少尉は九回裏に一人きりの「ヒット・アンド・ラン」を決め、帰還することを選ぶ。

デイヴィッド・トッドが戦場でわかったことは道徳や合理的な思考だけでは問題解決に限界があるということなのだろう。自殺を選ぶ代わりに彼は自身を励まし、失われつつある魂を救うために記憶、幻覚、独り言、そして別の人格との会話をうまく利用した。人生の選択と克服を主題に置いたこの物語で主人公は来たるべき困難を受け入れる勇気を持つに至る。

トラウマ克服者を主人公にしたオブライエンのもう一つのサバイバル文学が「ウィニペグ」である。主人公のビリー・マクマン(Billy McMann)はベトナム従軍を忌避してカナダのウィニペグに逃れる。徴兵忌避をした過去に苦しみながらつつましい暮らしを続けるマクマンの姿は同じウィニペグの街で亡命者としての孤独な生活を想像しては怯える「レイニー河で」の主人公を思い出させる（*Things* 44）。若い亡命者のマクマンは異国での疎外感と当局からの追跡に不安な日々を送る。

亡命者が見る夢の数々。ニクソンが執拗に亡命者を追跡している。無数のサイレン、サーチライト、そして吠える犬。昼間ですら、川沿いを歩いていたり、公園のベンチで座っていたりするときにも、善と悪を見極める正体不明の権力者に自分が監視されているような衝動に襲われた。例えば、騎馬警察隊、あるいは彼の母親、あるいは微笑みを浮かべたブッダに。ある朝、彼はレストランでゆで卵を食べているときに、思わず泣き出してしまった。何度か麻痺のような、心の停止状態のような感覚に襲われたこともあり、そんなとき、彼はホテルの部屋の厚いカーテンを閉め、ベッドに横になり、テレビの画面を見つめた。街には一人の友だちもいなかった。仕事もなかった。（*July* 114）

マクマンの二十年以上に及ぶ苦悩と戦争を生んだ祖国への怨恨は彼の人生に現れた三人の女性との関係を食い潰す。カナダへの亡命に同伴することを拒否したドロシー・スティアー（Dorothy Stier）は逃避行にも似たロマンティックな展開を夢見ていた若いマクマンの望みを打ち砕いた。カナダでマクマンと結婚し、作中では名前が与えられていない彼の妻はマクマンの生涯にわたる過去の隠蔽を苦に自殺する。マクマンの妻を誤って車で轢き殺した若い恋人のアレクサンドラ・ウェンツ（Alexandra Wenz）はマクマンに過去について語らせようと苦心するものの、努力は実らない。

両者のあいだには「あまりに大きな隔たり」があり、結果、二人は決別する（123）。この時点でマクマンに残されたものは喪失の人生とかつて愛して止まなかったドロシーが今では金持ちと結婚し、平凡な妻に成り下がっているという暗い事実だけであった。マクマンの今後についての説明はないが、自傷行為を仄めかすような記述は見当たらない。また自殺した妻とのあいだに生まれた十歳の愛娘スージー（Susie）も良き同伴者として父親の脇におり、加えて、彼のトラウマ人生自体もあえて「無駄に費やされた年月」と表現されている（126）。これらを総合すると、作品に込めた小説家のメッセージは主人公の破滅ではなく、やはり彼の生き残りにあるのだろう。

女性の愛の力を借りた兵士による市民生活への適応は戦争小説では定番とも言える筋書きだが、第二作『北極光』における主人公ポール・ペリーにとっての妻グレイス（Grace）の一例を除いては、オブライエンの作品ではそのような筋書きは見当たらない。他方、愛する女性の喪失についてはこのほかにも第六作『失踪』や第七作『トムキャット・イン・ラヴ』などの多くの作品で主題となっている。事実、一九九四年のハーバード大学の医学部生ケイト・フィリップス（Kate Phillips）との決別はオブライエンに大きな打撃を与えた。フィリップスは「ウィニペグ」に登場する若くて快活なアレクサンドラ・ウェンツの原型である可能性が高い。「私はあなたに向き合って、というか、それに向き合わなければならなかった。なんて呼んで良いのかわからない『それ』によ」（121）。ウェンツはマクマンとのあいだに存在する得体の知れないものについて物語の最終段階でそう言及する。この「それ」とは、愛に生きようとする者たちの邪魔をし、彼らを徐々に内側から食い潰すベトナム的なるものだ。ベトナム帰還兵の離婚率は高い。ベトナム帰還兵の小説家が執筆した作品の主題は年齢を重ねると共に順に、若い頃の戦闘体験に始まり、次に戦後のトラウマ、そして結婚生活の危機、離婚、希死念慮へと移行する傾向がある。例えば、同様のことはラリー・ハイネマンの『パコの物語』(*Paco's Story*)に登場する中年の語り手にも当てはまる。純粋な心を持つ恋人キャシー(Kathy)の愛を持ってしても、語り手は幽閉から抜け出すことができない。

フィリップ・カプートの『インディアン・カントリー』(*Indian Country*)は帰還兵クリス・スタークマン(Chris Starkmann)と妻ジューン(Jane)との難しい恋愛関係を上手く描き出している。「生存者としての罪の意識」に「投獄された」クリスはジューンの献身に応えようとしない。ジューンも結婚生活を維持するために奮闘するが、彼女は「何と戦っているのかわかならなかった」。彼女の本当の敵は執拗なベトナム的なるものであり、カプートの言葉を借りればそれは「顔も形も名前もない脅威であり、木が作った影のように実体がない」ものだ(Caputo, *Indian* 130)。オブライエンにとっての戦争にも同じことが言えるが、カプートにとっての戦争は「射撃が止み、条約が調印された時点では終わらない。戦争は戦場で戦った人間の傷ついた心の中でも絶え間なく続く」という(382)。主人公のスタークマンは親友の父親に罪の告白をすることで「少しばかりの哀愁」を感じ、そこで物語は終わる(417)。苦悩が癒されぬまま結末を迎えるオブライエンの主人公のジョン・ウェイド、トム・チッパリング、ビリー・マクマン、デイヴィッド・トッドたちの物語とは対照的だ。「ウィニペグ」と「一九六九年七月」に特に当てはまるのだが、オブライエンは安易な方法で物語を締めくくることはしない。代わりに、主人公を死なせない展開を一つのメッセージとして結末に配しているように思える。オブライエンのサバイバル物語は刺激的な筋書きに加え、主人公がどのようにして生を選ぶか、つまり生が生み出される過程をも読者に見せているようなところがある。

二十一世紀が訪れたとき、ベビーブーム世代は五十代半ばを過ぎようとしていた。若い頃の夢は幻滅に変わり、人生は一九六〇年代に期待していたものとはずいぶん違うものになっていた。彼らは髪を切って就職し、結婚し、家族を持った。オブライエンのトラウマ経験者たちも気がつけば人生の生存者たちである。繰り返しになるが、トッド少尉とマクマンが生き残ったという事実は第二の失われた世代とも呼べるベトナム世代への小説家からの励ましのエールと読める。「人生を生き抜くことは戦争の物語だけが扱う大きな課題ではなく、おそらくはあらゆる種類の物語にとっての大きな課題である」と語るのはデイヴィッド・ワイアットである（Wyatt 192）。人生を生き抜くことはベトナム世代だけではなく、すべての世代に当てはまると言うこともできる。

以上のように、空想や幻想や亡霊は主人公の戦闘や亡命生活や夫婦間の不和などの場面に現れる。空想や幻想は極限状態から逃避するための場所となり、同時に生を導き出すための場所としての役割も果している。

シンボリズム

オブライエンの作品には象徴や寓意が散見されるが、この点についてはこれまでほとんど批評されてこなかった。ここでは代表的なものを取り上げてみたい。まず、登場人物の名前と性格と役割の相関関係について考える。例えば、「スピン」（"Spin"）の中にベトナム人が野外のトイレとして使う排泄物で埋め尽くされた泥の沼地が登場する。語り手ノーマン・バウカー（Norman Bowker）の戦友のカイオワ（Kiowa）がそこで溺死するのだが、カイオワの死はベトナムにおけるアメリカの戦争の無意味さとアメリカ史の中の恥部の象徴として読むことができる。と言うのも、「カイオワ」という名前、そして作中で彼が雨を降らすための儀式的なダンス「レイン・ダンス」を仲間に披露する場面に目を向けると、彼がネイティヴ・アメリカンであることがまずわかる。アメリカ史を紐解くと、アメリカ南西部に多く住んでいたカイオワ族はヨーロッパからの入植者によって虐殺されている。さらには、カイオワの遺体を地面に沈み込ませることはインディアン史がアメリカ史の中に埋め込まれ、封印されてきたことの隠喩と解釈することができる。つまりカイオワを戦争と国家史の両方における犠牲者として読めるということだ。無論、オブライエンの兵士たち全員を使い捨てられる戦争の犠牲者と呼ぶこともできる。マーク・テイラーは兵士の運命についてこう語る。「それがどんな目標であれ、目標の遂行のためならば彼らの国家は人間を捨てる。つまり彼らを疲れ果てさせ、使い尽くし、いざとなれば処分するための準備はいつでもできている。（中略）戦争は兵士をゴミのように扱う」(Taylor 223)。カイオワの死も無駄な死を生み出す巨大なシステムの中の小さな死の一つに過ぎないということなのだろうか。フィリップ・カプートの『インディアン・カントリー』(*Indian Country*) の中にもネイティヴ・アメリカンのボニー・ジョージ (Bonnie George) なる人物がいるが、彼も味方の砲弾によってベトナムで殺される「まるで選択の余地なく死ぬことが運命づけられた」一人として描かれている (Caputo, *Indian* 45)。

地雷を踏んで吹き飛ばされたオブライエンの「スピン」に登場するカート・レモン (Curt Lemon) も無駄死の象徴である。名前の「カート」(Curt) はもちろん男の子の名前の一つだが、そこには「失礼なほど発言が率直な」、「態度が無愛想な」という意味の形容詞があるため、彼は「突然にあっさりと殺された」人物と読むことができる。細かい肉片となって小枝に引っかかる「レモン」(Lemon) はレモンの実が枝に戻っていることを指すのだろう。他方、「レモン」はユダヤ系アメリカ人の苗字だが、名詞の「レモン」には「欠陥のある、または不出来な人や物事」という意味がある。したがって彼の苗字は地雷原での不注意さを示している。まとめてみると、カート・レモンは戦場ですぐに戦死する運命にある不注意な兵士ということになる。

妻の失踪に関する唯一の参考人であり、容疑者でもある第六作『失踪』(*In the Lake of the Woods*) の主人公ジョン・ウェイド (John Wade) は物語の結末でボートに乗って湖の「水の中に入り」(“wade into”)、カナダを目指して失踪する。苗字である「ウェイド」(Wade) と「フォード」(Ford) の意味はいずれも「川のそばに住む人」である (Smith, Elsdon 195)。一方、マーク・ヘバリは「一九六九年七月」（"July '69"）の主人公デイヴィッド・トッド少尉（Lt. David Todd）の苗字を音声から「死んでいる」（"dead"）と捉え、そこに意味的な暗喩を読んでいる（Heberle 308）。また、「トッド」（Todd）と「フォックス」（Fox）はそもそもイングランド北部では「キツネ」の一般名であり、「ずる賢い人あるいは巧妙な人」のニックネームであることはよく知られたところだ（Smith, Elsdon 219）。さらに言えば、形容詞の「トッド」（"tod"）は「独り」を意味し、そこからは「よちよち歩きをする」（"toddle"）や「よちよち歩きをする乳児」（"toddler"）などの語が連想される。「トッド」（Todd）とはつまり「ほとんど死んでいる孤独な人だが、よちよち歩きをしている賢い赤ちゃん」とまとめることができる。実際に作中においてトッド少尉は両足を撃たれて重傷を負いながら草の上を「這って」（"crawled"）おり、同時にモルヒネによって「赤ちゃんのようになって」、「自分が足と会話しているのを聞き」、「赤ちゃん言葉を話している」（*July* 22, 26, 30）。

「一九六九年七月」に登場するジョニー・エヴァー曹長（Johnny Ever）はダナン駐在のディスク・ジョッキーとして作中では重要な役割を果たしている。エヴァー軍曹の声は草の上で死に絶えている隊員へクター・オルティスのトランジスター・ラジオから聞こえてくる。彼の声は重症を負って草地に横たわるデイヴィッド・トッド少尉の病床の唯一の仲間である。エヴァー軍曹はアナウンサーであるにもかかわらず個人的にトッド少尉にアドバイスを送ったりもする。トッド少尉は生まれつき「野球選手であり、兵士向きではない」（24）。彼は大学在学中にすでにＭＬＢのチームからスカウトを受けている内野手（ショート）なので、彼の潜在意識の声であるジョニー・エヴァーがトッド少尉のように野球に精通していることは驚くべきことではあるまい。ＭＬＢの歴史を紐解けば、ＭＬＢで一九一〇年代に活躍し、殿堂入りも果たしている選手にジョニー・エヴァーズ（Johnny Evers）という名内野手がいる。エヴァーズはそれこそＭＬＢ史に名を残し、ニックネームまで持つダブルプレーのトリオ「ティンカー・トゥー・エヴァーズ・トゥー・チャンス」（"Tinker-to-Evers-to-Chance"）（ショートのジョー・ティンカー、セカンドのジョニー・エヴァーズ、ファーストのフランク・チャンスの三人）の中の一員だ。彼は一九一四年のワールド・シリーズで打率四割三分八厘をたたき出し、ボストン・ブレーブスの優勝に大きく貢献した人物である（Reichler 901）。オブライエンはトッド少尉を肉体的、精神的な逆境から救い出すために名前と並外れたチーム・スピリットをこの魔術師から拝借しているのではあるまいか。

亡くなったトッド少尉の部下にバディー・ボンド（Buddy Bond）がいるが、無論、これはＭＬＢ歴代一位の本塁打者バリー・ボンズ（Barry Bonds）のパロディーだろう。トッド少尉は初めのうちはエヴァー軍曹の提案を袖にするが、のちに切羽詰まると、むしろ軍曹との会話に寄りかかる。滑稽な二人によるダブルプレー式のやりとりは彼らの名前を解読するとさらに説得力が増す。例えば、遊撃手のトッド（Todd を dead「死んだ」と読む）が二塁手のエヴァー（Ever を immortal「永遠の」）に一塁手のチャンス（Chance を「ヘリの救助という幸運」）を要請するというように。

また、例えば、ジョニー・エヴァー曹長の「ジョニー」の部分だが、『旧約聖書』に登場するダビデ王の強力な兵士の一人にジョン（John）がいる。さらに言えば、ここにはホメロス（Homer）作の『イーリアス』（*The Iliad*）の痕跡もうかがえる。トッド少尉のもう一人の部下ヘクター・オルティズ（Hector Ortiz）の名前はアキレスに殺害されたトロイ軍の指揮官ヘクトル（Hektor）の名前をヒントにしたのだろう。もちろん、アポロ十一号はヘクトルを救わなかった神アポロを連想させる。デイヴィッド・トッドの弱点が足にあることはアキレスのそれに一致する。

次に「ポール」（Paul「パウロ」）という名前だが、これはもちろん聖書との関連を思わせる。「ポール」へのオブライエンのこだわりは第三作『カチアートを追跡して』の主人公ポール・バーリン（Paul Berlin）、そして第二作『北極光』の主人公ポール・ペリー（Paul Perry）の両名にあらわれている。無論、『新約聖書』に登場するポールは伝道の際に弟子のティモシー（Timothy「テモテ」）を随行させている。オブライエンは大学時代をミネソタ州セント・ポール（St. Paul）で過ごしている。また、ポール・バーリン（Berlin「ベルリン」）の苗字は第二次世界大戦における連合軍の最終目的地と一致するのは、ベトナム人に歓迎されていないアメリカ兵の主人公に「ナチス」とのつながりを持たせようとしているからなのか。一方、ポール・バーリンという名前はエーリヒ・マリア・レマルク（Erich Maria Remarque）の有名な反戦小説『西部戦線異状なし』（*All Quiet on the Western Front*）の主人公パウル・ボイメル（Paul Baumer）の名前と空想好きの彼の性格と類似する。バーリンはボイメルと同様に現実と空想の二つの世界に生き、またベルリンはもちろんかつては政治的に二分割された都市だった。ミネソタ州出身の伝説の英雄、ポール・バニアン

(Paul Banyan）のパロディーである可能性もある。

「ウィニペグ」に気になる名前が三つ登場している。オブライエン自らが遂行しえなった徴兵忌避を勇気を持って成功させたのが主人公のビリー・マクマン（Billy McMann）なのだが（オブライエンのファースト・ネームは William であり、Timothy は実はミドル・ネーム）、その名前は勇敢な荒野の荒くれ者「ビリー・ザ・キッド」（“Billy the Kid”）を連想させる。同作品の登場人物ドロシーの苗字 Stier（スティアー）は動詞の“steer”と同じように発音され、その動詞には「〜に関わらない」、「操縦する」、「去勢にする」という意味がある。事実、ドロシーはマクマンを裏切り、カナダでのロマンティックな逃避行を断行しようとする彼の夢を打ち砕いているのだから、彼女の苗字には否定的な意味を含ませたのかも知れない。そしてマクマンの新恋人アレクサンドラの苗字 Wenz（ウェンツ）はオランダ語で「希望」をあらわす。

オブライエンのもう一つの象徴は「私が殺した男」（“The Man I Killed”）に登場する若いベトナム兵の亡骸の目にある。亡骸の目への語り手の執着には小説家「自身の強迫観念」と「まだ片付いていない仕事としてのトラウマ」がうかがえるとするのはデイヴィッド・ジャラウェイだ（Jarraway 704）。ジャラウェイはトラウマ語りを止めようとしないオブライエンの姿勢については読み取っているものの、二つの目の特徴とその違いについては分析していない。閉じている方の目は男の死をあらわしているのかも知れないが、問題はもう一方の穴のように窪んでいて、赤から黄色に色を変え、星のように輝いている目をどう解釈するかだ。穴のような形と変色する様子は男の生命、つまり男はまだ生きているということをあらわしていると考えられないだろうか（Nomura, "Symbolic" 91）。あるいは超越者的な存在が一つの目となって主人公を凝視しているという見方もできる。実はオブライエンの第二作『北極光』にも象徴をうかがわせる目が登場する。双子の兄のハーヴィー・ペリーはベトナムの戦地で片側の目を失明し、徴兵を忌避した双子の弟ポール・ペリーの下に帰還するのだが、男らしさに重きを置く父親の言うとおりに勇敢さを示した兄の戦傷は「心の盲目さ」の象徴であるとオブライエンはインタビューで語る（O'Brien, McCaffery 141）。

本書で何度も話題にしてきた「レイニー河で」（"On the Rainy River"）の中に徴兵忌避を巡って苦悶する主人公がいるのだが、その主人公を見守る父親的な役柄のエルロイ・バーダール（Elroy Berdahl）という老人が作中に登場する。バーダールは全能な目を持ち、「目撃者だった。我々が人生を生き、その人生においてある選択をしたり、選択できなかったりするのを絶対的な沈黙の中で我々のことを見守っている神のように、あるいは神々のように」存在する（*Things* 60）。オブライエンは主人公の未熟さと苦境と無力感を強調するために、対照としての超越者的なバーダールを物語に登用しているように思える。また、作品の冒頭の場面、主人公が釣り客向けのしがない宿の扉を開くと、宿の管理人であるバーダールは一方の手に青リンゴ、もう一方の手には小さな果物ナイフを持っている。バーダールの目は「カミソリのような青みを帯びたグレーの色をしていた。同じように光沢のある輝きを持っていた。私を見つめるその目に私は奇妙な鋭さを感じた。それは痛いほどの鋭さだった。まるで私を切り裂くよう」だったという（48）。R・J・ファーテルは青リンゴは主人公の「衝動と失敗」を予見し、ナイフは彼の傷を指すとしているが、同時にそれは彼の最高の自己を映し出し、引き出すためにも使われていると述べる（Fertel 285-86）。

ステファニア・チョーチャは象徴としての目や穴に類似して地下やトンネルが象徴としてオブライエンの作中に隠し置かれていると主張する。彼女はまたオブライエンによるそれらの象徴が贖罪や再生ではなく、曖昧なものへの主人公の恐怖感や罪の意識を暗示するものだと結論づけているが、そのとおりだろう（Ciocia 142）。一方、オブライエンが使う象徴としてさらには主人公の洗礼の儀式を連想させる場所としての川や水辺が思い当たるが、その点については「フィールド・トリップ」と「一九六九年七月」を例に「第二章」の「精神の浄化」の中ですでに詳説したとおりである。

このように、主人公の名前や性格や役割は小説家の遊び心から、しかしその多くは心奥深い場所に隠されて消えないトラウマとして象徴的、寓意的表現に置き換えられている。そして象徴や寓意の使用は作品にドラマ、ユーモア、そして美しさを与えている。

おわりに～傷ましく、潔い文章

一九九四年六月、四十七歳のオブライエンは自殺衝動に駆られていた。彼はキーボードに向かい、「私の中のヴェトナム」というエッセイに胸中を吐露した。文章にすることで重い心を肉体から切り離した。自殺には至らなかった。マーク・ヘバリが言うように、この時期を耐え忍んだ男は四年後には第七作『トムキャット・イン・ラヴ』でかつての「自身を巧みにパロディー化した」。この作品は「トラウマを超えてサバイバルを目的とした個人的な冒険」になった (Heberle 290, 294)。

二〇一九年十二月、七十三歳の彼は十代の息子たちの成長に日々一喜一憂し、彼らとNBAの試合をテレビで観戦しては盛り上がり、新作の発表会のためにアメリカ中を飛び回り、気が向けば好きなゴルフに興じ、週末は家族水入らずで自宅近くの別荘で過ごしていた。雪深い北国のミネソタに生まれ育ち、今では一年中温暖なテキサスに安住の地を見つけたその人の人生は平和そのものに見えた。

人生は平穏のまま過ぎ去っていたに違いない。戦争にさえ行っていなければ。彼は忌み嫌っていた戦争に出征することで、平穏だけでは済まされない人生を得た。そしてその帰還兵は人生を生き抜き、戦争の汚らわしさを届ける「平和作家」になり、結果、『本当の戦争の話をしよう』という傑作を生むことになる。その人は書くことをやめなかった。

オブライエンの後年の作品群には人生を生き抜くことを主題にしたものが多い。主人公たちは自殺ではなく生を選ぶ。彼らは失敗を受け入れる。彼らは荷物を背負う。そこには派手な決意表明はない。わずかな光を探すためだけの、ささやかな生があるだけだ。彼らの話は息絶えそうな人間の話である。それはもはや戦争の話ですらない。マイケル・ハーはノンフィクションの傑作『ディスパッチズ』(*Dispatches*)の中で戦争の物語の本質についてこう語る。「結局、戦争の話とは人間についての話なのだ」(Herr 245)。

トラウマ保持者はトラウマを「超越」したり「克服」したりすることはできないが、バラバラになった断片をつなぎ合わせたり、語ったり、語り直したりすることで「対抗する」ことができるのだと、ドミニク・ラカプラは『歴史を書く、トラウマを書く』(*Writing History, Writing Trauma*)で述べる(LaCapra 42)。オブライエンは言う。書くことは「過去を未来につなぐ」ためのものであり、物語とは「どのようにして過去の自分が今の自分につながっているのかを思い出せなくなるような遅い時刻のためのものである」(*Things* 38)。書くことだけが生き続けるための唯一の道標であるかのように聞こえる。

戦争について書くからにはそれを正しい言葉に置き換え、読む者に伝えなくてはならない。例えば、戦場で引き金を引く。これは簡単なことだ。標的を人間だと思わなければ。標的は悪魔。あるいは虫けら以下の存在。それを教え込むのが軍隊である。教え込まれた人間は標的が自分と同じ人間であることを忘れる。あるいは忘れたふりをする。戦争は、軍隊は、勇敢さから逃げ出すことに躊躇する男の性にひたすら漬け込む。戦場で人間の心を持ったままの者は引き金を引けない優男となって軍法会議にかけられる。あるいは標的を殺害できたとしても、殺人の罪を抱え込むトラウマ保持者になってしまうかのいずれかである。さて、両者ともその恥ずかしい事実を帰還後に誰かに告白するだろうか。五十年という人生の大半をかけてその語りと格闘してきたのがティム・オブライエンである。仮に告白できたとして、そのときの心情をうまく言葉に置き換えられるだろうか。

戦争で亡くなった三〇〇万のベトナム人に対して、語りによるこれまでの自分の贖罪が十分だとは到底思えないとオブライエンは私とのインタビューで語った。彼にはその贖罪を一人で果たそうとしているようなところがある。しかし戦争の言語化、そして人生の残り時間という二つの難題の前で、彼は焦燥感に駆られていたように私には見えた。

小説は数学ではないので答えを出さない。小説はある場所を訪れ、嘆き、沈黙する主人公の姿を映す。主人公は足繁く同じ場所に通い詰めるかも知れない。一方、読む者は主人公の姿、肩を落とし、口を噤んだままのその姿を目にする。読む者は打ちひしがれた小説家本人の姿を主人公に重ねる。沈黙する主人公は戦争の言語化の問題を解決しない。しかし沈黙する以外に方法のない主人公の人生を物語にすることで、小説家は戦争がもたらす現実を浮かび上がらせる。

小説家の仕事は内なる深い場所へ歩を進め、一滴の湧き水のような声（ヴォイス）を見つけ、その声を信じ、その声に話をさせることである。そして物語は誰かの体に浸み込ませるために何度も磨き上げられる。余計な装飾は取り除かれ、必要な感情が付け足される。遅筆家のオブライエンは納得がいくまで繰り返し文章を書き改める。

正直であろうとする文章。命を削るような思いで書かれた文章。オブライエンの文章には真摯さ（sincerity）と忍耐強さ（perseverance）がある。頁に刻み込まれた混じり気のない後悔と贖罪と反戦の文章は傷ましく、謹厳実直に平和を求め続けるその姿は潔い。

本書では、記憶とトラウマ、語りと技法を主題に、ベトナム戦争の帰還兵作家であるティム・オブライエンの生涯と作品群を読んできた。オブライエンは戦争の不気味さと罪深さを語ることで平和の貴さを語ってきた。胸を締め付けられ、嗚咽を上げてしまうような戦争語りこそが彼にとっては平和語りだった。

傷ましく、そして潔い彼の文章は平和への捧げ物である。捧げ物を受け取った者は戦争へ行くという犠牲を払った者の苦悩の重さ、人生を生き抜くことの重さ、平和の重さについて思い知らされる。そして深いため息と共に、静かに本を閉じるだろう。

ティム・オブライエン・インタビュー

二〇一九年十二月二日・三日、テキサス州オースティンにあるティム・オブライエン氏の自宅の書斎にてインタビューをおこなった。

つながりは二〇〇六年に遡る。私は彼のホームページにアクセスし、ゲストブックの欄にこう書き込んだ。私は日本でアメリカの戦争文学を研究している者です。戦闘体験のない私が授業であなたの小説を扱って良いのか、いつも疑問に思いながら教壇に立っています、と。返事が届いた。半年後のこと。私は書き込みをしたことすら忘れていた。「サイトの管理者からたった今、あなたのメールが私のところに転送されてきたところです。心のこもった、そしてとてもよく書けているメッセージをありがとう。私の作品が日本で教材として使われているなんて。これほどうれしいことはない。私にしてみればそのようなことこそが何よりも価値のあること。とても感謝している。ご多幸を。ティム・オブライエン」（O'Brien, E-mail）。メールは音もなく訪れた。小説家本人からのメッセージに気が動転し、しばし茶の間をうろうろした。

二〇一八年、私は現在の勤務校に就職したことを機に、過去に英語で書いたティム・オブライエン研究の博士論文を日本語にして出版することにした。翻訳作業が進む中、自分の口から尋ねてみたいことが沸々と湧き上がる。手元に彼のメールアドレスがあることを思い出した。今回は若干の期待を胸に書いてみた。インタビューの依頼のためだ。返事が届いた。翌朝のこと。それは心のこもった快諾の返事だった。私は講義のない翌年の夏休みの訪問を申し出た。息子たちとの時間を大切にしているため、夏休みなどの長期休暇は避けてほしいとの返事が届いた。長男が高校生で、二男が中学生であることを私は思い出した。希望日を十二月の平日に変更すると、翌日に承諾の返事が届いた。インタビューの場所について相談すると、彼の自宅でやろうという返事が翌日に届いた。正確な自宅の住所を聞くと、やはり翌日に返事が届いた。私は一晩寝てから次の行動を取ってみることにした。翌朝、私は深呼吸をし、頬をつねり、インターネットのグーグル・マップにその住所を入れてみた。彼が住む通りは確かに存在していた。レンタカーを借り、その住所を訪ねることを約束した。

ドアを開けると、そこにはトレードマークである野球帽をかぶり、セーターにジーンズという姿のオブライエン氏が笑顔で立っていた。

少年野球、テッド・ウイリアムズ、人生初の作品、父の教え

野村　最初の質問は野球についてです。あなたは幼い頃に故郷のミネソタ州オースティンのリトルリーグでプレーしていました。お気に入りの選手はボストン・レッドソックスのテッド・ウイリ

アムズだったと聞いています。彼についてのエピソードがありましたら教えてください。

オブライエン　七歳か八歳のとき、私はボストンにある彼らの本拠地フェンウェイ・パークのテッド・ウイリアムズ氏あてに手紙を書いたんだ。驚いたね。彼から返事が届いたんだよ。それは彼の写真付きのポストカードで、「ティムへ　テッド・ウイリアムズより」と書かれてあった。私はびっくりして、カードを自分のベッドルームの壁に貼ったんだ。いま思えば、球団の広報担当者が書いたと思うのだけれど、当時は彼自身が書いて送ってくれたんだと思ってね。それ以来、彼は私にとっての生涯の友人となった。もちろん、お互い一度も会ったことはなかったけれど、私は彼のことを自分の友人のように思えた。

野村　幼少時代に『リトルリーグのティミー』という題で人生初の作品をお書きになりましたね。三十頁と言えば、子どもにとっては相当な量です。作品の内容と主人公のティミーについて少し教えて頂けますか？

オブライエン　『リトルリーグのラリー』という本を読んでラリーという主人公に影響を受けたので、今度は自分で何か書いてみようと思ったんだ。野球の練習がうまくいかなかった最悪の日のあと、二、三時間かけてその本を読んだ。打席で毎回三振したり、守備でゴロを落球したりして、とても落ち込んでいたので、野球場からエアコンの効いた図書館へ逃げ込んだんだな。なんて落ち着いて、安心できる場所だったことか。その本を読んだあと、図書館司書のところへ行き、紙と鉛筆を貸してもらったんだ。それは年齢は私と同じだけれど、私のようにエラーをしたり、三振をしたりしないラリーのような少年のお話。つまりヒーローのお話。概要はほぼそのままに、また「ラリー」という名前の部分を「ティミー」に置き換えただけのものなのだが、創作も少しした。例えば、選手全員を「ティミー」、つまり「ティム・オブライエン」にしたんだ。ピッチャーのティミーがキャッチャーのティミーに向かってボールを投げ、バッターのティミーがそのボールを打つ、というように。現実ではない魔法の世界なのだが、私は意識せずに自然にそのようなものを書いた。私の本は今ではよく「マジック・リアリズム」と呼ばれている。

野村　お父さんはあなたのリトルリーグのチームの監督をされていました。お父さんと野球に関する一番の思い出は何ですか?

オブライエン　私は足が速かったので盗塁に長けていた。ある日、優秀なピッチャーがマウンドにいて、私が盗塁で一塁から二塁へ走ると、彼が私を刺した。タイミングは明らかにアウトだったし、塁審も私をアウトにしたのだが、私は少しだけ反発したんだ。結局、抗議をしたとして塁審は私をグランドから退場させた。ベンチに戻る途中、「ここから教訓を学びなさい。失敗をしたときはそれを認めろということだ」と父は言った。私は父から学んだその教訓を生涯ずっと忘れない。

野村　お父さんは怒っていたのですか?

オブライエン　そうではなく、我が子が抗議したことが恥ずかしかったんだと思う。

野村　監督としてのお父さんについて少し教えてもらえますか?

オブライエン　父は優れた監督だった。野球をよく知っていた。選手に対して情け容赦なく追い立てるようなこともしなかった。野球をやらせていた長男のティミーについてちょうど思い出したのだが、息子のチームの監督が暴君だったので、ティミーに野球をやめさせたんだ。

徴兵通知、出兵、「ソンミ村虐殺事件」、親友の死

野村　徴兵通知を受け取ったとき、自分がすべきことは徴兵令に背いて自ら国家反逆罪で投獄されるか、あるいはカナダに逃亡して亡命者になるべきだったとあなたは何度も書いたり述べたりしています。「私は臆病者だった。戦争に行ったのだから」という作品内の告白の一文は多くの物議を醸し出しています。あなたにとって生きるか死ぬかという危険な戦場へ赴くよりも、故郷を捨てて亡命することの方が困難な選択だったということですか?

オブライエン　戦場へ行った場合、生きるか死ぬかという問題は「たぶん」でしかないということ。たぶん生き残るかも知れないし、たぶん死ぬかも知れないとしか言えない。しかしカナダへの逃亡、あるいは刑務所へ行くことは「間違いのない」ことだったのだ。

野村　ご両親は出兵するというあなたの決断に対してどのような反応を示しましたか?

オブライエン　二人の反応は同じ、ただ黙っていた。彼らは私がこの戦争に対して反対の立場を取っていたことは知っていたが、私が戦争に行くことに対して意見を述べたり、長い議論をしたりはしなかった。車でバス停まで行ったときのことは忘れられない。十分間かそこらだったが、車内

ではみんな無言。父は一言も話さなかった。父もその戦争を認めていなかった。それは知っている。父は徴兵委員会に対して怒りを覚えていた。それも知っている。私の家族はその町に引っ越してきたばかりだった。町に長く住んでいた者たちの息子は誰も徴集兵に選ばれていなかったのだ。そのときは知らなかったのだが、あとになってからそのことを知った。君もご存知だと思うが、私の時代はまだくじ引き制のない時代だった。

野村　お母さんは何か言いましたか？

オブライエン　母も私の決断については何も言わなかった。口にしたことは私が死んでしまうのが怖いということだけ。母は自宅の電話が鳴るたびに我が子に何かあったのではないかと怯えていた。電話は一年に何度でも鳴る。一日に十回鳴ることもあり、母は受話器を取るたびに恐怖を覚えていたのだ。

野村　あなたは第六作『失踪』で「ソンミ村虐殺事件」を題材に扱っています。あなたの小隊は偶然にも事件の一年後に同じ村の警備を担当していましたね（彼の小隊は事件について知らされていなかった）。あの事件に対するあなたのお考えをお聞かせください。

オブライエン　酷すぎる。犯罪であり、明らかに非人道的行為だ。あの一日で殺された正確な数字を知る者はいない。私が耳にした最も少ない数字で二五〇人、最も多いもので五〇〇人。死者としてはたいへんな数字だ。しかも彼らは子どもや老爺や老婦だったのだ。アメリカ兵は銃撃さえ受けていない。あれはただの殺人だ。私は下っ端の軍曹だったが、上官と討論になったことを覚えている。「奴らは死んで当然なんだ」と上官は私に言った。子どもの中には三歳児もいたのだ。彼らは死んで当然なのか？　「彼らは大人になって共産主義者になり、いずれ我々を殺しに来たはずだ」と上官は言った。そんなアホなことがあるか。そのとき抱いていた怒りを忘れることができない。しかしその男は自分の上官だったので、私は感情を表に出すことができなかった。上官に言わなければいけなかったことは「イエス、サー！」の一言だったがそうは言わず、私は「イエス、サー、しかし…」と言ったのだが、私の抵抗は何の役にも立たなかった。その少佐はのちに事件の最初の調査を任されることになった。

その事件は戦争犯罪として認定されたが、加害者たちは誰一人として重い罰を受けていない。起こったことについては全員認めた。彼らはやりましたと言った。彼らは彼らなりの奇妙な言い訳をして犯行を正当化したが、子ども、老婆、若い女性、十代の若者を手にかけたその犯行自体を否定する者は誰一人いなかった。私は国家アメリカがどうしたら易々とスケープゴート作りができるのかがわからない。国民はアメリカやアメリカ人を責めることはせず、基本的には中尉だった一人の男に罪を着せたのだ。その男は中心的な司令官ですらなかったのに、だ。ウイリアム・カリーという名の男だ。そして人々は「まあ、奴は無学だったのだ」というようなことを口にした。「奴は南部出身の貧しい白人だった」だの、「善と悪の区別がわからない頭の悪い奴だった」というようなことを言った。

野村　ヒュー・トンプソン氏（その事件の虐殺行為からベトナム市民を救った元陸軍のヘリコプター操縦士）とロナルド・ライデンアワー氏（同事件を告発した元陸軍兵士）に対するあなたの意見をお聞かせください。

オブライエン　ヒュー・トンプソンとロナルド・ライデンアワーはとてつもない精神的かつ肉体的な勇敢さを持って行動した者たちだ。アメリカ中の裁判所の前庭に両氏の銅像が建てられるべきだと思う。

野村　二〇〇一年のことですが、ボブ・ケリー上院議員（海軍特殊部隊ネイヴィーシールズの元中尉）はベトナムの戦場で誤って女性や子どもを銃撃し、殺害してしまったことを認めました。彼はその出来事に関して罪の意識を感じ、大統領選挙のレースから身を引きましたね。私は彼の自叙伝を読みました。彼は本の中でその出来事についての告白をおこなっています。彼についてどのような印象をお持ちですか？

オブライエン　ケリーが作戦の最中に市民を銃撃してしまったことを認めたことに対しては敬意を払う。ケリーが証言しているように市民の殺害は事故だったのか、あるいは彼が所属していたネイヴィーシールズの仲間の一人が証言しているようにそれは故意だったのか、その点については私にはよくわからない。もし殺害が故意だったとすれば、もちろん私はその行為をとんでもない精神の破綻であると言わざるを得ない。ただの殺人だ。

野村　酷い質問になるかも知れません。あなたは戦場での親友のアルヴィン〝チップ〟メリックス氏の死について幾度か作品化しています。彼は地雷を踏んで亡くなりました。メリックス氏の死をどのように克服してきましたか？

オブライエン　難しい質問だ。私は時々彼のことを夢に見る。自分の記憶から彼のことを消し去っていないということだ。〝チップ〟という名前を聞くたびに嫌な気持ちと怒りと胃袋が下がるようなぞっとするような感覚に襲われる。それでも私は彼のことについて書くようにはしてきた。痛みを幾分か軽くするために。彼のことを書いているとき、死については書かない。あいつはまだ私の頭の中にいる。面白くて、一緒にいて最高の、生きているあいつが。

あの時代はアメリカの軍隊の中でも白人と黒人とのあいだに大きな緊張感があった時代だった。なぜだかわからないのだが、私たち二人は最初から馬が合った。彼は私といると楽しそうで、私は彼といると楽しくて、私たちは一緒にいるときは二人ともただの人間だった。私は彼のことを「黒人」とは思わず、ただの「男」としか考えていなかったのだと思う。私がたまたま背が低かったように、彼はたまたま黒人だったぐらいにしか。とにかく彼は私の頭の中で生きていて、その中では彼は楽しい男で、とてもおしゃべりが上手な奴なんだ。私がやっていることは生きている彼のことを思い出して書くこと。起こってしまったこと、それは彼の片足が地面の別の地点ではなく、地面のこの地点に着地してしまったということ。何て酷い運の悪さだったのか。

小説家になる、告白、アメリカの良心、生き抜くこと

野村　二〇一九年十月発売のエッセイ集によりますと、ご両親はあなたがハーバード大学大学院の博士課程を中退して小説家になることに反対していたとのことです（オブライエンは帰還後は出兵前に合格していたハーバード大学大学院に進学したが、博士号を取得する直前に中退した）。あなたが賞を受賞するほどの小説家になったとき、ご両親はどのような反応を示しましたか？

オブライエン　彼らはとても驚いていた。私だって驚いたよ！　自分の本が出版されては驚き、自分の本が良い書評を得ては驚いた。「全米図書賞」を受賞しては驚いた。書くことへの欲望は私の血の中にあった。七歳か八歳のときから小説家になりたかった。本当にそれを夢見ていた。博士号の取得は目前だったのだが、私は自分が学者にならないことはわかっていた。それからずいぶん時が経ち、私が五十代になったときにですら、母（元小学校教諭）は私に言ったよ。「やっぱり博士論文を書き終えて、博士号を取っちゃったら」、と。いつかやってみようかな。八十代にでも。

野村　創作についてお伺いします。あなたの作品、例えば「レイニー河で」や『失踪』では告白という形式が重要な役割を持っています。あなたは主人公の苦悩と悲哀を描き、その主人公に告白をさせ、そしてそのことが結果的に読者に一種の精神の浄化（カタルシス）をもたらします。あなたにとって告白はどのような意味を持っていますか？

オブライエン　意味は二つある。告白とは他者に何かを認めることなのだが、まず、先に自分自

身に対してそれを認めることも意味している。何か過ちを犯すと、心の中で自分のために告白することなしに、他者に対して告白することはできない。自分への告白が先に来なくてはならない。しかしそれは他者に対してするよりも難しいことだと私は思う。我々は自分たちの行為を上手に釈明するための言い訳や正当化した考えを作り上げる。しかしまずいことをしてしまったことはわかっており、まずいと思う気持ちが腹の中にあるわけだ。そして正当化した考えを押しのけ、正当化は良くないことだと自分の中で渋々認めることもできる。君の言うとおりだ。私の作品では告白は大きな位置を占めている。

野村　「ウィニペグ」でビリー・マクマンは徴兵令を忌避し、カナダの街に亡命しま

す。私は初出のニューヨーカー誌でこの作品を読みました。私は驚きました。あなたが徴兵忌避者を創作するとは夢にも思わなかったからです。

オブライエン　ビリーが歩んだ道は私自身が歩まなかった道だ。ビリーにできたことをできれば良かったのだが、私にはそれができなかった。ウィニペグの街でのビリー・マクマンの人生は辛いものだ。彼はもう一つの重荷を背負っている。自分の国を捨てるという重荷だ。彼は「俺は正しい選択をしたのだろうか？」という不安と疑問を抱えながら生きている。それはベトナム戦争が生んだ皮肉でもある。戦場へ行かなかった男たちは自分たちの世代が関わった大きなイベントを見逃してしまったという風に感じている。私の友人にはそう感じている者が大勢いる。彼らはたまたま徴兵されなかった者か、自ら志願しなかった者なのだが、彼らは何かをし損ねたと思っているのだ。私は彼らにこう述べる。「君は殺されずに済んだんだ」。あるいは、「あとからやってくる悪夢や恐ろしい記憶や怒りを経験せずに済んだんだ」。あるいは、「悔恨や悲しみも感じずに済んだんだ」、と。これらを経験しなかったことのどこが残念だと言うのだ？　経験しなかったのは幸運だと思ってほしい。戦場へ行った者たちは帰還して以降、自分たちが目撃したり実行したりしたことに苛まれ、その重荷を今も背中に背負い続けている。「俺たちは君たちが抱えなくてもいい、この巨大な重荷を抱えなくてはならないんだ」と思いながら。それは人殺しをしなければならない重荷だ。私はそんな重荷を抱えたくはなかった。

野村　「一九六九年七月」でデイヴィッド・トッドは両足を打ち抜かれて草の上に仰向けになっ

ています。彼は出血死するか拳銃で自殺することもできます。しかし彼は自分のために救助を要請し、障害を負った帰還兵として生きる道を選択します。なぜ彼は生きることを選択するのですか？

オブライエン　二つのことが言える。一つは「わからない」ということ。物語を書いているとき、私は自分の登場人物について完璧に理解しているわけではないし、理解しようともあまり思っていない。自分では選ばないだろう選択も彼らは選択したりする。私はわからないこと、つまり「人々はなぜそんなことをするんだろう？」という人々の謎めいたところに興味がある。

もう一つは彼が人生の決断を下すときの状況と関連する。魔法のような不思議なことが起きるのだ。（戦場の草の上に転がっている戦友のトランジスター）ラジオから声が聞こえるのだが、それはディスクジョッキーの声だ。デイヴィッドはその声が神からの使者か何かだと思い、彼と会話を始めるわけだ。使者は言う。「お前さんを救助してやるよ。死ななくてもいいんだ。（その代わりに）お前さんのこれからの人生がどんな風になるのかも教えてやる。お前さんがベタ惚れしている彼女、そう、彼女とは結婚するだろうが、ハッピーエンドにはならないぜ。約束する。それからどうなるか教えてやろうか？　結末がどうなるかわかっていながら、それでも生きたいのか？」。そう、そんな摩訶不思議なことが困難な選択を可能にしたりする。

野村　二〇一七年一月、私は家族とハワイの真珠湾を訪れました。私はそこで娘に自分がティム・オブライエンの研究者であることを伝えました。娘は九歳でした。「その人は何について書いている人？」と娘は私に尋ねました。「戦争だよ。だけど彼は戦いのシーンは書かないんだ」と私は答えました。彼女は困惑したような顔をしていました。「いつか『本当の戦争の話をしよう』という本を読んでほしい。その本を読めばわかる」と私は言いました。お尋ねします。あなたは何について書いているのですか？

オブライエン　そうだな、私が書かないことの一つは戦争についてだ。戦略、戦闘、兵士同士のぶつかり合い、軍の中での足の引っ張り合い、戦争をめぐる軍事史、これらについては書かないという意味だ。君も知っているだろう。私は「戦争作家」というラベルを貼られるのは好きではない。私はまさに逆のことをしていると思っているからだ。つまり私は戦争の気味の悪さや邪悪さを描くことで、私たちを戦争に向かわせたくないという希望を持ちながら戦争を扱ってきた。私は平和を貴ぶので自分は「平和作家」だと思っている。私は戦争に対して怒りを感じ、戦争を始める人間に怒りを感じている。戦争の九十九パーセントは誤った理由を基にしている。戦争をする理由は耳障りが良い場合が多い。ドミノが全部倒れてしまうぞなどというような（ベトナム戦争で採用された「ドミノ理論」のことだろう）。あるいは我々は復讐のために戦場へ行ったりもする。自分たちの名誉を回復するためだとか言う（真珠湾攻撃やアメリカ同時多発テロ事件に対する報復を指すのだろう）。だが我々はベトナムでの戦争で負けた。負けたのだ。我々は帰還し、今では敵（北ベトナム）がその国を支配している。しかしながらアメリカ人は朝起きて、「ああ、神様、私たちの名誉は失われました」とは誰も言わない。我々が戦争で戦った主な理由は自国の名誉を維持することだったのに、だ。ジョンソンやニクソンは何度も何度も、「アメリカの名誉は危機に瀕している」だの、「名誉ある平和」だの、すべては自国の「名誉」、「名誉」、「名誉」とぬかしておきながら。そして負けた戦争がここにあり、誰も不名誉に感じていないときている。私の怒りを感じてもらえると思う。「何について書いているのか？」と聞かれれば、怒りについてだと答えたい。道徳心についてもだ。我々が日々直面する人生における選択についてもだ。そう、私は人の心について書いている。

野村　あなたが「戦争作家」というラベルを貼られることにうんざりしていることは知っています。しかし世界中の読者はあなたが作品の背景としているもの、つまりそれは戦争なのですが、彼らは戦争そのものにも関心があるのではないかと思います。つまり世界中の読者はそれらの悲しい物語が世界一の軍事力を誇るアメリカという国の小説家によって書かれたという事実にも惹かれるのだと思います。日本の読者はあなたのことを「アメリカの良心」と呼んでいます。

オブライエン　うれしい！　よく言ってくれた！　私もそう思っている。かつての戦友にもそう感じてほしいよ。彼らを何年か日本に送り、日本人のものの考え方を学んでほしいぐらいだ。三〇〇万人いるアメリカの七十代のベトナム帰還兵を日本に連れて行き、彼らが学べる学校を見つけてきてくれないか？　君が言ってくれたことを聞くことができて本当にうれしい。

野村　『本当の戦争の話をしよう』は困難に直面する人々によって読み継がれるはずです。あなたはたいへんな少年時代を生き抜き、たいへんな戦争を生き抜き、たいへんな離婚を生き抜きました。あなたは多くの困難を生き抜いてきました。あなたが書いているものは戦争文学ではなく、サバイバル文学です。あなたにとって「生き抜くこと」とはどういうことですか？

オブライエン　これまた厄介な質問だな。しかしいい質問ばかりだ。そうだな、まず我々は生き続けることにより、より良い人間になろうとする決断ができる。過ちを犯したかも知れないと思っても、次回は固い決意を持って何かを実行しようという心がそのあとからついてくるのだ。過ちをなかったことにすることはできない。しかしより良いことをしようとすることでバランスを取ることはできる。私の本はベトナム戦争の枠組みを借りながら自分のかつての過ちの埋め合わせをおこなっている。書くことで人々に「（戦争に行くという）過ちを犯すな」と言えるし、自分自身にも「二度と過ちを犯すな」と言える。

野村　朗読会に集まった人々からあなたは臆病者などではなく愛国者だと言われ、あなたはそれをすべて否定するのだとあるインタビューで述べています。

オブライエン　そう、私は戦争に行ったのだから臆病者なのではなく愛国者だったのだと人々によく言われる。私はその考えには同意しない。心でも同意しないし、頭でも同意しない。

野村　新作エッセイ集の「戦友」という章であなたはかつての戦友たちの戦争に対する姿勢を批判していますね。

オブライエン　かつての戦友たちに関しては口を閉じ、波風を立てることはしてこなかったのだが、今は波風を立てることにした。そう、新作には「戦友」という章がある。私のことを嫌っているベトナム帰還兵はたくさんいるのだが、彼らはその章を読んで、よりいっそう私のことが嫌いになった。彼らが当時おこなっていた人種差別やベトナム人を表現するために使った言葉に愕然とさせられ、私はそのことについてこの章で公にしているからだ。彼らは亡くなった三〇〇万人のベトナム人に対しては気にも留めていない。本当に空しい！　彼らは自分たちが払ってきた犠牲や、自分たちがおこなった国家への務めや、自分たちが帰還したときに受けた扱いの悪さや、自分たちのPTSD（心的外傷後ストレス障害）については語るくせに、だ。すべては「自分」、「自分」、「自分」、「自分」、「自分」。唖然とさせられる。彼らは戦場で邪悪なことをした邪悪な人間だったのだが、彼らは概して自分たちが正しいと思っていたからそうしただけなのだ。しかし敵の兵士たちも同様に正しいと思っていたからそうしただけだったということをアメリカの帰還兵たちはすっかり忘れている。そのことに気づいてもいないのだ。だから私と三〇〇万人のベトナム帰還兵は戦場で同じ苦難をくぐり抜けてきたにもかかわらず、我々のあいだには分かり合えない奇妙な緊張感がある。彼らに会うと、私の中には彼らと討論したい自分がいて、同時に彼らにハグをしたい自分がいたりもする。両方いる。「再び戦場に行きたいか？」と彼らは聞かれると、彼らのほとんどは「ああ、行くよ」と言う。私は間違いなく少数派に属している。戦場なんて二度と御免だ。「ノー」だ。そう答えるのは私一人ではないにしても、彼らのほとんどは私が答えるようには答えない。『本当の戦争の話をしよう』は四〇〇年は読み継がれるかも知れないが、（だからと言って、好戦的なアメリカを）変えることなんて、できはしないだろう。

原爆投下、核兵器、歴史教科書、心の中の音楽

野村　あなたは戦場で国家に仕えた経験をお持ちですし、政治学も専攻されていましたので伺います。日本へのアメリカの原爆投下は必要なことだったと思いますか?

オブライエン　広島と長崎への原爆投下は非人道的かつ不必要なことだったと私は考える。

野村　ドナルド・トランプは大統領候補だったときに、「なぜだ。なぜ我々アメリカは核兵器を使ってはいけないのだ?」と発言しました。あなたの感想をお聞かせください。

オブライエン　トランプは道徳を司る心のコンパスを持っていない。気が触れているのだ。

野村　六人の被爆者の人生を綴ったジョン・ハーシーの『ヒロシマ』はアメリカの大学で歴史の教科書として使われています。そして日本での私の講義も含め、あなたの小説も世界中の教室で教科書として読まれています。

オブライエン　ずいぶん前のことだが、ハーシーの『ヒロシマ』を読んで感銘を受けた。そしてもちろん、私の本がアメリカ国内や外国の学校で使用されていることはうれしい。光栄なことだ。

野村　私の母は第二次世界大戦の生存者です。今ではロシア領となっている樺太(サハリン島)から命からがら家族で北海道に引き揚げて来たとき、母は十歳でした。母は戦争を憎み、歌詞の意味もわからずに戦争を美化した日本軍の軍歌を口ずさんでいた当時の自分自身を憎んでいます。父親が樺太でレコード店を営んでいたこともあり、母は歌うことを愛していました。そして戦後、旭

川の混声合唱団で私の父と出会うわけです。母は自分が宝と呼んでいる音楽が戦争という殺し合いの道具に使われていたことに怒りを感じています。母のためにメッセージを頂けますか？

オブライエン　お母さんへの私からのメッセージは歌い続けてくださいということ。そしてご自分の心の中の音楽に耳を傾けてほしいということ。

父親業、赦す心、デイヴィッドとマーラに第三章はあるのか

野村　日本には「親バカ」という言葉があります。これは我が子を溺愛し、我が子のためにやり過ぎる親を指します。しかし仮に誰かが「親バカ」だったとしても、日本では苦笑されるだけで、批判されることはあまりありません。我が子を愛することに問題はないからです。私もその一人です。この点についてどう思われますか？

オブライエン　「どれだけやればいいのだろう？」という疑問に悪戦苦闘している男がここにいる。宿題をやりなさいと息子に何度言うべきなのか。十回？　それとも四十回？　最近はあまり言わないようにしているが。一回、たぶん二回言えば、もう言わない。長男のティミーのことだ。二男のタッドはさっさと宿題を片づけて、遊んだりできる。ティミーはやりたくないことを先延しにする。我が家では勉強の理解度を確認するためにテストを作り、子どもにやらせている。私は子どもに付きっ切りで教えるタイプの親だ。できるだけのことをしてやりたい。子どもにプレッシャー

を与えたくはないが、子どもには勉強に秀でてほしい。大切に思っていない子には「やれやれ」とは言わないだろう。我が子を大切に思っていない親はただ「好きなことをやれ」と言うだけだ。ということで、私も「親バカ」の一人と言えるかな。

野村　新作のテーマの一つに赦しがあります。作品の最終行には、「赦すべきものは赦せ。笑い飛ばすべきものは笑い飛ばせ。そしてそれができたら、家に帰ろう」とあります。あなたはお父さんのことを赦しているように私には思えるのです。あなたは間違いだと信じていた戦争に赴いたご自身を赦していますか？　あなたの心は故郷に戻り、心の平穏を得ることができましたか？

オブライエン　それはない。やろうとしてはいる。いつかはできるのではないかと願ってはいるが、私は今でも自分自身に対して怒りを感じている。私は自分のやったことをきちんと自覚していた。反戦である自分の信念もしっかり持っていた。しかし私は自分の信念に従わず、実行しなかったのだ。私は間違った理由のために自分の信念に従わなかった。（徴兵を忌避することによる）羞恥心、故郷の町の人々からの嘲り、友人からの愛と敬意を失うこと、これらに対する恐怖のために。それ故に「臆病者」という言葉を使うことになった。私は小説を書いたり、講演などで人前で話したりすることで自分の過ちを正そうと試みてはいるが、亡くなった三〇〇万のベトナム人のために自分が十分なことをしてきたとは到底思えない。まったく不十分だ。あまりに多くの人が亡くなった。そして私はその戦争に手を貸したのだ。あまりに多過ぎる数だ。そしてそこにはいまだに悲しんでいる死者の母親や父親は含まれていない。死者の子どもたちも含まれていない。彼らを含めると約一、二〇〇万人だろう。死者の友だちや隣人や親戚のおじさんやおばさんも含めると二、二〇〇万人になるだろう。それが戦争のあとに苦しんだ者たちの数字だ。そしてそこには手足を失った者や負傷者は入っておらず、彼らは死者の五倍はいる。そう、それでさらに一、五〇〇万人だ。赦しについて熟慮する前に、私がやらなければならないことはまだたくさんある。自分を赦すことは他者を赦すことよりもずっと難しいのだ。

野村　『世界のすべての七月』所収の「一九六九年七月」と「うまくいかなかったこと」の主人公デイヴィッド・トッドが、元恋人マーラ・デンプシーに対して彼の十九人の戦友に起こったことについて語る日が来ることを私は望んでいます。六十代になった二人についての新作を期待したいのですが、いかがでしょう？

オブライエン　実際に君の口からその言葉が発せられるまで、それについては熟慮したことがなかったけれど、可能性はないことはないかな。「一九六九年七月」と「うまくいかなかったこと」をずっと一組の話として考えてきたが、そのほかに六十代になった二人の三つ目の話があったとしたら、より良い本になっていたかも知れない。二つ目の話の終盤で彼らはお互い平穏な関係に辿り着いているのだが。

野村　期待していいですか？　新しい本？

オブライエン　難しいだろうな。できたとしても、すごく薄い本になるよ（笑）。まあ、本にはなるかも知れない。その二人が短い三番目のフィナーレを得る。いいアイディアだな。私の代わりに君が書いてくれないか？（笑）いつか書いてみようかな。

読んできたインタビューは数えきれない。彼の率直さ、正義感、洞察力、人道主義については心得ていた。ただそれはすべて紙の上でのことだった。私の旅の目的は彼の人と成りを自ら確かめることであった。他者に銃口を向けることが最も似合わない人がそこにいた。

戦争好きのアメリカに対するその人の怒りは収まらない。彼は生涯にわたり一貫して自国に対して警告を発し、そしてそれは新作のエッセイ集の中でも続けられているのだが、苛立ちの大きさは私の想像をはるかに超えるものであった。インタビューのあとの雑談の中で、彼はアメリカ国内の広範囲に及んでいる「分断」について憂いていた。文壇きってのリベラル派は人種分離が進む近年の状況に対して黙ってはいなかった。「波風を立てることにした」のはトランプ政権への自身の考えとも関わっている。

彼の第五作『本当の戦争の話をしよう』はスティーヴン・クレイン作の「赤い武功章」を超え、英語で書かれた戦争文学の中では最高傑作と評されている。これは一九九〇年に出版された。この書がアメリカの好戦性への抑止力になっているかと言われれば、それには疑問符を付けざるを得ない。一九九〇年のあとには湾岸戦争が起こり、アフガニスタン戦争が起こり、イラク戦争が起こっているのだ。「『本当の戦争の話をしよう』は四〇〇年は読み継がれるかも知れないが、（だからと言って、好戦的なアメリカを）変えることなんて、できはしないだろう」。表情には怒りと失望感が滲んでいた。

それでも私は彼の言葉が持つ威光と彼の勇敢さに感服し、それはまだわからないぞという考えに至る。本は時間をかけて誰かの体に浸透する。その誰かはその本について別の誰かに語る。語りは連鎖し、拡散する。地球の裏側の国にいた私が彼の本を見つけ、教材として学生に読み聞かせているのだ。その人は自分の失敗を、自分の情けない姿を、本の中でさらけ出す。「失敗をしたときはそれを認めろ」という父親の教えを息子は忠実に守っている。

インタビューの途中、彼は二度うつむき、しばらく沈黙した。日本を発つ前、私は日数をかけて質問を練り上げた。私は片道二十三時間をかけ、人生を生き抜いてきた帰還兵に会いに行った。真実と人間の苦悩と平和について語る資格がある数少ない小説家に。どうしても核心に触れなければならない質問が四つあった。沈黙したのはそのうちの二つだ。間違いだと信じていた戦争に出征した自分を赦すことができないと彼は言った。質問をする前から私は彼の答えを知っていた。彼が自分を赦すはずがない。自分を赦すことは戦争を赦すことと同義だからだ。

笑いがあった。少年野球の話をしていたときのこぼれ話を一つ。あの頃、彼はアメリカのグランドでショートを守っていた。あの頃、私は日本のグランドでセカンドを守っていた。私は並以下の選手だったので中学校では野球部には入らなかった。図画工作が得意だったので発明工夫部という部に入った。しかしそこでは何も発明できず、小さな本棚を二つ作って三年間が終わった。笑いながら私がそう話すと、彼は目を細め、しばらく笑っていた。あの頃、彼は並みの選手だったので野球を続けず、勉学に励み、読書に励み、小説家になることを夢見ていた。彼も手先が器用だった。幼少期には手品にはまり、最近では日曜大工で長男の寝室のドアを作った。彼は私たちの共通点を知ることができてうれしそうだった。共通点について事前に知っていた私はそれを確かめることができて感慨深かった。

別れ際に玄関ホールで私はオブライエン氏を指差し、メレディス夫人に一言、「私のヒーローです」（"My hero"）と言った。「私にとっても、彼はヒーローよ」（"My hero, too"）と彼女は言った。本人は照れくさそうだった。両手はジーンズのポケットの中だった。

注

第一部　ベトナム戦争

1　本書で扱われているティム・オブライエンに関する自伝的情報はトービー・ハーツォグ（Herzog）による名著『ティム・オブライエン』（*Tim O'Brien*）、オブライエン自身によるエッセイ集『ダッズ・メイビー・ブック』（*Dad's Maybe Book*）、文芸誌や新聞に発表された数々のオブライエンのインタビュー、そして私自身（Nomura）でおこなったインタビューに頼るところが大きかった。オブライエンに関連する著書名や論文名を編纂した目録はキャサリーン・キャロウェイ（Calloway）による二点とジョン・ニューマン（Newman）によるものを参考にした。

2　奇跡と現実逃避に対するオブライエンの強い願望は彼のエッセイ「ザ・マジック・ショー」（"The Magic Show"）に詳しい。

3　マカレスター大学の卒業生にはジョンソン政権下で副大統領を務めたヒューバート・ハンフリーやカーター政権下で副大統領を務めたウォルター・モンデールがいる。

4　オブライエンは一九九一年のインタビューでこう答えている。「自分が育ったアメリカ中西部が私をあの戦争へ送った。そしてサダム・フセインをめぐる国民の反応はベトナム戦争の時代のそれとまったく変わらない。フセインはブッシュによって悪の枢軸のラベルが貼られ、気がつけばアメリカの中流階級はいつものように声を上げ、怒り狂っている。無学文盲的な姿勢はもういい加減にしてほしい。本当に腹立たしい。中西部は私にとって無垢とロマン主義に囲まれて生まれ育った懐かしい風景というだけではない。中西部に対する大きな恨みは今日の今日まで続いている」（O'Brien, Bourne and Shostak 78）。

第二部　トラウマ

1　人間の記憶と時間軸との関係について、彼はインタビューでこう述べる。「時間は我々の記憶や想像や夢の中で混ざり合う。（中略）我々のほとんどは出来事を常に時系列順には記憶していない」（O'Brien, Herzog 98-99）。オブライエン作品のほぼすべてにおいて時間軸は章と章のあいだで入れ替わる。エリック・シュローダーが指摘しているように、オブライエンの「過去の時間と現在の時間の区別はしばしば想像された時間という別の時間的次元の介入によって複雑化する」（Schroeder 124）。

2　一九九四年のエッセイ「私の中のヴェトナム」で自殺の衝動を公表したことについて、オブライエンはのちのインタビューでこう振り返る。「私はこのエッセイで自分の気持ちをとても正直に語った。（中略）そのエッセイにたった一つ問題があるとすれば、それは愛する人たちにたいへんな心配をかけてしまったことだ。（中略）そのエッセイについて言えるもう一つのことは、それを書くことで私は大変な時期を切り抜けることができたということ。とにかく、今となればもうどうにもできない。そこに書かれていることが私がそのとき感じていたことすべてである。歴史を戻すことはできない」（O'Brien, Tambakis 111）。

3　カイオワのエピソードは実際に起こった出来事との関連がうかがえる。オブライエンの小隊にいた若い一等兵マッケルヘイニー（McElhaney）が水田で亡くなっている。エッセイによると、ベトナム再訪を果した際、オブライエンはマッケルヘイニーが水死した現場を訪れ、かつて小隊が水田の中に彼の遺体がないか探索しなければならなかったことについて同行した恋人に打ち明けている（O'Brien, "Vietnam" 56）。

4　過去の忘却と抹消に関しては第六作『失踪』の主人公ジョン・ウェイドが得意とする技である。ウェイドはベトナムでの軍歴を記録した政府のファイルを盗み、抹消することで、ベトナム市民の虐殺への自らの関与を歴史から葬っている。

5 フィリップ・ジェイソンが述べるように、オブライエン作品には聴覚的効果を使うものが多い。ジェイソンの論文はベトナム帰還兵の一部が日々体験する聴覚的なイメージに焦点を当てた最初の論考である（Jason）。

6 ドルトン・トランボ（Dalton Trumbo）の有名な反戦小説『ジョニーは戦場へ行った』（*Johnny Got His Gun*）の主人公で第一次世界大戦の帰還兵のジョー・ボナム（Joe Bonham）も同様の教訓を語っている。「すべての戦場の若者たちが民主主義や自由や解放や名誉や祖国の安全や永遠にたなびく星条旗のことを考えながら死んだかって？　もちろん、そんなことをするわけがない。（中略）死ぬことには何の高潔さもない。（中略）最も大切なものは命だよ、若者たちよ」（Trumbo 117-18）。

7 野球へのトッド少尉の愛と彼の野球でのポジションには小説家自身の自伝的要素がうかがえる。オブライエンも少年時代に地元のリトルリーグのチームでショートを守っていた。

8 元海兵中尉のフィリップ・カプート（Philip Caputo）は回想録『戦争の噂』（*A Rumor of War*）の中で帰還兵の疎外感について述べている。「モンスーン（季節風と大雨）の悲惨さ、疲れ果てるジャングルでのパトロール、着陸地帯で戦闘に遭遇してしまう恐怖など、我々が体験していたものをアメリカ市民の誰もが体験していなかったので、市民が我々と異なっているのは（中略）むしろ当然だ。我々は市民生活に戻ったが、市民生活の世界は異国のように思えた」（Caputo, *Rumor* xiv）。ベトナムから帰国したあと、フィリップ・カプートはロン・コビックやウイリアム・ブロイルズのように反戦運動に加わったが、結果的には心の奥底に「切っても切れない（戦争との）結びつき」のようなものがあり、そのために戦争を完全に憎むことができなったという（xiv）。したがって彼は自分の回想録は「抗議と見なされるべきではない」し、「戦争は終わったので、もはや戦争に異議を唱える必要はないようだ」としている。「我々は戦争に負けたのだし、反戦を訴えたところで戦死した人々が生き返るわけではない」（xix）。社会神学者のウォルター・デイヴィスは多くのベトナム帰還兵の中に皮肉と「多面的なアンビヴァレンス」（相反する感情）を見出している。「星条旗を燃やしてアメリカを非難する反戦運動はお国のために払った帰還兵たちの犠牲を嘲った。結局、彼らは自分たちがアメリカ社会のあらゆる方面から見放され、欺かれたと感じた」（Davis 29）。

カプートはアメリカの大義を信じて戦争に志願したため、彼の書は勇敢に戦った兵士たちの記録として読まれるべきだろう。カプートの戦後はオブライエンの戦後とは大きく異なる。オブライエンは戦争の間違いを知りながら出兵したために、彼にしてみればアメリカが戦争に勝利するか否かは重要ではなく、戦闘を再現することも重要ではない。彼の仕事はむしろ間違った大義のために亡くなった死者たちを頁の中に復活させることにあるように思える。ウイリアム・ブロイルズはさらに彼と元敵兵とのあいだに仲間意識を感じると言う。「味方として戦った戦友以外の人間で、敵として戦った兵士ほど自分と共通の認識を共有できる者はいないことを私は知った。敵兵と私は言葉をはるかに超えた何かを共有していた」（Broyles, *Brothers* 263）。

第三部　平和文学

1　ベトナム戦争がアメリカ史上初の敗戦であり、またその戦争で多くの人命が失われ、自然も破壊された。生井英考はベトナム戦争はアメリカ人によって「忘れたふりをされた戦争だった」と述べる（Ikui 66）。アメリカ軍のベトナムからの撤退はアメリカ人の中に「自意識的で集団的な記憶喪失」をもたらしたと歴史家のジョージ・ヘリングは言う（Herring 237）。

2　これらの作家は主に元兵士やジャーナリストであり、彼らはベトナムのジャングルや泥水の中を歩き、そこで目撃したことや感じたことを文章にした。彼らは戦争の記憶と悲しみに多大な関心を寄せ、人間の心の中の重荷と虚無感を鮮やかに描き出した。とりわけオブライエンは永きにわたりこの戦争について書き、帰還兵作家の中で最も輝かしい経歴を残した作家である。

3　ジョン・ウェイン、ジョン・F・ケネディー、そして第二次世界大戦の映画は一九六〇年代の多くの若いアメリカ人兵士に影響を与えたという点で批評家は意見を同じにしている。トービー・ハーツォグはこの現象を「ジョン・ウェイン・シンドローム」と表現し、「ベトナム戦争に対するロマンティックな幻想を作り上げたウェインは戦場へ向かう若いアメリカ兵たちに受け入れられ、愛された」と述べる（Herzog, *Vietnam* 19）。ジュリアン・スミスはジョン・ウェインとジョン・F・ケネディーはそれぞれの政治的立場には大きな隔たりはあったが、両者は「それほど異なった二人ではなかった」と言う。「二人とも国民を無気力から目覚めさせ、勇敢さについての物語で国民の心を鼓舞しようと試みた」（Smith, Julian 92）。この二人の文化的アイコンは多くのアメリカ人にとって絶大な影響力を持ち、特に若いジョン・F・ケネディー大統領が語る勇敢な行動への呼びかけには人々を揺り動かす力があった。

4　戦闘体験のない者には戦争文学を批評する資格はないと述べているわけではない。しかしカリ・タルが言うように、帰還兵によって書かれた作品には確かに戦争の「本物の味」が含まれ、「秘密の過去」が明らかにされるような雰囲気がある（Tal 116）。スティーヴン・クレインの唯一の軍隊経験は高校の予備役将校訓練課程（ＲＯＴＣ）での活動であったが、彼は南北戦争について書くために戦争の本を大量に読み漁り、同時に戦闘体験のある恩師に熱心に耳を傾けることで戦争について学んだ。獲得した情報と自らの想像力を頼りに彼は一八九五年に名作「赤い武功章」（"The Red Badge of Courage"）を書き上げた。この作品は極度の重圧の下で経験された若い兵士たちの勇気と臆病な心、恐怖と感情の麻痺を描いた告白小説である。主人公のヘンリー・フレミング（Henry Fleming）の戦場での恐怖心の告白はオブライエンの多くの登場人物のそれと重なる。フレミングの頭には「突然、もしかすると戦場から逃げ出してしまうかも知れないということがよぎった」（Crane 10）。

5　フィリップ・カプートは回想録『戦争の噂』の中で実際の戦闘体験と語りの行為とのあいだに立ちはだかる壁について明らかにしている。「戦闘は散発的で混乱に満ちていたため、自分たちがおこなったことを順番どおりに説明することは不可能である。（中略）それぞれの出来事については覚えている。とても鮮明に。しかしすべての出来事をきちんと一連の話として説明することができないのだ」(Caputo, *Rumor* 96)。

6　トランジスター・ラジオ、カーラジオ、無線、インターコム、電話などの聴覚イメージや音響機器はオブライエンや他のベトナム戦争作家の作品で大きな役割を果たしている。詳細はJasonを参照されたい。「勇敢であること」のノーマン・バウカーはインターコムをとおしてドライブインの店員に自身の戦後の葛藤について語ろうとするが、それは失敗に終わっている。第六作『失踪』の主人公ジョン・ウェイドも友人のクロード・ラスムセンのモーターボートの無線を使い、一晩中、自身の秘密についての「独りトークショー」を放送する（*Lake* 287）。オブライエンによる聴覚イメージや音響機器の使用は戦場での無線電話操作士としての自身の経験に基づいている可能性がある。

7　神のいない世界での兵士たちのサバイバルについてはWalter Davis 105-27頁の“Coming Home to a God That Failed”（「失墜した神のもとへの生還」）、Shay 137-48頁の“Soldiers' Luck and God's Will”（「兵士の運と神の意志」）を参照されたい。

8　「苦痛の世界」はベトナムに駐留していたアメリカ兵のあいだで作られた慣用句である。以下はバーナード・エデルマンによる「苦痛の世界」の定義である。「傷口から血を噴き出した歩兵が『救護班！』と叫んだとき、彼は『苦痛の世界』にいる。（中略）故郷にいる恋人が手紙で別れを告げ、自分が帰還しようがしまいがどうでもいいと言われたとき、彼も『苦痛の世界』にいる」(Edelman 169)。

引用文献

一次資料（ティム・オブライエンの著書、英語版と日本語版）

【長編】

O'Brien, Tim. *If I Die in a Combat Zone, Box Me Up and Ship Me Home*. 1973. Broadway, 1999.『僕が戦場で死んだら』、訳・中野圭二、白水社、1990 年

-----. *Northern Lights*. 1975. Broadway, 1999.

-----. *Going After Cacciato*. 1978. Broadway, 1999.『カチアートを追跡して』、訳・生井英考、国書刊行会、1992 年

-----. *The Nuclear Age*. Knopf, 1985.『ニュークリア・エイジ』、訳・村上春樹、文藝春秋、1989 年

-----. *The Things They Carried*. 1990. Broadway, 1998.『本当の戦争の話をしよう』、訳・村上春樹、文藝春秋、1990 年

-----. *In the Lake of the Woods*. Houghton, 1994.『失踪』、訳・坂口 緑、学習研究社、1997 年

-----. *Tomcat in Love*. Broadway, 1998.

-----. *July, July*. Houghton, 2002.『世界のすべての七月』、訳・村上春樹、文藝春秋、2004 年

-----. *Dad's Maybe Book*. Houghton, 2019.

【エッセイ】

O'Brien, Tim. "We've Adjusted Too Well." *The Wounded Generation: America After Vietnam*, edited by A. D. Horne, Prentice, 1981, pp. 205-07.

-----. "The Magic Show." *Writers on Writing*, edited by Robert Pack and Jay Parini, UP of New England,

1991, pp. 175-83.
-----. “The Vietnam in Me.” *New York Times Magazine*, 2 Oct. 1994, pp. 48-57.「私の中のヴェトナム」、『月曜日は最悪だとみんな言うけれど』、著／訳・村上春樹、中央公論新社、2000年、85-129頁

【スピーチ／対談】

O’Brien, Tim. Speech at the 1978 Vietnam Writers Conference, Macalester College in St. Paul. *Fighting and Wrting the Vietnam War*, by Don Ringnalda, UP of Mississippi, 1994.
-----. “Tim O’Brien & Lynn Novick on the Power of Storytelling.” 18 Oct. 2017, at Macalester College in St. Paul, www.mnvietnam.org/story/tim-obrien-lynn-novick-on-storytelling.

【ドキュメンタリー映画】

O’Brien, Tim. *The Vietnam War: A Film by Ken Burns & Lynn Novick*. PBS, 2016.
-----. *The War and Peace of Tim O’Brien*. Performence by Tim O’Brien, Meredith O’Brien, Timmy O’Brien, and Tad O’Brien, Gravitas Ventures, 2021.

【インタビュー】

O’Brien, Tim. “Interview With Tim O’Brien.” 1982. With Larry McCaffery, *Dictionary of Literary Biography Documentary Series: American Writers of the Vietnam War*, edited by Ronald Baughman, Bruccoli, 1991, pp. 153-64.
-----. “A Storyteller for the War That Won’t End.” With D. J. R. Bruckner, *New York Times*, 3 Apr. 1990, pp. C15+.

-----. "Interview With Tim O'Brien." With Ronald Baughman, *Dictionary of Literary Biography Documentary Series: American Writers of the Vietnam War*, edited by Ronald Baughman, Bruccoli, 1991, pp. 204-14.

-----. "A Conversation With Tim O'Brien." With Daniel Bourne and Debra Shostak, *Artful Dodge* vol. 22-23, 1991, pp. 74-90.

-----. "An Interview With Tim O'Brien." With Steven Kaplan, *Missouri Review* vol. 14, no. 3, 1991, pp. 93-108.

-----. "An Interview With Tim O'Brien." With Martin Naparsteck, *Contemporary Literature* vol. 32, no. 1, 1991, pp. 1-11.

-----. "Tim O'Brien: Maybe So." With Eric James Schroeder, *Vietnam, We've All Been There: Interviews With American Writers*, by Eric James Schroeder, Praeger, 1992, pp. 124-43.

-----. "My Full Interview With Tim O'Brien." With Dave Edelman, 1994, www.davelouisedelman.com/1994/10/01/tim-obrien-full.

-----. "Tim O'Brien Interview." With Tobey Herzog, *South Carolina Review* vol. 31, no. 1, 1998, pp. 78-109.

-----. "Interview: Tim O'Brien." With Anthony Tambakis, *Five Points: A Journal of Literature & Art* vol. 4, no. 1, 1999, pp. 94-114.

-----. "Author Interview: Tim O'Brien." With Robert Birnbaum, 2002, www.identithytheory.com/tim-obiren.

-----. "Interview With Tim O'Brien." With John McMurtrie, 2010, www.sfgate.com/books/article/Interview-with-Tim-O-Brien-3193396.php.

-----. "Tim O'Brien: Master Storytelling Dad." With Karen Pavlicin-Fragnito, 2014, Booksmarkeadifference.com/tim-obrien.

-----. "`The Things They Carried' Author Tim O'Brien to Share Personal Reflections on Hemingway."

With Bruce Ingram, 2016, www.Chicagotribune.com/suburbs/elmwood-park/news/ct-oak-go-web-tim-obrien.

-----. “Tim O'Brien: An Interview by Koki Nomura,” 2 & 3 Dec. 2019, at the O'Brien residence in Austin, Texas.

-----. “Tim O'Brien on Late-in-Life Fatherhood and the Things He Carried From Vietnam.” With Terry Gross, “Fresh Air With Terry Gross,” NPR. ORG, 2021.

【Eメール】

O'Brien, Tim. E-Mail to Koki Nomura. 17 Apr. 2006.

二次資料（オブライエン関連の論文や書籍、映画など）

Adams, Leslie Kennedy. “Fragmentation in American and Vietnamese War Fiction.” *America's Wars in Asia: A Cultural Approach to History and Memory*, edited by Philip West and Steven I. Levine and Jackie Hilts, M. E. Sharpe, 1988, pp. 84-99.

The American Psychoanalytic Association. *Psychoanalytic Terms and Concepts*. Edited by Burness E. Moore and Bernard D. Fine, Yale UP, 1994.

Anisfield, Nancy. “Words and Fragments: Narrative Style in Vietnam War Novels.” *Search and Clear: Critical Responses to Selected Literature and Films of the Vietnam War*, edited by William J. Searle, Bowling Green State U Popular P, 1988, pp. 56-61.

Ashby, Hal, director. *Coming Home*. Performance by Jane Fonda, Jon Voight, and Bruce Dern, United, 1978.

Bates, Milton J. "Tim O'Brien's Myth of Courage." *Modern Fiction Studies*, vol. 33, no. 2, 1987, pp. 263-79.

-----. *The Wars We Took to Vietnam: Cultural Conflict and Storytelling*. U of California P, 1996.

Bawer, Bruce. "Confession or Fiction? Stories From Vietnam." Review of *The Things They Carried*, by Tim O'Brien and *Skinny Legs and All*, by Tom Robbins, *Wall Street Journal*, 23 Mar. 1990, pp. A11.

Beidler, Philip D. *Re-Writing America: Vietnam Writers in Their Generation*. U of Georgia P, 1991.

Bierce, Ambrose. "An Occurrence at Owl Creek Bridge." 1895. *The Complete Short Stories of Ambrose Bierce*, U of Nebraska P, 1986, pp. 305-13.

Bonn, Maria S. "Can Stories Save Us? Tim O'Brien and the Efficacy of the Text." *Critique: Studies in Contemporary Fiction*, vol. 36, no. 1, 1994, pp. 2-15.

Brende, Joel Osler, and Erwin Randolph Parson. *Vietnam Veterans: The Road to Recovery*. 1985. Signet, 1986.

Broyles, William, Jr. *Brothers in Arms: A Journey From War to Peace*. Avon, 1986.

Bryan, C. D. B. *Friendly Fire*. Putnam, 1976.

Calloway, Catherine. "Tim O'Brien: A Checklist." *Bulletin of Bibliography*, vol. 48, no. 1, 1991, pp. 6-11.

-----. "Tim O'Brien (1946-): A Primary and Secondary Bibliography." *Bulletin of Bibliography*, vol. 50, no. 3, 1993, pp. 223-29.

-----. "`How to Tell a True War Story': Metafiction in *The Things They Carried.*" *Critique: Studies in Contemporary Fiction*, vol. 36, no. 4, 1995, pp. 249-57.

Caputo, Philip. *A Rumor of War*. Holt, 1977.

-----. *Indian Country*. 1987. HarperPerennial, 1991.

Christopher, Renny. *The Viet Nam War, the American War: Images and Representation in Euro-American and Vietnamese Exile Narratives*. U of Massachusetts P, 1995.

Cimino, Michael, director. *The Deer Hunter*. Perfermance by Robert De Niro and Christopher Walken,

Universal, 1978.

Ciocia, Stephania. *Tim O'Brien and the Power of Storytelling*. 2012. Liverpool UP, 2014.

Cirlot, J. E. *A Dictionary of Symbols*. Translated by Jack Sage, Routledge, 1962.

Crane, Stephen. "The Red Badge of Courage: An Episode of the American Civil War." 1895. *Great Short Works of Stephen Crane*, Perennial, 1968, pp. 3-126.

Davis, Peter, director. *Hearts and Minds*. Rainbow, 1974.

Davis, Walter T., Jr. *Shattered Dream: America's Search for Its Soul*. Trinity, 1994.

Egendorf, Arthur. *Healing From the War: Trauma and Transformation After Vietnam*. Houghton, 1985.

Estevez, Emilio, director. *The War at Home*. Performance by Emilio Estevez, Kathy Bates, and Martin Sheen, Touchstone, 1996.

Fallows, James. "What Did You Do in the Class War, Daddy?" 1975. *The Wounded Generation: America After Vietnam*, edited by A. D. Horne, Prentice, 1981, pp. 15-29.

Fertel, R. J. "Vietnam War Narratives and Myth of the Hero." *War, Literature, and the Arts: An International Journal of the Humanities*, vol. 11, no. 1, 1999, pp. 268-93.

Fountain, Ben. *Billy Lynn's Long Halftime Walk*. ECCO, 2012.

Franklin, H. Bruce. "Plausibility of Denial." Review of *In the Lake of the Woods*, by Tim O'Brien, *Progressive*, Dec. 1994, pp. 40-44.

Freud, Sigmund. "The Distinguishing Psychological Characteristics of Dreams." 1900. *The Interpretation of Dreams (First Part)*, translated by James Strachey, Hogarth, 1986, pp. 48-65.

-----. "Lecture XVIII: Fixation to Trauma—the Unconscious." 1917. *Introductory Lectures on Psycho-Analysis (Part III)*, translated by James Strachey, Hogarth, 1986, pp. 273-85.

Gilmore, Barry, and Alexander Kaplan. *Tim O'Brien in the Classroom: "This Too Is True: Stories Can Save*

Us." National Council of Teachers of English, 2007.

Greene, Bob. *Homecoming: When the Soldiers Returned From Vietnam*. 1989. Ballantine, 1990.

Halberstam, David. *One Very Hot Day*. Houghton, 1967.

-----. *The Best and the Brightest*. Random, 1972.

-----. *The Next Century*. Morrow, 1991.

-----. *War in a Time of Peace: Bush, Clinton, and the Generals*. Scribner, 2001.

Harris, Robert R. "Too Embarrassed Not to Kill." Review of *The Things They Carried*, by Tim O'Brien, *New York Times Book Review*, 11 Mar. 1990, pp. 8.

Heberle, Mark A. *A Trauma Artist: Tim O'Brien and the Fiction of Vietnam*. U of Iowa P, 2001.

Heinemann, Larry. *Close Quarters*. 1977. Penguin, 1986.

Heller, Joseph. *Catch-22*. 1961. Dell, 1979.

Hemingway, Ernest. "Soldier's Home." 1925. *The Complete Short Stories of Ernest Hemingway*. The Finca Vigia Edition, Scribner, 1987, pp. 109-20.

Hendin, Herbert, and Ann Pollinger Haas. "Suicide and Guilt As Manifestations of PTSD in Vietnam Combat Veterans." *American Journal of Psychiatry*, no. 148, 1991, pp. 586-91.

Herman, Judith Lewis. *Trauma and Recovery: The Aftermath of Violence – From Domestic Abuse to Political Terror*. 1992. Basic, 1997.

Herr, Michael. *Dispatches*. 1977. Vintage, 1991.

Herring, George C. *America's Longest War: The United States and Vietnam, 1950-75*. Temple UP, 1979.

Herzog, Tobey C. *Vietnam War Stories: Innocence Lost*. Routledge, 1991.

-----. *Tim O'Brien*. Twayne, 1997.

Horner, Carl S. "Challenging the Law of Courage and Heroic Identification in Tim O'Brien's *If I Die in a*

Combat Zone and *The Things They Carried*." *War, Literature, and the Arts: An International Journal of the Humanities*, vol. 11, no. 1, 1999, pp. 256-67.

Ikui, Eikoh. *Memories of the Lost War*. Sanseido, 2000.

Jarraway, David R. "`Excremental Assault' in Tim O'Brien: Trauma and Recovery in Vietnam War Literature." *Modern Fiction Studies*, vol. 44, no. 3, 1998, pp. 695-711.

Jason, Philip K. "The Noise Is Always in My Head: Auditory Images in the Vietnam War." *Midwest Quarterly*, vol. 37, no. 3, 1996, pp. 243-55.

Jones, David, director. *Jacknife*. Performance by Robert De Niro and Ed Harris, Kings Road, 1989.

Joseph, Nadine. "The Classroom Vietnam War: Teachers Revive an Era the Country Wanted to Forget." *Newsweek*, 11 Mar. 1985, pp. 53-54.

Kakutani, Michiko. "Slogging Surreally in the Vietnamese Jungle." Review of *The Things They Carried*, by Tim O'Brien. *New York Times*, 6 Mar. 1990, pp. C21.

-----. "Shell Shock on the Battlefields of a Messy Love Life." Review of *Tomcat in Love*, by Tim O'Brien, *New York Times*, 15 Sept. 1998, pp. E7.

Kaplan, Steven. *Understanding Tim O'Brien*. U of South Carolina P, 1995.

Karnow, Stanley. *Vietnam: A History*. 2nd ed., Penguin, 1997.

Kawamoto, Saburo. *Field of Innocence*. Kawade Shobo Shinsha, 1993.

Kirchofer, Tom. "Former Antiwar Radical Released From Prison After Six Years." 3 Oct. 1999, www.freep. com/news/nw/qradic3.htm.

Kovic, Ron. *Born on the Fourth of July*. Quality, 1976.

Krist, Gary. "Innovation Without Tears." Review of *The Things They Carried*, by Tim O'Brien, *Goodnight!*, by Abram Tertz, *Sexing the Cherry*, by Jeanette Winterson, *The Barnum Museum*, by Steven Millhauser, and *The Knight Has Died*, by Cees Nooteboom, *Hudson Review*, vol. 43, 1991, pp. 691-98.

Kroll, Barry M. *Teaching Hearts and Minds: College Students Reflect on the Vietnam War in Literature*. Southern Illinois UP, 1992.

Kubrick, Stanley, director. *Full Metal Jacket*. Performance by Matthew Modine and Vincent D'Onofrio, Warner, 1987.

Kulka, Richard A., et al., editors. *Trauma and the Vietnam War Generation: Report of Findings From the National Vietnam Veterans Readjustment Study*. Brunner/Mazel, 1990.

Lacan, Jacques. *The Four Fundamental Concepts of Psycho-Analysis*. 1973. Translated by Alan Sheridan, Penguin, 1991.

LaCapra, Dominick. *Writing History, Writing Trauma*. Johns Hopkins UP, 2001.

Lewis, Clayton W. "Chronicles of War." Review of *The Things They Carried*, by Tim O'Brien. *The Sewanee Review*, vol. 99, no. 3, 1991, pp. 296-302.

Lifton, Robert Jay. *Home From the War: Vietnam Veterans, Neither Victims nor Executioners*. Touchstone, 1973.

-----. *Death in Life: Survivors of Hiroshima*. 1967. Vintage, 1969.

Loeb, Jeff. "Childhood's End: Self-Recovery in the Autobiography of the Vietnam of the Vietnam War." *American Studies*, vol. 37, 1996, pp. 95-116.

Lyons, Paul. "Clinton, Vietnam, and the Sixties." *The United States and Viet Nam From War to Peace: Papers From an Interdisciplinary Conference on Reconciliation*, edited by Robert M. Slabey, McFarland, 1996, pp. 69-75.

Mason, Bobbie Ann. *In Country*. Harper, 1985.

-----. "Big Bertha Stories." *Love Life*. Harper, 1989, pp. 116-32.

Matney, Jan. "The Myth-Shattering Courage of Tim O'Brien." Metropolitan State College of Denver, 2 Dec. 1999, clem.mscd.edu/english/3230/matney.htm.

Matsakis, Aphrodite. *Survivor Guilt: A Self-Help Guide*. New Harbinger, 1999.

Newman, John, and Ann Hilfinger. *Vietnam War Literature: An Annotated Bibliography of Imaginative Works About Americans Fighting in Vietnam*. 2nd ed., Scarecrow, 1988.

Nomura, Koki. "Symbolic Aesthetics in Tim O'Brien's `The Man I Killed.'" *Short Story*, vol. 16, no. 1, 2008, pp. 87-95.

-----. "Life As Bacon Fat: War, Adventure, and Trauma in Hemingway's `Soldier's Home.'" *Hiroshima Studies in English Language and Literature*, vol. 56, 2013, pp. 11-26.

-----. "Teaching Tim O'Brien's Vietnam in Japan." *The Veteran*, vol. 40, no. 2, 2010, pp. 30.

Ngu, Duc Tan. "The Vietnam in Me." By Tim O'Brien, *New York Times Magazine*, 2 Oct. 1994, pp. 48-57.

Prince, Gerald. *Narratology: The Form and Functioning of Narrative*. Mouton, 1982.

Reichler, Joseph L., ed. *The Baseball Encyclopedia: The Complete and Official Record of Major League Baseball*. 6th ed., Macmillan, 1985.

Remarque, Erich Maria. *All Quiet on the Western Front*. 1928. Translated by A. W. Wheen, Fawcett, 1958.

Robinson, Daniel. "Getting It Right: The Short Fiction of Tim O'Brien." *Critique: Studies in Contemporary Fiction*, vol. 40, no. 3, 1999, pp. 257-64.

Scholes, Robert. *Fabulation and Metafiction*. U of Illinois P, 1979.

Schroeder, Eric James. "The Past and the Possible: Tim O'Brien's Dialectic of Memory and Imagination." *Search and Clear: Critical Responses to Selected Literature and Films on the Vietnam War*, edited by William J. Searle, Bowling Green State U of Popular P, 1988, pp. 116-34.

Shatan, Chaim F. "Stress Disorders Among Vietnam Veterans: The Emotional Context of Combat

Continues." *Stress Disorders Among Vietnam Veterans: Theory, Research and Treatment*, edited by Charles R. Figley, Brunner/Mazel, 1978, pp. 43-52.

Shay, Jonathan. *Achilles in Vietnam: Combat Trauma and the Undoing of Character*. 1994. Touchstone, 1995.

Simpson, Vernado. *Four Hours in My Lai: A War Crime and Its Aftermath*. 1992. By Michael Bilton and Kevin Sim, Penguin, 1993.

Smiley, Jane. "Catting Around." Review of *Tomcat in Love*, by Tim O'Brien, *New York Times Book Review*, 20 Sept. 1998, pp. 11-12.

Smith, Elsdon C. *American Surnames*. 1969. Chilton, 1972.

Smith, Julian. *Looking Away: Hollywood and Vietnam*. Scribner, 1975.

Smith, Lorrie N. "The Things Men Do: The Gendered Subtext in Tim O'Brien's *Esquire* Stories." *Critique: Studies in Contemporary Fiction*, vol. 36, no. 1, 1994, pp. 16-40.

Stone, Oliver, director. *Platoon*. Perfermance by Tom Berenger, Willem Dafoe, and Charlie Sheen, Sony, 1986.

-----, director and co-writer. *Born on the Fourth of July*. Perfermence by Tom Cruise, Willem Dafoe, and Raymond J. Barry, Universal, 1989.

Tal, Kali. *Worlds of Hurt: Reading the Literature of Trauma*. Cambridge UP, 1996.

Taylor, Mark. "Tim O'Brien's War." *Centennial Review*, vol. 39, no. 2, 1995, pp. 213-30.

Timmerman, John H. "Tim O'Brien and the Art of the True War Story: `Night March' and `Speaking of Courage.'" *Twentieth Century Literature: A Scholarly and Critical Journal*, vol. 46, no. 1, 2000, pp. 100-14.

Trumbo, Dalton. *Johnny Got His Gun*. 1939. Bantam, 1970.

Turner, Fred. *Echoes of Combat: Trauma, Memory, and the Vietnam War*. 1996. U of Minnesota P, 2001.

Vernon, Alex. "Salvation, Storytelling, and Pilgrimage in Tim O'Brien's *The Things They Carried*." *Mosaic*,

vol. 36, 2003, pp. 171-88.
Waugh, Patricia. *Metafiction: The Theory and Practice of Self-Conscious Fiction*. Methuen, 1984.
Webb, James. *Fields of Fire*. 1978. Bantam, 2001.
Wyatt, David. *Out of the Sixties: Storytelling and the Vietnam Generation*. Cambridge UP, 1993.

あとがき

本書は英語で書いた博士論文（二〇〇四年、北海道大学大学院文学研究科）を基にしている。出版にあたり日本語にし、加筆と修正を施した。あらゆる世代に読んでほしいという願いを胸に、文体を平易なものに置き換えた。

私は戦争を主導した歴史を持つ国の一市民として、戦争について考えてきた。この国の戦争史に関心を抱いたのは中学生の頃だった。小学校までの私にとって、戦争とは空襲や原爆投下に示されるような一方的に殺される側から見た戦争だった。中学校に入り、日本史をきちんと読んだ。そう、我々は加害者だったのだ。背筋が寒くなった。アジアの同胞、ベトナムも我々が占領した国だ。それからだ。自分の国籍について、自分の将来の職業について、意識し始めたのは。

中学校では英語と社会と芸術を好んだ。高校では新聞部に入った。志望大学に合格することはなく、代わりに進学したアメリカの短大ではジャーナリズムを専攻し、そこでも学生新聞の常勤記者を務めた。別の州の四年制大学に編入すると、大学の図書館でティム・オブライエンの本を見つけた。「オブライエン」というアイルランド系の苗字が目に入った。それは彼の第一作の『僕が戦場で死んだら』だった。

帰国後、私は故郷の旭川に戻り、通訳の仕事を得た。ある晴れた秋の朝、ふらりと立ち寄った冨貴堂書店の本店で村上春樹氏が訳したオブライエンの第五作『本当の戦争の話をしよう』を見つけ、購入した。人間が持つべき良識と勇敢さと悲哀が飾らない言葉で表現されていた。人生の旅は一冊の本との出逢いによって針路が決定づけられていく。高校教師の職を辞し、オブライエンを研究するために大学院に入った。三十三歳になっていた。人生は一度しかないので、決断するのは簡単だった。

出逢いが本書を書かせた。

北海道大学の瀬名波栄潤氏。氏は常に私のためのインスピレーション（研究の泉）であった。日本アメリカ文学会の同志たち。そこは大人の顔をした、アメリカ好きの子どもで溢れていた。アメリカ文学を語るときの彼らの生き生きとした表情に惹かれ、また彼らの立ち姿に憧れる。

本書は勤務校である旭川大学からの出版助成がなければ世に出すことはできなかった。山内亮史氏。山内氏とオブライエン氏。頑固で繊細な二人の社会派。共感力（empathy）。山内氏がアメリカ文学に精通していることに私は驚いていない。彼はアメリカ小説の中の主人公そのものだからだ。大人になることをひたすら拒んでいる。そして、学内のそのほかの文学仲間。彼らは近くから、遠くから、私を励まし続けてくれた。そして、もちろん、本書の製作チーム、英宝社の佐々木元氏と下村幸一氏。特に編集者の下村氏にはたくさん無理なお願いをした。

妻であり親友の美保。七月のある日、彼女は私を見つけ、私は彼女を見つけた。娘の最愛(もな)。この子が我が家に生まれて、私は自分の人生が無限ではないことを知り、そして自分の人生をもう少し長く生きたいと思うようになった。私がこの子に遺せるものは文章ぐらいしかない。博士論文は妻に捧げた。本書は娘に捧げる。

ニュージャージー州の二人の女性。英語のサラ・ダドリー・ハリス氏（Sara Dudley Harris）と美術のメアリー・ロジャーズ氏（Mary Rodgers）。彼らは情熱という、教師にはどうしても必要なものを持っていた。マスコミ志望だった私を教師にしたのはサラとメアリーだ。留学先としてアメリカの五十の州の中からこの州を選び、そしてたまたまこの二人が教えていた学校を選んだのは私。英語と絵が好きだった私に気づき、この私に情熱を注いでくれたのは彼らだった。

人生はまっすぐではなかった。しかし思い切って曲がった角の先には、思いもよらぬ人々が待っていた。今、幸運の一つ一つを手に取り、その感触を確かめ、感慨に耽る。声にならない。

＊本書は、旭川大学学術出版助成による出版である。

ワ行

マ行

ヤ行

ラ行

タ行

ナ行

ハ行

サ行

カ行

索引

野村幸輝（のむらこうき）
旭川大学准教授。文学博士（2004年、北海道大学大学院文学研究科）。ティム・オブライエンを中心に20世紀アメリカ文学を研究。1965年、北海道旭川市に生まれる。

ティム・オブライエン（Tim O'Brien）
1946年、ミネソタ州オースティンに生まれる。1969年2月から1970年3月まで陸軍の徴集兵としてベトナム戦争に従軍。代表作には全米図書賞を受賞した『カチアートを追跡して』やピューリッツァー賞の候補となった『本当の戦争の話をしよう』がある。

ティム・オブライエン
ベトナム戦争・トラウマ・平和文学

2021年5月20日　印　刷　　2021年6月10日　発　行

著　者©野　村　幸　輝

発行者　佐々木　元

発行所　株式会社　英　宝　社
〒101-0032 東京都千代田区岩本町2-7-7
TEL 03(5833)5870-1　FAX 03(5833)5872

ISBN 978-4-269-73009-0 C3098
［製版・印刷・製本：日本ハイコム株式会社］